U0093297

㉕ 倪匡珍藏限量紀念版

衛斯理傳奇之

第二種人

（含：第二種人・新年）

倪匡 著

無窮的宇宙，
無盡的時空，
無限的可能，
與無常的人生之間的永恆矛盾，
從倪匡這顆腦袋中編織出來。

——金庸

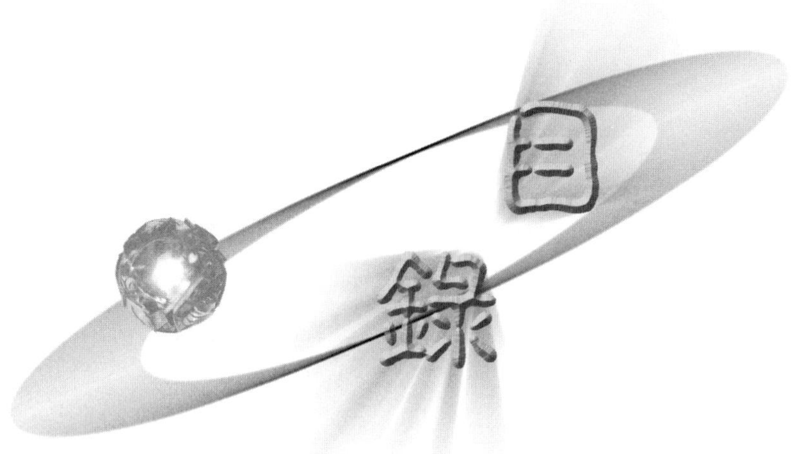

第二種人

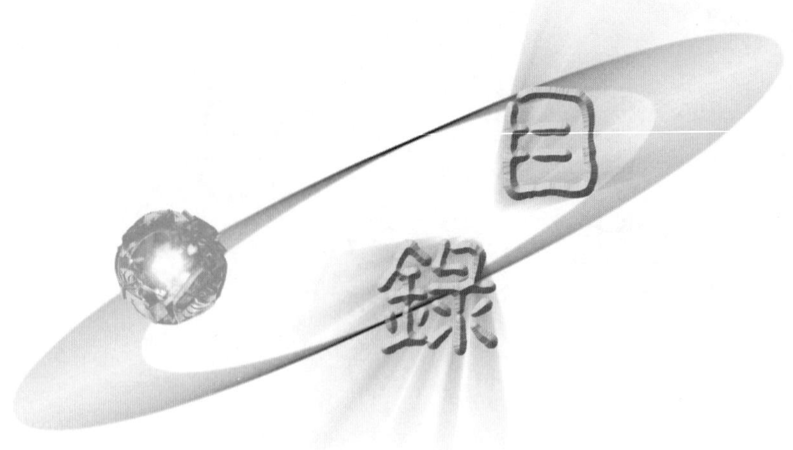

新年

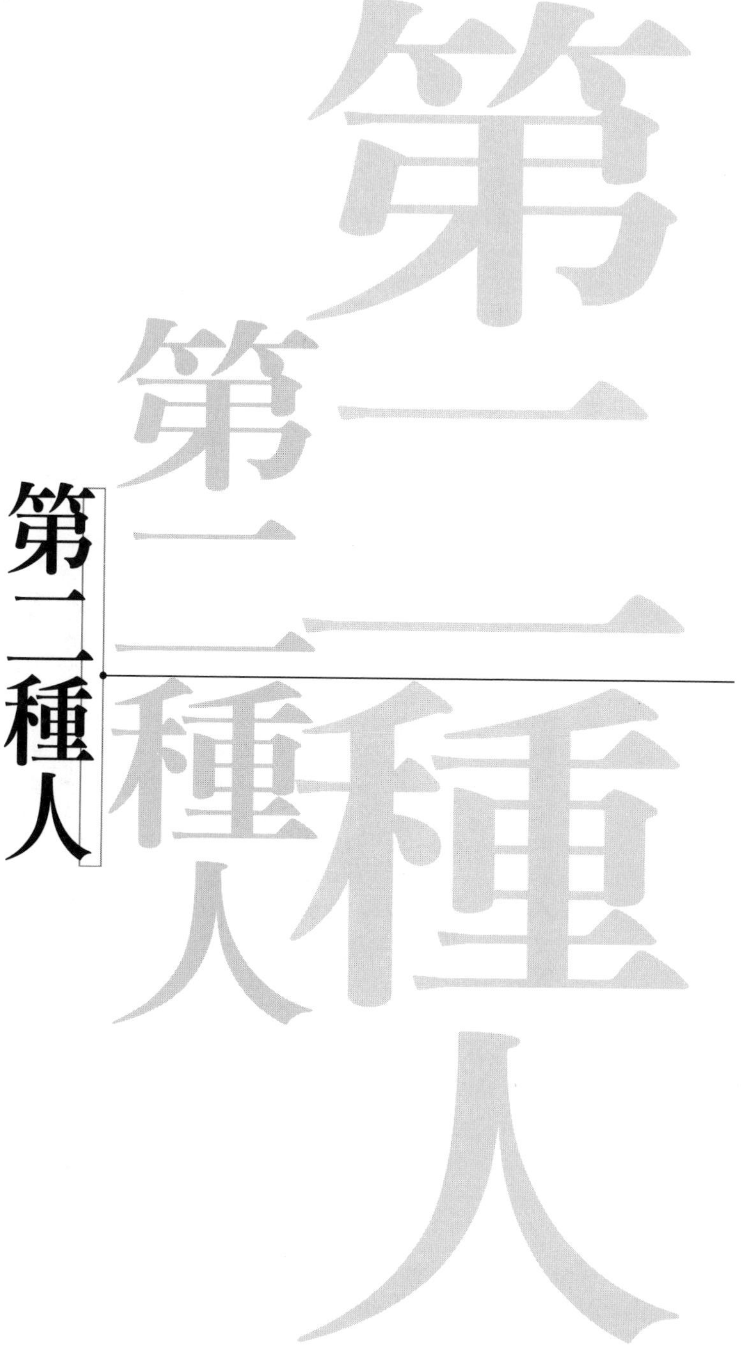

第二種人

序言

「第二種人」是科幻小說中極為奇特的一種設想，自有科幻小說以來，各種各樣的設想都有人寫過，有的被重複了許多次，但是有一種人，循植物的進化成為高等生物的設想，卻「只此一家，別無分出」，還沒有人做過同樣的設想。

這個故事還有一個十分奇特之處，在故事發表後不多久，一架日航客機在日本失事，由於機長的失常動作，導致飛機衝入海中，整件事相當神秘，而飛行時駕駛艙中的對話記錄發表之後，幾乎和這個故事中的對白一樣，其中副駕駛問：「機長，你在幹什麼？」更是完全一樣，這是「巧合」嗎？還是那位機長當時的遭遇有神秘莫測之處？

當然不能說作者有預知能力，但至少證明，設想，有時可以和事實，在原則和細節上，十分接近！

第二種人沒有獸性，他們比由動物進化來的人可愛多了，代表了善，可惜，善不敵惡，這算是一個寓言。

倪匡

第一部：航機上的突發事故

先說一個笑話：

美國太空人登陸月球的那天，有一個暴發戶，為了炫耀他的財力，斥鉅資買了一具倍數極高的天文望遠鏡，準備人家在電視上看太空人登陸月球，而他，可以與眾不同，在望遠鏡中看。當晚，還廣邀親朋，準備炫耀一番。

結果，當然甚麼也看不到。沒有一具望遠鏡可以使人看到月球表面上的人，因為人太小了，可以清楚看到月球表面，絕不等於可以看到月球表面上的人。

在理論上說，如果有一具望遠鏡，可以將距離拉近二十三億倍，那應該可以看到人在月球。在拉近了二十三億倍之後，等於看一公里以外的人，怎麼會看不見？可是事實上的情形是，如果有這樣的望遠鏡，自這樣的望遠鏡中望出去，所看到的，一定只是月球表面的極小部分，要在月球表面搜尋幾個人，也沒有可能。

看得到整個月球，看不到人。

只看到月球表面的一小部分，根本找不到人。

在地球上，要用肉眼看到月球上的人，不可能。地球上人那麼多，有四十多億，在月球上，同樣也無法用肉眼看到地球上的人。

人雖然多，但是和整個地球相比，實在所佔的體積甚小。所以，在理論上，如果有人，有一批人，生活在地球上，而一直未被人發現，是大有可能的事。

再問一個問題：人有多少種呢？

這問題很難回答，要看如何分類。男人，女人，是一種分法；白種人，黃種人，又是另一種分法；愚人和聰明人，再是一種分法。不同的分類法可以有不同的答案，從兩三種人到幾百種人不等。

但實際上，人只有一種。所有的分類法，只是一種表面的現象。猶如一張桌子，不論它是方的圓的，紅的白的，高的矮的，始終是桌子，不可能是別的東西。

從已獲得的資料來看，從猿人進化到原人再進化而成的一種高級生物，就是人。世界上只有一種人，每一個人，都循這個進化方式而來，所以，每一個人，也有著共同的生物特性。

然而，世上真的只有一種人嗎？

馬基機長是一個兩鬢已經略見斑白的中年人。

馬基機長的一次飛行，就像是普通人的一次散步。雖然在他面前，是普通人看了會感到頭昏腦脹的各種儀表，可是馬基機長卻熟悉每一根指針的性能，也清楚地知道它們指示著甚麼情況。

馬基機長生性豪爽開朗，他嘹亮的笑聲，在公司著名，新加入服務的人，都一致說，不論情況多麼壞，只要聽到馬基機長的笑聲，就會覺得任何困難都可以克服，心裏不會再恐慌。

恐怕沒有人知道，這個身形高大，面目佼朗，精神旺盛，事業成功，看來快樂無比的單身漢，也有著憂慮。而我，認識他的時候，正是他憂慮一面之時。當時，我根本不知道他是何等樣人，只知道他是一個醉漢。

馬基機長是德國和土耳其的混血兒，所以他有西方人高大的身形，卻又有著很接近東方人的臉譜。那天晚上，我參加了一個喜宴歸來，正是初秋，夜風很涼，在經過了整整一季的暑熱之後，讓清涼的秋風包圍著，是一件十分愜意的事情，所以我不急於回家，只是無目的地在街頭漫步。於是，我看到了馬基機長。

我看到他的時候，他穿著一件襯衫，敞著胸，露出壯厚的胸肌，顯然是喝醉了。本來，在深夜街頭，遇到一個醉漢，絕引不起我的注意，可是，他的行動，卻相當古怪。

他站在一家商店的櫥窗前，那櫥窗的一邊，是一個狹長條的鏡子。他就對著鏡子，湊得極近，眼睜得極大，盯著鏡子中他自己的影子。

我在他的身後經過，聽得他在喃喃地不斷重複著說一句話：「我做甚麼才好？我做甚麼才好？」

他語調和神情之中，有一種深切的悲哀，看來已到了人生的窮途末路。

我十分好管閒事，一個醉漢在自怨自艾，本來和我一點也不相干，但是當我向他望了一眼之後，我看到他是這樣一個高大英俊的男子，而居然在這樣子徬徨無依，那使我十分生氣，認為那是極沒有出息的行為。所以，我十分不客氣地在他的肩頭上，重重拍了一下：「朋友，做甚麼都比午夜在街頭上喝醉酒好！」

他轉過身來，盯著我。當他望著我的時候，我感到自己犯了錯誤。我對他的第一個印象，是一個十分沒有出息的醉漢。可是這時，我發覺，儘管他醉意未消，但是有神的雙眼，堅強的臉部輪廓，都使人直覺：這是一個事業成功的典型。

我改變了印象，立時攤了攤手：「對不起，或許你只是遭到了暫時的困難？」

他神情有點茫然地笑了一下，我又說道：「請問我是不是可以幫忙？」

他突然笑了起來：「可以的，只要你有力量可以改變那個制度。」

我呆了一呆，一時之間，不知道他這樣說是甚麼意思，只好自然而然道：「甚麼制度？」

他盯著我，一字一頓道：「退休制度！我要退休了！我該做甚麼才好？」

我略呆一呆：「別開玩笑了，你可以進鬥牛學校去學做鬥牛士。」

他舉了舉雙臂：「你的想法和我一樣，可是有甚麼法子？我年齡到了——」他又作了一個手勢：「不能通融，制度是這樣。」

直到這時，我才注意到他的頭髮已經花白，臉上的皺紋也不少，肌肉也有鬆弛的現象。的確，他已經不是一個年輕人了。

我只好嘆了一口氣，對，制度是這樣，到了一定年紀，就得退休，好讓年輕人有更多的機會，這是無可奈何的事。

我只好拍了拍他的肩頭：「你的職業是——」

馬基機長到這時，才說出了他的職業來：「我是一個機長，飛行員。」

我「哦」地一聲，在其他行業，或者還有商量，機長，不容許年老的人逗留。我只好聳了聳肩，很同情他，一個活動慣的人，忽然退休，而體力又實在十分好，實在相當痛苦。

我一面仍然拍著他的肩，一面道：「我提議我們再去喝點酒。」

馬基機長發出了一下歡呼聲，他很有醉意，搭住了我的肩。我們兩人，勾肩搭背，像是老朋友，走進了一家酒吧。雖然我們在若干杯酒下肚之後才互相請教姓名，但當凌晨時分，我和他走出酒吧，我們簡直已經是老朋友了，互相交換了對方的簡單歷史，我也知道了他還是一個單身漢，等等。

只不過有一點，當晚我絕不知情，如果知情，我不會讓他喝得醉到這種程度。我不知道，也不能怪我，因為馬基機長沒有告訴我。

我不知道，就是當天，他還要作退休前的最後一次飛行，飛行時間是早上九點四十分，而當他酩酊大醉，我送他回酒店房間，將他推向床上，我還未曾退出房間，他已經鼾聲大作時，已經是凌晨二時五十分了。

我回到家裏，白素還在聽音樂，看到我，瞪了我一眼，我只好賊忒兮兮地作了一個鬼臉：「遇到了一個失意的飛機師，陪他喝了幾杯酒，希望替他解點悶。」

白素又瞪了我一眼：「誰向你問這些。」

我坐了下來，陪白素聽音樂，那是瑪勒的第九交響樂，有些片段，悶得人懨懨欲睡，我打著呵欠，回到臥室，就躺下來睡著了。

像這樣，深夜街頭，遇到了一個陌生人，和他去喝幾杯酒，在生活上是極小的小事，過了之後，誰也不會放在心上。第二天下午，在收音機中，聽到了有一架七四七大型客機失事的消息。我也絕未將這樁飛機失事和馬基機長聯繫在一起。飛機失事，已不再是新聞了。每天至少超過三萬次的大小飛機飛行，失事率，比起汽車，低了許多。

第三天，有進一步的飛機失事報導，比較詳細，報上的電訊，刊出了機長馬基的名字。我一看到「馬基機長」的名字，就愣了一愣，心中「啊」地叫了一聲：「是他！」

同時，我迅速地計算著失事飛機的起飛時間，立刻算出，馬基機長負責駕駛那班飛機，起飛的時間，離他醉得人事不省，只不過五六個小時。我不禁嘆了一口氣，為這次飛機失事死難的三十多個搭客，表示難過。

照馬基機長那天晚上醉酒的程度看來，他實在無法在五六個小時之後，就回復清醒。

馬基機長是生還者之一，又看失事的經過情形，飛機是在飛越馬來半島之後，突然發出緊急降落的要求，當時，接獲要求的是沙巴的科塔基那波羅機場。

機場方面立即作好緊急降落的準備，跑道清理出來之後不久，就看到客機，像是喝醉了酒，歪歪斜斜的衝下來，著陸得糟到不能再糟，以致一隻機輪，在著陸時斷折，整個機身傾斜之後，立時引起爆炸著火，如果不是機上人員處理得當，只怕全機二百多人，無一能倖免。

新聞報導也指出，這架失事飛機的駕駛員，是退休前的最後一次飛行，不過，還沒有提及他是在宿醉未醒的情形下控制航機。

第四天，新聞報導約略提到了這一點，文內並且提及，有關方面對失事飛機的機長，決定進行刑事控訴。

第五天，有一個衣冠楚楚的西方紳士，登門求見，我根本未曾見過他，他進來之後，向我遞了一張名片。我一看名片上的銜頭是「××航空公司副總裁」，就「啊」地叫了一聲。

航空公司，就是馬基機長服務的那一家，這位副總裁先生的名字是祁士域。

我拿著這名片，望著祁士域，祁士域道：「我是從馬基那裏，知道你的地址，他叫我來找你。」

我請祁士域坐下：「他惹了麻煩！我實在不知道他和我喝酒的幾小時後，還有任務！」

祁士域苦笑著：「是的，對馬基的控罪十分嚴重，而事實上，他也不否認曾喝酒。我們實在無法可以幫助他，唉，可憐的馬基。」

我的情緒變得十分激動：「祁士域先生，據我所知，飛機上除了駕駛員之外，還有副駕駛員，而且，高空飛行，大都自動操作，如果是機件有毛病，機長醉不醉酒，都不能改變事實！我不明白馬基機長除了內部處分之外，何以還要負刑事責任！」

祁士域站了起來，來回走了兩步：「如果是機械故障，馬基喝醉了酒，當然要受處罰，但情形不會那樣嚴重，可是……可是實際情形是──」

我聽得他講到這裏，不由得陡地跳了起來：「甚麼？你的意思是，飛機本身一點毛病也沒有？」

祁士域伸手取出一塊絲質手帕來，在額上輕輕抹了一下：「是的！」

我揮著手：「可是，航機要求緊急降落。」

祁士域望著我，半晌，才道：「衛先生，直到如今為止，我要對你說起的情形，是公司內部的極度秘密。雖然……日後法庭審判馬基機長時，一定會逐點披露，但是現在……」

我迫不及待地打斷他的話頭：「你將飛機失事的經過說給我聽。」

祁士域又看了我半晌，才道：「好的，我知道的情形，也只是聽有關人員講的，再複述一遍，可能有錯漏──」

我性急：「你的意思是──」

祁士域道：「失事之後，我們組成了一個調查小組，有專家，也有公司的行政人員，小組由我負責，我們會晤了機員、機上職員，只有一個空中侍應受了傷，傷得並不嚴重，還有一個飛行工程師受了傷，他……卻是被……被……」

他猶豫不說出來，我忍不住他那種「君子風度」，陡然大喝道：「說出來，別吞吞吐吐！」

我陡然的一下大喝，將這位副總裁先生，嚇得震動了一下。然後，他望了我一眼，長長地吁一口氣：「好傢伙，自從四十年前，應徵當低級職員，還沒有被人這樣大聲呼喝過！」

我倒有點不好意思，解釋道：「我的意思是，不論甚麼情形，你都可以直說。」

祁士域點頭道：「是——」他一面說著「是」，一面還是頓了一頓，才又道：「那位飛行工程師，是叫馬基機長打傷的。」

我一句話也說不出來，實在不知道怎樣才好。

祁士域道：「現在，你知道事情嚴重了？我們想盡一切力量幫助他，我個人對馬基的感情更好，他曾經支持我的一項改革計畫，其他機師認為我的計畫根本行不通，馬基力排眾議，不但做到了，而且做得極成功。這項計畫的實現，是我開始成為公司行政人員的一個起點。」

我連連點頭，表示明白，祁士域說得十分坦白，也簡單明了地說明了他和馬基之間的感情。使我可以相信，不論在甚麼情形下，他總會站在馬基這一邊。

祁士域又道：「馬基的飛行技術，世界一流，就算他喝醉了，駕駛七四七，也不會有任何困難！」

我道：「可是困難發生了，經過情形是——」

祁士域又嘆了一聲，向我簡略說了一下失事的經過。聽了祁士域講述了經過之後，我目瞪口呆，根本不相信那是事實。

祁士域又道：「詳細的經過情形，你還是要和失事飛機的機員見一下面，由他們向你講述，而且，紀錄箱中記錄下來的一切，也可以讓你聽。」

我深深吸了一口氣。

祁士域再道：「調查小組的成員，和失事飛機上的機員，全在本市。」

我道：「我想請我的妻子一起去參加。她——嗯，可以說是我處理事務的最佳助手。」

祁士域忽然笑了起來：「衛先生，我認為你這樣說，絕不公平，太抬高你自己了，事實上，尊夫人的能力，在許多事件上，在你之上。」

我吃了一驚：「你……在見我之前，已經對我作過調查？」

祁士域攤開了手：「馬基被拘留之後，我單獨會見了他三次，每次他都堅持要我來找你，他不怕受任何懲罰，可是一定要我來見你。在這樣的情形下，我當然要對你作適當的調查。」

我只好悶哼了一聲，心中暗罵供給祁士域資料的人。雖然實際上我心中很明白，在很多事情上，白素的理解、分析、處理事務的才能，的確在我之上。

我道：「好，一小時之後，你召集所有人員，我和她準時來到。」

祁士域答應，告訴了我酒店的名稱，會議會在酒店的會議室中舉行。

祁士域告別離去不久，我找到白素，我一面轉述經過，一面趕去酒店。各位請注意，在這時，我和白素，已經知道了飛機失事的大概經過。但是經過的情形如何，我還未曾敘述。

由於經過的情形，十分離奇，祁士域說了之後，我根本不相信。簡略的敘述，也難以生動地重現當時的情形，不如在我見到了有關人員，了解了全部經過之後，再詳細敘述來得好。

我會將所有有關人員形容這次飛機失事經過時所講的每一句話，都記述下來。全部經過情形，全在祁士域特別安排的會面中知悉。要聲明一下的是：會面的全部時間極長，一共拖了兩天，這兩天之中，除了休息、進食，所有有關人員，全部參與其事。

為了方便了解，總共有多少人曾和我與白素會面，要作一個簡單的介紹，我把這些人分成兩部分，第一部分是公司的調查小組的成員，有以下六人：

祁士域　公司副總裁。

奧昆　公司另一個副總裁，地位在祁士域之下，野心勃勃。

梅殷士　空難專家。

原安　空難專家。

朗立卡　空難專家。

姬莉　秘書。

第二部分是機上人員，有以下四人：

白遼士　副駕駛員。

達寶　飛行工程師。

文斯　通訊員。

連能　侍應長。

機員當然不止這些，還有七八個，但他們的話，都不很直接，所以將他們的姓名從略。

一開始，氣氛極不愉快，我和白素才一推開會議室的門，所有人全在，我們聽到奧昆正在十分激動地發言，他揮著手：「根本不必要，調查已經結束，為甚麼還要為了兩個不相干的人——」當他講到這裏的時候，我和白素剛好推門進去，我們在門外略停了一會，所以聽到了他在我們還未推開門時的幾句話。

他看到了我們，略停了一停，然後立即又道：「為了兩個全然不相干的人，再來浪費時間！」

奧昆是一個有著火一樣紅的頭髮的中年人，精力旺盛，我皺了皺眉，想回敬幾句，被白素使了一個眼色制止。

祁士域向我們作了一個請坐的手勢：「我主持調查小組，我認為應該請衛先生和衛夫人參加調查，一切由我負責！」

奧昆大聲道：「好，可是請將我的反對記錄下來。當然，我還會向董事局直接報告這件事。」

祁士域的神情，十分難看：因為如果邀請我調查，沒有作用，就是他的嚴重失責。

可是祁士域顯然已經下定了決心要這樣做，他坐在主席位上：「為了節省時間，請每一個人，最多以一分鐘的時間介紹自己。」

奧昆首先大聲道：「奧昆，公司的副總裁，這次會議的竭力反對者。」

我實在忍不住：「如果你真是那麼反對，大可以退出，我給你一個地址，那裏有各種類型的美女，我想你會有興趣。」

奧昆憤怒地望著我，其餘各人不理會，一個個站起來作簡單的介紹，歷時甚短。

我立時看到，飛行工程師達寶的頭上，還紮著繃帶。

祁士域拉下了一幅幕來，一個空中侍應生放映幻燈片，第一幅，是駕駛艙中的情形。

祁士域道：「這是機長位置，那是副駕駛員，這裏是飛行工程師，這是通訊員，還有兩個座位，通常沒有人，事情發生的時間，是當地時間，上午十時二十二分——」他講到這裏，吸了一口氣，望向副駕駛員白遼士。

白遼士手中不斷轉著一枝筆，他大約三十出頭，高瘦，有著十分剛強的臉型，說話也果斷、爽快，不拖泥帶水。

他道：「當時，航機的飛行高度，是四萬二千呎，正由自動駕駛系統操縱，我恰好回過頭去，和達寶、文斯在說話。馬基機長忽然驚叫了起來，隨著他的叫聲，我轉回頭，看到他正在迅速地按鈕，放棄自動駕駛系統的操縱，而改用人力，同時，航機飛行的高度，由於馬基機長的操縱，正在以極高的速度降低——」

奧昆插了一句：「這是極危險的動作！」

祁士域道：「作為機長，如果判斷有此需要，有權這樣做。」

奧昆道：「他是一個醉鬼！」

祁士域臉色鐵青：「你只能說，在這以前八小時，他喝過酒。」

奧昆道：「那有甚麼不同？」

在以後的談話中，奧昆和祁士域兩人，有過許多次類似的爭執，針鋒相對，我都不再記述。

當時，白素用她那優雅動人的聲音道：「兩位，不必為馬基機長是否醉酒而爭論，我們想聽事實。」

白素一面說，一面向白遼士作了一個「請繼續說下去」的手勢。

白遼士道：「我一看到這種情形，嚇得呆了，只是叫：『機長！機長！』機長也在叫，他叫道：『快發求救訊號，要求在最近的機場，作緊急降落。』文斯立即採取行動，我想文斯是立即採取行動的，是不是，文斯？」

白遼士面向通訊員文斯，文斯點頭道：「是，機長下達了這樣的命令，我當然要立即執行，緊急要求在十時二十三分發出。飛機在急速下降，我很難想像當時機艙中的情形，駕駛艙中，我和達寶，都不免俯衝向前，達寶幾乎壓在馬基機長的身上——」

達寶的語調比較緩慢：「我根本已壓在機長的座椅背上，我的頭竭力昂向上，去注意所有的儀表板，我的直覺是，機長作了這樣的決定，一定是甚麼地方出了毛病。我是飛行工程師，熟悉一切儀表的指示，我只看到除了我們在迅速降低之外，其餘的儀表，沒有顯示航機的各系統有任何毛病。我叫了起來：『機長，你在幹甚麼？』那時候……機長……他……」

文斯接了上去：「機長轉過頭來，天，他的神情可怕極了，他的樣子可怕極了！那時，達寶不知道又講了一句甚麼話，機長突然順手拿起杯子，向他的前額敲了下去——」

達寶道：「我講了一句：『機長，你瘋了？你在幹甚麼？』他就這樣對待我，杯子裏還有半杯咖啡！」

白遼士道：「機長接著又轉回頭去，仍在降低飛行高度，超過了規定降速的時間限制，一直降到了兩萬呎，他才維持這個高度飛行，侍應長立時衝進來，滿頭是汗，叫道：『天，怎麼啦？』他的額上已腫了一塊——」

我向連能望去，他的額上，紅腫還沒有退，他苦笑道：「那……不到三分鐘時間，真是可怕極了，整個機艙，簡直就像是地獄，我實在沒有法子形容那種混亂。」

我苦笑了一下：「不必形容，航機在事先完全沒有警告的情形下，急速下降了兩萬呎，那簡直是俯衝下去的，混亂的情形，任何人都可以想像。」

連能喘了一口氣，才又道：「我一進來，叫了一聲之後，就聽到機長簡直是在嘶叫：『聯絡上最近的機場沒有？我們要作最緊急降落！』」

文斯接上去道：「我已經收到了科塔基那勃羅機場的回答，我道：『聯絡上了。』那時，副機長才問了一個我們都想問的問題：『老天，馬基機長，我們為甚麼要緊急降落？』」

文斯又向白遼士望去，白遼士苦笑了一下，揮了一下手，站起來，又坐下，可以看得出，直到這時候，他的情緒，仍然十分激動。

白遼士再坐下之後，喝了一大口水：「是的，當時我是這樣問馬基機長，因為在他突如其來地下達緊急降落的命令之前，航機完全在正常情形之下飛行，沒有任何不對勁。誰知道我這樣一問，馬基機長他……他……」

白遼士伸手抹了抹臉，像是不知道該如何說下去才好，侍應長連能接下去說道：「副機長才發出了他的問題，馬基機長就像是瘋了一樣——」

我一揮手，打斷了連能的話：「對不起，你們所講的每一句話，都可能在法庭上被引用來作證供，我建議你在使用形容詞之際，最好小心一點。」

連能的年紀很輕，貌相也很英俊，他被我搶白了幾句之後，脹紅了臉，不知道如何應付，他的神情十分倔強，在呆了片刻之後，他直視著我：「對不起，除了說他好像瘋子，我想不出用甚麼來形容他。」

我悶哼了一聲：「至少，你可以只說他當時的行動，而不加任何主觀上的判斷。」

奧昆在這時候插了一句：「看來，再好的辯護律師，都不會有用。」

我沒有理睬奧昆，只是等著連能繼續講下去，連能道：「機長……他突然從駕駛位上站了起來，一轉身，雙手抓住了副機長的衣襟，用力搖著，神情十分可怕，雙眼突出，用嘶叫的聲音嚷道：『為甚麼要緊急降落？你們全是瞎子？你們沒有看到？』由於這時，航機已改由人力操縱，機長的這種行動，等於是放棄了操作，整個航機，變得極不穩定——」

連能講到這裏，不由自主喘起氣來，奧見又冷冷地說道：「只是這一點，馬基機長已經失職到了極點。」

在奧昆的話後，又有幾個人爭著講了幾句，由於各人搶著講話，所以聽不清楚是在講些甚麼。白素舉了舉手，等各人靜下來之後，她才望向連能：「連能先生，機長這樣說，是在表示，他是看到了甚麼奇特的東西，所以才發出緊急降落的命令。」

連能道：「是，我們都一致同意這一點。」

白素皺了皺眉，又向祁士域望去：「我很不明白，只要弄明白他看到的是甚麼，就可以知道航機是不是該緊急著陸。」

奧昆又冷冷地道：「他看到的是飛碟和站在飛碟上的綠色小人！」

祁士域狠狠瞪了奧昆一眼：「馬基機長究竟看到了甚麼，我們還不知道，他不肯說，旁人完全沒有看到，雷達上也沒有任何紀錄。」

奧昆像是感到了極度不耐煩，他站了起來，大聲道：「真是無聊透了！馬基是個酒鬼，看到的只是他的幻覺，他以為看到了甚麼可怕的怪物，才這樣胡鬧。」

我和白素決定不理睬奧昆，而先弄清楚當時在航機中發生的事情再說。

當時，我心中的疑問是，在機艙中，由於每一個人所處的位置不同，看到外面情形的角度，也可能不同，馬基機長看到的東西，其他人，有可能完全看不到。但是，不論馬基機長看到的是甚麼，航機一定應該有紀錄。

如果航機的雷達探測設備沒有紀錄，那麼，在通常的情形之下，只說明一點：馬基機長根本沒有看到甚麼。

我一面迅速地轉著念，一面向白遼士道：「在這樣的情形下，你身為副機長，一定要採取行動？」

白遼士道：「是的，我用力掙扎著，想推開他，可是他將我抓得極緊，而且繼續在搖我，我只好叫道：『快弄開他，抱住他，他瘋了。』我叫著，連能、文斯一起過來，將他拉了開來，我坐上了駕駛位，控制了飛機。文斯忙著要接收機場的指示，本來，我們準備一直按著他——」

我悶哼了一聲：「這合法麼？」

白遼士道：「馬基機長的行動，已對整個航機的安全構成了威脅，我們可以這樣做。」

文斯接著道：「我接到了機場的指示之後，副機長已準備降落，可是這時，馬基機長好像已正常了許多，他喘著氣，推開了連能：『白遼士，看老天份上，由我來駕駛，你無法應付的！』他一面說，一面站了起來。」

白遼士道：「我當時，真不該聽他的話，可是他那幾句話，講得又十分誠懇，何況，那時，究竟發生了甚麼緊急情況，我一無所知。我所能信賴的，只是馬基機長的豐富飛行經驗。雖然他剛才表現得如此不正常，我還是將航機的駕駛工作交還了給他。」

第二部：機場上的怪遭遇

白遼士嘆了一聲：「在接下來的幾分鐘之內，十分正常，機場跑道已然在望，飛機正在迅速地降落，機場的地勤人員也已在視線中，本來，已經是一點事情也沒有了，可是突然之間，馬基機長又驚叫了起來：『老天……他……那麼快！』」

我和白素互望了一眼，不明白馬基機長的這一下叫喚是甚麼意思，白遼士接著道：「那時，機輪已經放下，航機正在俯衝，正是著陸之前最重要的一剎那，任何飛行員都知道，在這樣的時刻中，一定要全神貫注，保持鎮定，才能使航機安全著陸。可是馬基機長在叫了一聲之後，卻伸手指著前面，顯出極度驚惶的神情，在這最重要的一刻，完全放棄了對航機的控制！」

我「嗯」地一聲：「不論情形多麼危險，你們至少應該注意一下，馬基機長究竟是對甚麼產生了那種不應有的驚惶。」

白遼士苦笑了一下：「我、文斯、達寶三人都注意到，馬基機長所指的，不過是機場上的人員，這時，正有一輛車子，迅速橫過跑道，車上有一個人，張開雙臂，向我們做著手勢，那是地勤人員在示意我們，我們的航機，已脫出了跑道的範圍之外。」

飛行工程師達寶苦笑著：「我首先叫了起來：『小心！機場，小心！』副機長也立刻著手控制航機，可是已經慢了一步，航機由於短暫地失去了控制，機身向一旁傾側，一輪先碰到跑道的邊緣，立時折斷，要不是副機長控制得宜——」

達寶搖了搖頭，沒有再說下去，航機的著陸情形和結果如何，人盡皆知，不必再說。

白遼士補充了一句：「奇怪的是，馬基機長一直到明知航機已經出了事的時候，還一直在指著那輛車上的那個人，目瞪口呆，不知是為了甚麼。」

在白遼士之後，會議室中靜了好一會，祁士域才說道：「事情的經過就是這樣，衛先生，你的意見是——」

奧昆不等祁士域講完，就大聲道：「我們應該聽專家的意見。」

當時，我的思緒十分混亂。白遼士他們，機上人員的敘述，已經夠詳細，但是我卻無法得出結論，不知道究竟發生了甚麼事。

從經過的事實看來，馬基機長作出了一連串怪誕的行動，導致航機失事，馬基機長顯然要負全部責任。

但是，馬基機長爲甚麼突然有這種怪誕的行動？是宿醉未醒？這是最簡單的解釋，不過我卻不相信這樣的推論，馬基機長有豐富飛行經驗，就算有幾分酒意，也不應該如此。

那麼，是爲了甚麼？

我沉默著，沒有發表意見，白素也不出聲，接著，便是幾位空難專家，就航機的損壞程度，來敘述航機失事的原因。這些敘述，涉及許多數字和航空工程學、飛行學上的名詞，聽起來相當沉悶，我也不準備複述。等到專家發表意見完了之後，奧昆道：「好了，我們浪費時間的行動，到此已極，可以停止了。」

我必須說明一點，我將這兩天來，會議室中的經過，極度簡化，奧昆一開始就反對，居然也兩天都參加了會議，算是不容易。

祈士域嘆了一聲：「全部經過的情形，就是這樣，衛先生——」

他迫切想聽我的意見，可是我實在沒有甚麼意見可以發表，只好報以苦笑。白素在這時候打破了沉默：「奧昆先生說得很對，我們的確是浪費了時間，從一開始起，就在浪費時間。」我和祁士域，聽得白素忽然如此說，不禁大是愕然，奧昆則顯出了一副得意洋洋的神采。白素在略頓了一頓之後，接著道：「我們討論、敘述了足足兩天，最重要的一個人：馬基機長完全不在場，我們不聽他講當時的情形，其餘人所講的一切，全沒有作用。」

我一聽，立時鼓起掌來，奧昆的臉脹得通紅，我忙道：「對啊，馬基機長當時那樣表現，一定有他的道理，不聽他的解釋，無法作任何決定。」

祁士域向我和白素望過來，神情苦澀，白素道：「請問，是不是整個調查工作，從頭到尾，都沒有馬基機長解釋辯白的機會？」

奧昆叫了起來：「當然不是，只是他完全不合作，他……他……」

祁士域接了上去：「馬基機長堅持說他做得對，爲了挽救航機而作了最大的努力，他不能做得再好了。」

奧昆哼地一聲：「包括在最重要的時刻，放棄控制航機！」

祁士域沒有說甚麼，而我，已經有了下一步行動的主意，我站了起來：「我們再在這裏討論，不會有結論，我要見馬基機長。」

祁士域道：「他已被我國司法當局扣留，你要見他，我可以安排。」

我伸手指向他：「請盡快。」

我只說了一句話，就向白素作了一個手勢，白素也立時站了起來：「祁士域先生，請和我們保持聯絡。」

我和白素一起離開，在回家途中，我們兩人都不說話，各自在思索著。

一直到回到家裏，我才道：「馬基看到了甚麼，才要緊急降落？」

白素作了一個無可奈何的神情：「在三萬二千公尺的高空，有甚麼可以看到？難道真的是飛碟和綠色小人？」

我搖頭道：「不能排除這個可能，見到飛碟或不明飛行物體的駕駛員，不止他一個。」

白素道：「我們現在不必亂作推測，等見到他的時候，自然會知道真相。」

我表示同意，我們再作一百種推測，也沒有意義，要馬基親口講，才能知道當時他的舉止，為何如此失常。

過了兩天，晚上，接到了祁士域的長途電話：「請立即動身，已經安排好了，在起訴前，你可以和馬基作短暫的會面。」

白素自一開始就參與了這件事，本來，她會和我一起去見馬基機長，可是臨時有一些事，一定要她去處理，我只好一個人去。

白素臨時要處理的事，開始時和馬基機長、航機失事等等，全然沒有關係。可是發展到了後來，竟然大有關連。當時絕料不到，但既然看來全然不相干的事有了干連，也有必要，先將這件事敘述一下。那天下午，白素先接到了一個電話，她在電話中講了幾句，就放下了電話：「我要出去一下，很快會回來。」

我順口問了一句：「甚麼事？」

白素已向門口走去：「沒有甚麼，一個遠房親戚叫車子撞傷了。」

我有點啼笑皆非：「那你去有甚麼用？你又不是急救醫生。」

白素瞪了我一眼：「人家受了傷，去看看他，有甚麼不對？」

我只好攤了攤手，作了一個「請便」的手勢，白素便走了出去。

一個人被車撞傷，這種事，在大城市中，無時無刻不發生，當然引不起我的注意。

到了白素離去之後約莫一小時，她打電話來：「真對不起，有點意外，我要遲點才能回來，你自己吃晚飯吧。」

她講得十分急促，我忙道：「喂——」

我本來是想問她如今在甚麼地方以及究竟發生了一些甚麼意外的，可是我才「喂」了一聲，她就已經將電話掛上了。

白素做事，很少這樣匆忙，我只好等她再打電話給我。

等了又等，白素的電話沒有來，等到電話鈴響，卻是祁士域打來的，叫我立刻準備啓程，去見馬基機長。

我十分心急，一放下電話，立刻訂機票，也替白素訂了機票，然後，設法和白素聯絡。

我想，白素去探視一個被車撞傷了的遠房親戚。有這樣明顯的線索，以衛斯理的神通廣大，要聯絡她，輕而易舉，太簡單了！

可是，我一個又一個電話打，先打給一些親戚，沒有人知道誰受了傷，再打電話到各公立醫院去查詢，受傷的人倒不少，可是名字說出來，全然是陌生的名字，也沒有一個像白素那樣的人去探訪過傷者。

等到我滿頭大汗，發現根本無法和白素聯絡，已經是兩小時之後的事了。必須到機場去報到，我只好留下了錄音帶，告訴她我的行蹤，請她如果趕得及，直接來機場，不然，就趕下一班飛機。

我知道，只要白素一打電話來，她就可以聽到我留下的話。我直赴機場，一直等上了機，仍未見白素。在登機前一分鐘，我打電話回家，聽到的仍然是自己留下的話，不知道白素究竟到哪裏去了。

我並不擔心，只是奇怪。

飛機起飛，帶我到目的地——那是一個相當進步的國家。不過由於以後事態的發展和種種原因，主要是這個國家的航空公司堅決不讓我寫出這個國家的名稱，以免影響航空公司聲譽，所以我只好含糊地稱之爲「這個國家」！

飛行時間約十二小時，後來，我和白素會面，知道白素所遇到的意外是甚麼。倒不如趁此機會，先將白素的經歷說一下。因爲白素遇到的事，和整件事有密切關係。

白素當時接到的電話，是一個老婦人的聲音，據白素後來說，那像是她一個四表嬸的聲音，那老婦人在電話中直呼她的名字：「阿素，你二表弟撞了車，受傷了，你能不能來一下，他在急救中心醫院。」

白素只答應了一下，又問了兩句，多半是傷得重不重這樣的話，當時我雖然在一旁，可是也沒有在意。白素放下了電話，就走了出去。

她駕車離去，當她駕著車，才轉過街角之際，便看到一個老婦人，急急向她走了過來，一面走著，一面揮動雙手，示意她停車。

白素覺得十分奇怪，她停下了車，那老婦人的身手，十分靈便，和她的外表看來十分不相稱。白素才一停下車，她已奔到了車旁，而且立刻打開車門，坐到了白素的身邊，望著白素。

白素怔了一怔，但仍然保持著她的鎮定：「對不起，你是——」

那老婦人笑了笑，神情顯得十分狡猾：「剛才那電話，是我打給你的。」

白素聽了，不禁又是好氣，又是好笑。她曾和不少人打過交道，但對手是一個老婦人，卻並不多見。當時，她「哦」地一聲：「你騙我出來，甚麼目的？」

那老婦人搖著頭：「我不是騙你出來的，真是有人受了傷，被車子撞傷，他要見你。」

白素將車子駛到路邊，停了下來：「對不起，我不是急救醫生，也沒有時間見每個被車撞傷的人，請你下車。」

白素在這樣說的時候，已經準備，那老婦人如果再囉嗦的話，就將她推出車去，作爲她這種莫名其妙行動的小小懲罰。

可是，白素的話才講完，老婦人急急地道：「不行，你一定要去看看他，他告訴我，一定要見你，他是我的一個姪子，人很好，他一定要見你。」

白素又是好氣，又是好笑：「你的姪子，我認識他？」

老婦人道：「我不知道，不過他說，他認識你。」

白素悶哼了一聲，實在不想再和那老婦人糾纏不清下去，她道：「對不起——」

當她在說「對不起」之際，她已經準備欠身，打開車門，使用強硬手段，將那老婦人推下車去，可是就在此際，老婦人忽然欠了欠身子，使她自己的身子，靠近白素。

老婦人在白素的耳際，又低聲又快地道：「我的姪子是叫一輛怪車子撞傷的，他說，那輛車子中，有一個人，怪極了，怪到了他只有看到你才肯說的程度。」

白素皺了皺眉，那老婦人不但動作俐落，而且說話也十分有條理和有力，看來不像是一個普通的老婦人。白素想了一想：「你說你姪子認識我，可是我根本不知道他是甚麼人，也不知道你是甚麼人。」

老婦人嘆了一聲：「我只不過是一個老太婆，自從生意破產之後，已經很久沒有見人，說話可能硬了些，你別見怪——」

白素一揮手：「說了半天，你還是沒有說你自己是甚麼人。」

老婦人說道：「我的姪子叫黃堂，他在警局服務，職位相當高——」

老婦人才講到這裏，白素已經「啊」地一聲，叫了出來：「天，你爲甚麼不早說！他在哪一家醫院？我們快去！」

黃堂，這個名字，白素當然絕不陌生。我聽到了，也不會陌生，他是一個高級警官，職位相當特殊，專處理一些稀奇古怪的疑案。

白素一面問，一面已發動了車子，同時又道：「要不要衛先生也一起去看他？」

老婦人搖頭道：「不必了，我姪子說，衛先生做起事來，沒頭沒腦，性子又急，比你差得遠了，他只是想見一見你。」

（當白素這樣轉述黃堂對我的評語之際，我實在啼笑皆非。我早知道黃堂的觀察力相當敏銳，但是卻想不到敏銳到了這種程度！）

白素笑了一下，不置可否，心中感到奇怪的是，一個高級警察人員叫車子撞傷了，何以會鬼鬼祟祟，叫姑媽來打電話，叫她出來見他？

老婦人像是看到了白素的疑惑神情，忙道：「他說事情很怪，所以回來之後，他也根本不在醫院，只是住在我的家裏養傷，他不想將事情弄得人人知道，只是想聽一下你的意見。」

白素更是疑惑，道：「甚麼叫『回來以後』？」

老婦人道：「是，我沒有說明白，他最近出了一次差，目的地是馬來西亞的沙巴，他是在那裏被車子撞傷的。」

老婦人講到這裏，白素還未曾在意，可是老婦人接著，又補充了一句：「當時，他在機場的附近，被車子撞著。」白素心裏陡然一動，沙巴的機場，那就是馬基機長的航機出事的所在地。

白素心中略想到了這一點，在當時，她還絕無可能將兩件不相干的事聯在一起，她只是覺得事情很怪。

白素隨口答應著：「那好，府上在哪裏？」

老婦人說了一個地址，白素駕車，一直向前駛去。

一路上，老婦人說得很少，等到到達了目的地，是一幢又大又古老的洋房。

白素停了車，在老婦人的帶領下，走進屋子。

屋子的內部很殘舊，才進屋子，樓梯上就傳來「踏踏」的聲音，白素抬頭看，就看到了黃堂。黃堂拄著一根拐杖，從樓梯上走下來。樓梯是木樓梯，拐杖點在上面，才發出了那種怪異的「踏踏」聲。

白素揚了揚眉：「你受了傷？」

黃堂一直到下了樓，作了一個手勢，請白素坐下，才道：「真對不起，爲了我的事，不得已請姑媽用這樣的方法請你來。」

白素道：「其實，你大可以——」

黃堂道：「我不想讓衛先生知道，他……他……武斷，而我的遭遇，又十分怪異。」

白素笑了起來：「怪異到甚麼程度？」

黃堂皺了皺眉：「上個月，奉命到沙巴帶一個犯人回來，這本來是一件十分簡單的任務，接收了犯人，赴機場，準備上機，可是到了機場，才知道有一架客機失事了，情形很嚴重，機場封鎖了，航機不能起飛。」

白素「嗯」地一聲：「就是那一天的事。」

黃堂像是不知道白素這樣說是甚麼意思，望了白素一眼，白素作了一個手勢，示意他繼續說下去。

黃堂道：「我只好帶犯人回去，怎知車行一半，犯人突然打開車門，跳車逃走，我立時追上去，當時已經天黑了，犯人在前面跑，我追著，經過的地方，根本沒有路，只是一片荒野，我一面追，一面拔出了鎗來，準備射擊。就在這時，忽然有一輛車子，自左側疾駛了過來。」

白素用心聽著：「一輛甚麼樣的車子？」

黃堂道：「普通車子，我沒有留意，天色黑，也看不清楚，那車子沒有著燈，只是向我直撞了過來，我立時跳開去，想躲避，以爲那是犯人的同黨駕的車子。」

白素道：「這樣推測，合乎情理。」

黃堂苦笑了一下：「我避得雖快，還是叫撞了一下，由於我的身子正在旋轉，所以一撞之下，向外跌了開去，手肘先著地，接著腿上一扭，我聽到了自己骨折的聲音。」

黃堂敘述得十分詳細，而白素到這時爲止，還不知道黃堂用這樣的方法請她前去，究竟是爲了甚麼。如果換了我，在這樣的情形之下，一定十分不耐煩，要催黃堂快點講正題。

但是白素的耐性很好，她並不催促，只是靜靜地聽黃堂講下去。

他繼續道：「我倒在地上，那車仍然向前疾駛而去。這使我十分憤怒，我忍著痛，抬起身來，我那時，還只不過想看清楚這輛車子的車牌號碼，準備去追查一下，懲罰一下那樣駕車的人。」

黃堂講到這裏，向白素望了過來，神情像是想白素心急地發問，他一看之下的結果如何。

但是白素仍然一點反應也沒有，只是靜靜地聽著，等黃堂講下去。

我想，黃堂這時，心中一定很後悔，像白素這樣一點也不心急的聽眾，十分無趣，他可能在後悔，應該找我，而不該找白素，換了是我，早已向他問了十七、八個問題了。

黃堂見白素沒有甚麼反應，他只好又道：「我沒有看到車牌號碼，只看到車裏面，連司機在內，一共四個人，全都穿著民航機飛行人員的制服。」

黃堂在請到這裏時，神情激動，白素淡然應了一句：「你在機場附近，有飛行人員駕車經過，有甚麼奇怪？」

黃堂用手撫了一下臉：「坐在後座的一個，抬起身向我望來，可以看到他的制服肩頭上，有三條橫槓，是副機長級的人員。」

白素皺了皺眉，沒有再表示甚麼意見。

黃堂續道：「一般來說，飛行人員的知識程度都相當高，一個有一定知識程度的人，在撞到人之後，不應該不顧而去。」

白素「嗯」地一聲：「在一般的情形下，的確如此。」

黃堂道：「可是爲甚麼他們不停下來看看我？」

白素作了一個「不知道」的手勢。黃堂略停了片刻，又道：「那時，當然追不到那個犯人了。我立即肯定，那輛車中的四個飛行人員，是假扮的，目的就是爲了接應那個犯人逃走。這樣簡單的一件任務，我竟然失敗了，心中難過至極，腿骨斷折的瘀痛，反倒不怎麼覺得，我躺在地上，一動不動，幾乎不想起來。」

白素說道：「你斷了骨，如果不立時就醫，十分危險。」

黃堂苦笑了一下：「當時根本沒有想到這一點，我只是在想，何以那麼簡單的任務，都會出錯？就在這時，大約前後相隔不到三分鐘，那輛本來已駛得看不見了的車子，突然又駛了回來。就在我不遠處停下，相隔大約只有……」

他說著，用手比劃：「大約只有兩公尺。我裝著閉上眼睛，車門打開，那個副機長級的飛行人員，準備下車，可是，坐在他旁邊的人，卻講了一句話，像是叫他別下車——」

白素怔了一怔：「甚麼叫作『像是叫他別下車』？」

黃堂解釋道：「那人講的一句話，我沒有聽懂。只是那人講了一句之後，那要下車的人，就猶豫了一下，也講了一句我聽不懂的話。他身邊那個，再急促地講了兩句，要下車的人已伸出車外的一條腿，又縮了回去，接著，車子就又駛走了。」

白素「嗯」地一聲：「從整個過程來看，像是他們折回來，想看看你怎麼樣了。由於你伏在地上，一動不動，其中的一個雖然還想下車來看個仔細，但其餘三個人，認爲你已經死了，不必再看，所以，又駕著車走了。」

黃堂道：「是，這正和我的設想一樣。」白素又作了一個請他繼續下去的手勢，黃堂道：「這一來，那個將下車而沒有下車的人的樣子，我看得十分清楚。」

白素道：「當時的光線——」

黃堂知道白素想講甚麼，忙道：「是，當時的光線很暗，而且我在受了傷之後，滿頭是汗，視線也不是很清楚。但是，我受過特殊訓練，對於辨別人的相貌，有超特的能力，任何人給我看過一眼，只要我留意他，再見到他的時候，我就可以極肯定地指出他來。」

白素道：「我並不懷疑你的這種能力，你——後來你又在甚麼時候見到了這個人？」

黃堂卻不立時回答白素的問題，又講了一些他在車子離去之後，如何掙扎著移動自己的身子，到了公路上，終於有了車子經過，救起了他，將他送到了醫院之中的一些經過。

當黃堂講述這種經過之際，世上也只有白素一個人有這個耐心靜靜地聽下去。

黃堂接著，又講了他回來的一些簡單的情形，然後才道：「我在這裏養傷，雖然上級不斷安慰我，而那個逃犯，在第二天，就被捕獲。但是我仍然心灰意懶，甚至考慮傷好了之後，退出警界。這幾天的日子過得很無聊，要翻舊報紙來打發時間，今天上午，我就在一份舊報紙上，看到了那個人。」

白素「哦」地一聲，說道：「那個副機長級的飛行人員？他的相片——」

黃堂連連點頭：「是的，你看。」

他直到這時，才自口袋中，取出了一份摺得整整齊齊的報紙，報紙向上的一面，是一幅圖片，圖片中有四五個人，在其中一個人的頭上，用紅筆，畫了一個小小的圓圈。

白素甚至是在黃堂一取出報紙來的時候，就已經呆了一呆。

黃堂指著那個人：「就是他。」

他說著，將報紙伸向白素，要白素仔細看。白素只是平靜而有禮貌地道：「黃先生，你認錯人了！」

黃堂在剎那之間，臉脹得通紅。因爲白素在幾分鐘之前，還稱讚他認人的本領，如今卻老實不客氣地說他認錯了人。

黃堂紅著臉，也不解釋，只是像一個固執的小孩子那樣，重複地道：「就是他，我不會認錯。」

大家都知道，報紙上的圖片，大都不會很清楚，那張圖片，總共不過十公分見方，圖片上又有四五個人，每一個人的頭部，不會比小手指甲更大。

黃堂指著那個人的頭部，神情堅決，表示不會認錯。

白素也像安慰小孩一樣：「我不是對你認人的能力有懷疑，也不是說你不能憑一個模糊的報上圖片，認出一個人來。」

黃堂仍然脹紅了臉：「那麼，爲甚麼說我錯了？」

白素道：「因爲我知道這個人是誰。」

黃堂顯出十分驚訝的神情來，但隨即恍然：「當然，你看過報紙。」

白素道：「單是看過報紙，不能肯定你認錯了人。這個人，叫白遼士，是一架航機的副機長，他那架飛機，在你被撞之前，在機場跑道上失事。你想想，一個失事飛機的副機長，有甚麼可能在一小時後，駕著車，將你撞傷？」

黃堂整個人都震動了一下，立時拿起手上的報紙，盯著報上的圖片看。

白素說他認錯了人，理由再充分也沒有，一架失事飛機的副機長，絕無可能在失事後一小時之內，離開機場。而且白素也知道白遼士副機長在失事之後，決未曾離開過機場。

黃堂盯著圖片，自言自語：「對，新聞說明說圖片上的四個人，是失事飛機中生還的主要人員。對，就是因爲那架飛機失事，所以我才不得不離開機場，可是——」他講到這裏，抬起頭來，有一種難以形容的固執的神情：「可是我肯定，這個白遼士，就是撞倒我的車中的四個人之中的一個！」

白素道：「可能是他們全穿著副機長級飛行人員的制服——」

黃堂不等白素講完，就近乎憤怒地叫了起來：「絕不會，一定是他。」

黃堂的言詞，已經接近無理取鬧。白素的涵養再好，至多不過不發作而已，也不可能再聽下去。所以，她只是笑了笑，站了起來：「黃先生，祝你早日恢復健康，我要告辭了。」

黃堂的神情，仍然十分憤怒，他用力以手指戳著報紙：「就是他！一定是他！」

白素攤了攤手，作了一個無可奈何的手勢：「黃先生，沒必要爭論，我不想——」

黃堂嘆了一聲，喃喃地道：「唉，衛斯理雖然有很多缺點，可是我還是應該找他，不應該找你。」

白素本來準備離去，一聽得黃堂這樣講，她盯著黃堂，半晌：「你的意思是，他能接受你這種荒謬的說法，我不能？」

黃堂道：「對不起，我無意的。」

白素的性格，也有極剛強的一面，黃堂越是這樣輕描淡寫，若無其事，越是使她不快意。她道：「好，我可以再進一步告訴你，何以我可以肯定你認錯了人，因爲我對這架飛機失事的經過，再清楚也沒有。」

當白素決定要向黃堂詳細講述白遼士那架飛機失事的經過之際，當然需要時間，而她又怕我久等，所以打電話通知我，有了一點事，要遲點回來。

當時，我再也想不到她的所謂有事，原來是力圖說服黃堂，要他承認自己是認錯了人！

第三部：當時情形機長不知

女人的固執，有時莫名其妙。

但有時，莫名其妙的事，會引起意料不到的事態發展，白素的決定，就是如此。

白素如果當時不堅持和黃堂爭辯，對以後的事態發展，可能全然不同。她堅持爭辯下去，影響了以後的許多事。

以後的事情，自然放在以後再說。

我趕去看馬基機長的旅途，一點也不值得記述，只是心急，希望快一點見到他。航機到達目的地，一出機場，就看到了祁士域。

祁士域看來仍是那樣衣冠楚楚，文質彬彬，但是他神情十分焦切，一看到我，立時急步向我走了過來：「謝天謝地，你來了，馬基越來越不像樣了。」

我怔了一怔：「越來越不像樣？」

祁士域嘆了一聲，頗有不知從何說起之苦，他望了望我的身後：「尊夫人——」

我解釋了一下白素臨時有事出去，我沒有找到她的經過，又道：「馬基機長究竟怎麼了？」

祁士域急步向機場外走去，並不回答我的問題，我只好跟在他的身邊。那地方接近歐洲北部，深秋時分，天氣十分涼，涼風撲面，我拉了拉衣領，祁士域揮著手，一輛汽車駛了過來，由穿制服的司機駕駛，我們上了車，祁士域便吩咐道：「到拘留所去。」

他轉過頭來：「馬基機長一直被警方拘留著，幾個律師幾次申請保釋外出候審，都不獲批准。」

我皺著眉：「情形那麼嚴重？」

祁士域嘆了一聲：「可是我卻擔心，開庭審訊的結果，馬基不是在監獄中度過餘生！」

我陡地吃了一驚：「貴國還有死刑？」

祁士域神情苦澀：「不是這個意思，我怕他會在精神病院中度過一生。」

我怔了一怔，一時之間，弄不明白祁士域這樣說是甚麼意思，只好問道：「在飛行途中，馬基突然看到了一些可怕的東西，他究竟看到了甚麼？」

祁士域搖著頭，不斷唉聲嘆氣。

他一面嘆息著，一面道：「起先，他甚麼都不肯說，我去看他幾次，有一次，他只對我說，叫我帶點酒去給他。那……帶酒入拘留所，是犯法的。」

我也不禁苦笑了一下：「你當然——」

我本來想說，祁士域當然拒絕了馬基的要求。誰知道話還沒有說完，他已然道：「我當然帶去了給他，誰叫我們是朋友。」

我不禁呆了半晌，盯著祁士域。祁士域和馬基之間的友情如此深厚，我又有了新的體會。像祁士域這樣身份的人，行事自然小心，可是他卻冒險帶酒進拘留所給馬基。雖然這不是甚麼了不起的罪行，但也足可以使得他身敗名裂！

我攤了攤手，表示在某種情形下，我也會這樣做。祁士域繼續道：「馬基和我會面，有警員在一旁作監視，我趁警員不覺，將酒給了他，他也趁警員不覺，一大口一大口的吞著酒；直到將一瓶酒喝完，我看他已經有了幾分醉意，就問他：『馬基，當時你究竟看到了甚麼？』他一聽得我這樣問他，瞪大了眼，望了我半晌：『看到甚麼？』」

祁士域說到這時，車子一個急轉彎，令他的身子側了一下，打斷了話頭。他坐直身子之後，又嘆了一聲：「我再問：『每個人，都說你好像看到了甚麼，所以才驚恐，下達緊急降落的命令。』他聽了之後，顯出一片迷茫的神情來，接著，又急急問我：『他們說了些甚麼？』」

祁士域向我望了一眼：「馬基竟然會這樣問我，你說奇怪不奇怪？」

我想了一想，也想不出馬基何以要這樣問，馬基口中的「他們」，自然是航機上其餘的人員，白遼士、文斯、達寶、連能等人，他們會說甚麼呢？自然是航機失事的經過了，馬基何必問？

祁士域得不到我的回答，又繼續道：「馬基連問了三次，我只好道：『他們向調查小組作供，說當時事情發生的經過。』馬基又堅持著追問：『他們怎麼說？』我嘆了一聲：『唉，當時發生的事情，你難道不記得了？他們只不過說出了經過。』馬基仍不滿足，他吼叫著：『告訴我，他們怎麼說！』我看他的神情極激動，只好準備告訴他。但是剛才，他偷喝酒，時間已過去了許多，當我剛要開始說的時候，他和我的談話時間已經到了，警員押著他進去。」我聽到這裏，略一揮手，打斷了祁士域的話頭。

我道：「他不看報紙？不知道他同僚的供詞對他不利？」

祁士域道：「以前幾次探訪，他根本一句話也不說，我也不知道他是不是看報紙。」

我略想了一下，總覺得這其中，有十分蹺蹊的事在，但是究竟是甚麼事使我有這樣的感覺，我卻又說不上來，只好暫時放開，不去想它。

祁士域繼續道：「馬基被警員拉起來之際，忽然激動了起來，陡然大叫一聲，一拳打向那警員的面門。可憐，那警員十分年輕，也算是個美男子，馬基的那一拳打得十分重，一定打碎了他的鼻樑骨——」

我極不耐煩，大聲說道：「別理那警員的鼻樑，馬基為甚麼要打人？」

祁士域苦笑道：「我怎麼知道？我當時也嚇呆了，忙過去抱住了他，他卻竭力掙扎著，那警員一臉是血奔了出去，拘留所中立時亂了起來，衝進來了幾個警員，制住了馬基。我只好大聲叫道：『馬基，鎮定些！馬基，鎮定些！』馬基被警員拖向內去，我又不能跟進去，只聽得他在大叫。」

祁士域講到這裏時，疑惑地望著我。

我忙道：「他又喝醉了？亂叫些甚麼？」

祁士域道：「不，他沒有喝醉，我可以肯定他沒有喝醉，只不過他的行為，激動得有點不正常，他一面掙扎著，一面高叫道：『他們不是人！他們不是人！』我聽得他連叫了七八次，聽來好像一直被拖了進去之後，還在不斷地叫著。」

我皺著眉：「看來馬基和他的同僚，相處得不是十分好，心中以為同僚故意將所有的責任，全推到了他的身上，所以有了點酒意，就罵起人來了。」

祁士域聽得我這樣講法，大搖其頭，道：「不是，他不是在罵人，只是在叫：『他們不是人！』」

祁士域這樣說了之後，再重複了一遍。我聽懂了，不禁「啊」地一聲，明白了馬基口中在叫著的「不是人」，並非罵人，而是說「他們不是人類！」

說白遼士他們幾個不是人類，這樣的話，當然一點意義也沒有。我當時想，馬基真是不能喝酒，一喝了酒，甚麼怪事，甚麼怪異的話，都講得出口，在這樣的情形下，祁士域帶酒進拘留所的事，只怕要東窗事發了。

我望著他，道：「你還是不該答應帶酒給他的。」

祁士域有點激動，道：「我算甚麼，況且警方也不知道他喝了酒，我帶去的是伏特加。」

我笑了一下，祁士域倒可以說是深謀遠慮，伏特加酒喝了之後，口中聞不到酒味，拘留所中的警員，居然會沒有發覺。祁士域又道：「第二天，我再去看他，才知道他已被列爲危險人物。他昨天，又打傷了兩個警員，危險人物的探訪，要經過特別批准，我立刻去申請，可是不批准，理由是馬基的精神不正常，我又申請，讓兩個著名的精神病專家去探視他，總算批准了，但是馬基卻只是翻著眼，一句話也未曾說過。」

我呆了半晌：「既然如此，我又如何可以見他？」

祁士域道：「我費盡了心機，聘請了五個律師，也用盡了人事關係，總算你可以見他，不過，他們只給半小時，而且，有武裝警員監視。」

我一聽得祁士域這樣說，幾乎直跳了起來：「如果馬基機長有話，只願意對我一個人說，有人在旁監視，見了豈不是白見？」

祁士域道：「是啊，我也是這樣想。」

他在這樣講了之後，停了一停，忽然道：「我和一些人接觸過，那些人說，就算馬基機長在拘留所中，接受特別看管，但是要弄他出來，倒也不是太難。」

祁士域這幾句話，講得十分急促，一時之間，我還弄不明白他這樣說是甚麼意思。

當然，我立即明白他這樣說是甚麼意思了。

我驚訝得只是怔怔地望著祁士域。這真是我做夢也想不到的事，一個像祁士域這樣的人，有著良好的事業、教育程度，竟然也會有這樣向法律挑戰的念頭，比起來，帶一瓶伏特加進拘留所，簡直微不足道之至！

我呆望了他半晌：「你……想劫獄？」

祁士域神情極無可奈何：「我不相信馬基有罪。可是每一個律師都說，馬基絕逃不了法律的制裁。」

我忙道：「萬萬不可，祁士域先生，萬萬不可。」

在我連聲說「萬萬不可」之際，車子已在一幢建築物之前停下。那建築物全用紅磚砌成，方方整整，看來十分悅目。車子停下之後，祁士域道：「到了。當然，那只是我的一個想法。」

我拍了拍他的肩，表示欽佩他的爲友熱忱，馬基有這樣一個朋友，那真比甚麼都好，我下了車。祁士域跟在我後面。

建築物的鐵門緊閉，祁士域按了門鈴，對講機中傳來了語聲，在祁士域道明了來意之後，鐵門打了開來。

鐵門之內，是一個三十公尺見方的院子，有一些被拘留的人，在警員的監管下，緩緩步行。我們穿過院子，進入建築物，一個值日警官帶我們進入一間辦公室。

一個警官帶我進了會見室。會見室中，有一些簡單的陳設，進去之後不久，兩個武裝警員先進來，在角落站好，過了不一會，就聽到一個沙啞的聲音叫道：「衛斯理。」

我立時循聲看去，看到馬基機長在兩個武裝警員的押解下，走了進來。

老天！我認不出他是甚麼人！他魁梧的身形還在，然而，高大的身形看來只像是一個空架子。

那樣子，真是可怕極了，他頭髮看來是一片斑白的蓬鬆，雙眼深陷，眼中佈滿了紅絲。兩頰向內陷，鬍鬚渣子發黑，一看到了我，那樣的一個大個子，顯出一副想哭的神情，一副不知所措的樣子。

唉，當我看到了馬基，才知道祁士域為甚麼會有「將他弄出來」的念頭，作為好朋友，實在不忍心看到神采飛揚的馬基，變成如今這等模樣。

我忙向他走過去，他緊緊握住了我的手，用力搖著。我忙道：「我們只有半小時可以交談，而他們——」我指著四個警員，「又必須留在這裏。」

馬基立時顯出憤怒又激動的神情，我立時阻止他：「用法文交談，他們一定聽不懂。」

我這句話，就是用法文說的，誰知道我這句話才一出口，一個警員立時也以極其純正的法語道：「我不想偷聽你們的談話，用德文吧。」

另一個警員笑了笑，說道：「我也不想偷聽，你們還是用中文好些。」

馬基當然不會中文，他又想衝過去打警員，我用力將他拉住：「他們是有權隨時中止我們會面。」

馬基一聽，才靜了下來，他的嘴唇發著抖，神情激動之極，我按著他坐了下來，將一支煙遞給他，由於他抖得厲害，那支煙，他銜在口中，竟然跌下了三次，才吸到了一口。

我看他比較鎮定了些，才道：「飛機失事的過程，我已經全知道了。」

馬基用他那雙佈滿紅絲的眼睛盯著我：「是誰告訴你的？」

我道：「我參加過調查小組，是你的同僚白遼士、文斯——」

我才說出了兩個名字，馬基已陡然站了起來，他口中所銜的煙，再度落下，他也不去拾，只是厲聲道：「他們，他們……他們……」

他連說了三聲「他們」，實在因為太激動，所以根本無法講下去。我又按著他坐了下來：「雖然只有半小時，你可以慢慢說。」

馬基陡然之間，顯出了十分悲哀的神情來：「你不知道，你根本不知道！一點也不知道，甚麼也不知道！」

他在這樣說的時候，流露出一種極其深切的悲哀。

我實在不明白馬基這樣說是甚麼意思。但是，他是最直接的當事人，他既然這樣說了，一定有他的原因。

在白遼士他們的供詞中，曾提到馬基在飛行之中，突然看到了甚麼，那麼，他究竟看到了甚麼呢？

我盯著馬基，看他那悲哀的樣子，心中十分不忍，我問道：「你究竟看到了甚麼？雷達的探測紀錄甚麼也沒有測到！你究竟看到了甚麼怪東西或是甚麼怪現象，不妨直說，再怪，我也可以接受，可以慢慢研究。」

馬基的反應出乎我的意料之外，他先是瞪大眼，收起了那種哀切的神情，十分憤怒，接著，他大力搖著頭：「告訴你，我甚麼也沒有見到。」

我問：「既然甚麼也沒有看到，那麼，爲甚麼在飛行途中，忽然要求緊急著陸？」

馬基長嘆了一聲，我以爲他在嘆息之後，一定會說出原因來了，誰知道他接著道：「我根本沒有要求緊急著陸。」

我本來是坐著的，一聽得他這樣講，不禁陡地跳了起來，有點兇狠地瞪著他：「看來，你也沒有打破達寶的頭。」

馬基叫了起來：「當然沒有！」接著，他用十分焦急的語氣道：「他們怎麼說我？告訴我，他們怎麼說我？他們——」

他一面說，一面雙手按在我的肩頭上，用力搖著，他的這種動作，令得在旁的四個警員緊張起來，我忙按著他坐下：「你別理會人家說甚麼，當時的經過怎樣，你先告訴我。」

馬基簡直是在吼叫：「告訴我，他們怎麼說。」

我說道：「我們只有半小時時間——」

一個警員提醒道：「還有十八分鐘——」

馬基吼叫得更大聲：「所以，你別浪費時間，快告訴我，他們怎麼說？」

我沒有辦法，只好用最簡單扼要的話，將白遼士他們敘述的失事經過，講了出來，爲了爭取時間，將經過濃縮到不能再濃縮。

馬基睜大了眼，聽著我的敘述，漸漸地，神情又驚又恐，又悲憤又激動。看他的神情，白遼士他們的供詞，百分之一百屬於謊言。

等我講完——只用了三分鐘時間，馬基揮著手，想講甚麼，可是口唇劇烈地發著抖，甚麼也沒有講出來，隨即，他又顯出了那種深切的悲哀來，雙手抱著頭，身子發著抖，卻不出聲。

我連連催問，馬基仍是一聲不出，我看了看警員，警員道：「七分鐘！」

我真的忍不住了，大聲喝道：「馬基，我們只有七分鐘了。」

馬基經過我一喝之後，才抬起頭來，喘息著：「你相信了?祁士域相信了?每一個人都相信了他們所說的經過?」

我十分發急，時間無多，馬基卻還在說這種無聊話，我大聲道：「當時的經過情形如何，你說，我要聽你的敘述，當時的情形怎樣?」

我也發起急來，學著他剛才一樣，用力搖著他的身子。馬基一面被我搖著，一面道：「當時的情形，我完全不知道。」

我已經預料到馬基會有極出乎意料之外的回答，他說的一切，可能和白遼士他們所說的完全相反，我已經有了這樣的思想準備，但是，我無論如何想不到，馬基會說出這樣的話來。

當時的情形如何，他不知道。

這大約是本世紀最混帳的話！他是機長，是這次失事的中心人物，可是他竟然說當時的情形如何，他不知道。

如果不是看到他的形容是如此憔悴，我真想給他重重的一拳，一時之間，我氣得說不出話來，只好怔怔地望著他。等我緩過氣來時，我才說了一句：「醉成那樣？」

馬基一片惘然，說道：「我不知道。」

我提高聲音道：「你睡著了？」

馬基又道：「我不知道。」

我真是忍無可忍了，厲聲道：「在法庭上，如果你也這樣回答，一點也不能改變你的命運。」

馬基震動了一下，又雙手抱著頭一會，才抬起頭來。這時，我發現他已經鎮定了許多，而且，也有著一種相當堅強的神情：「謝謝你來看我，我想，你和祁士域，對我，都不必再作任何努力。我是一個無可救藥的酒鬼，由我去吧。」

我嘆了一聲：「馬基，你——」

馬基揮了一下手：「還有，請你轉告祁士域，我上次見他的時候，最後告訴他的那句話，請他別再放在心上，忘掉算了。」

我呆了一呆，一時之間，想不起那是甚麼話來，於是問了一下，馬基十分苦澀地一笑：「我曾說他們不是人，這是……沒有意義的……一句話！」

我「哦」地一聲，心想，這本來就是沒有意義的一句話，何必特別提出來？當我再想問他甚麼時，一個警員已經道：「時間到了。」

兩個警員立時走過來，我還想再講幾句話，可是馬基反倒想結束，他順從地站了起來：「真的，你和祁士域不必再為我操心，既然事情這樣，那就算了。」

他說著，不等那兩個警員再催，便向內走去。我沒有別的辦法可想，只好望著他高大的背影發怔。直到連他的腳步聲也聽不到了，我才嘆了一口氣，回到辦公室，祁士域已等得極其焦切：「他怎麼說？他怎樣為自己辯護？」

我十分懊喪：「他甚麼也沒有說，我們走吧。」

我一面說，一面拉著祁士域走了出去，直到上了車，我才將和馬基會面的那半小時情形，詳詳細細地告訴了他。等到講完時，我們已經在我下榻的酒店的酒吧之中，各自喝了幾杯酒了。

祁士域呆了半晌：「他這樣說，是甚麼意思？」

我攤著手：「我不知道，或許當時，他真醉了，事後完全想不起。」

祁士域十分難過：「那我們應該怎麼辦？」

我苦笑道：「沒有甚麼可做。你已經盡了做朋友的責任，千萬別再轉甚麼將他弄出來的怪念頭，替他請幾個好律師就是。」

祁士域又大口喝著酒，看起來，他不是常喝酒的人，我忙出去，將他的司機叫了進來，由司機扶著他離去，我也回到了酒店的房間之中。長途跋涉，而一點結果也沒有，心中自然不愉快之極。

我打了一個電話回家，聽到的，竟然仍然是留下的錄音，白素還沒有回家，這又使我擔心，我立時和航空公司聯絡，訂了最早可以離開的機位，準備回去。

我倒在床上休息，心中在想：白素究竟在幹甚麼？何以她離家如此之久，而事實上，她又根本沒有甚麼遠房親戚受了傷。

算算時間差不多，我離開了酒店，乘搭酒店安排的車子到機場去，一路上，覺得沒意思到了極點。

在接近機場的一段公路，是又寬又直的高速公路，正當酒店車子快速平穩的行駛之際，後面突然有一陣警號聲傳了過來。

我回頭看了一看，看到兩輛警車，正在以極高的速度，響著警號，車頂上的紅燈，在旋轉著，向前疾駛而來。

我向司機道：「看來後面的警車有緊急任務，你不妨把車子駛向一邊，讓他們先過去。」

司機向我作了一個手勢，表示明白了我的話，將車子駛向公路邊上。誰知就這麼一兩句話之間，一輛警車，已經以極快的速度駛過了我們的車子，而且立時停了下來，攔住了車子的去路。

司機大吃一驚，立時停車，車子已經幾乎撞上了警車。而後面一輛警車，也已停下，自兩輛警車之中，跳出了七八個警員來。

天地良心，直到這時爲止，我還未曾將這些警員和我聯想在一起。可憐的酒店司機，一看到這等陣仗，更是嚇得臉色煞白，轉過頭來，一副不知所措的神情望著我：「天，我剛才開得太快了？」

我也莫名其妙：「不會吧，看這情形，像是在捉大盜。」

我的話才住口，跳下警車來的警員，有的已衝向前來，手中全有鎗，有的伏在停著的警車之後，看來是在爲衝向前來的警員作掩護。

看到這種情形，我也驚呆了，連忙向司機道：「兄弟，快舉起雙手來，免得他們認爲我們要攻擊警員。」

司機極聽話，連忙舉起雙手來，我也高舉雙手。在外面的警員看到我們舉起了手，才將車門打開，大喝道：「出來！出來！」

我和司機分別走出去，司機哭喪著臉：「我……沒有超速。」

我聽得他這樣替自己辯護，實在忍不住，哈哈大笑了起來。這時，一個穿便衣，看來像是高級警官的人走了過來：「一點也不好笑。」

我向他望了一眼：「如果你在我的處境，你一定也會好笑。」

那高級警官立時道：「錯了，如果換了我是你，我一定笑不出來。衛斯理先生，你被捕了，你有權可以拒絕任何發言，你──」

他熟練地背誦著拘捕時應該提醒被捕人的權利，我卻目瞪口呆，再也笑不出來。

等他講完，我才道：「請問罪名是甚麼？」

高級警官冷冷地道：「串謀在逃人等，在拘留所中，將一名候審的疑犯劫走，並且擊傷了兩名警員。在逃的同謀人，全是臭名昭彰的通緝犯。」

一聽得這樣說法，我真如同半天響起了一個焦雷一樣。他奶奶的，祁士域這傢伙，真的幹了！真的和他曾商量過的「一些人」，將馬基從拘留所「弄了出來」。

我一時之間，瞪著眼，張大口，一句話也講不出來，一個警員已揚著手銬走了過來，我這才如夢初醒：「不必了，我不會反抗，因爲事實上，我沒有做這樣的事。」

那高級警官倒很客氣，還向我作了一個「請」的手勢，請我登上一輛警車，直駛警局。

在我到了警局之後，如果要將發生的事詳細敘述，未免十分無趣，也沒有必要。我並沒有參與劫獄，警方之所以如此緊張地追捕我，是我和祁士域在一起，而且，在事前一小時，還曾探訪過馬基，又離開得如此之急。

祁士域真是將馬基弄了出來，不管我曾警告過他「萬萬不可！」在警局之中，我才知道祁士域曾告訴過我，他和「一些人」接觸過，當時我沒有在意。誰知道祁士域曾接觸過的那些人之中，包括了歐洲最兇悍的銀行劫犯、綁架犯、慣竊和許多犯罪界的著名人物。這些人，簡直可以打劫最堅固的監獄，從防守並不嚴密的拘留所中劫一個人出來，簡直如同兒戲。

祁士域在和我分手之後立即行事，因爲事情一發生，警方人員到酒店去找我時，我才離開。而行事之際，祁士域和那些犯罪者的手中，有著最新型的M十六自動步槍，警員沒有還手的餘地，一個劫匪向天花板掃射之際，子彈橫飛，流彈傷了兩個警員，幸而傷勢不是十分嚴重。

事發後，祁士域不知所終（他當然不會再堂而皇之地出現），馬基也不知所終。根據拘留所的警員說，馬基根本不願意離去，他是被祁士域硬拖走，馬基在離去的時候，還在高聲呼叫：「祁士域，你不明白，你不能和他們作對，你鬥不過他們。」

馬基離開拘留所的時候，這樣叫著，而且叫得大聲，所以在場的每一警員，都聽得清楚。

馬基爲甚麼要這樣叫，沒有人明白。當時，我聽了之後，也一樣不明白。

整個劫人事件，不過歷時三分鐘，衝進去，拉著人出來，門口早有車子接應，職業劫匪的行事，乾淨俐落之至。

第四部：白素的離奇經歷

我在警局，花了不少唇舌，解釋著我的無辜，總算初步令警方相信了。但是，我仍不能離境，旅行證件交由警方保管，協助調查。這對我來說，真是無妄之災，雖然我竭力反對，但無效。

於是，我只好回到酒店，等我回到酒店之際，已經是深夜了。我再打電話回家，白素還沒有回來，聽到的仍然是錄音機的聲音。

我心裏煩極，重重地放下電話，倒在床上，心裏罵了祁士域一萬遍豬！

當晚沒有睡好，一直在想，祁士域「救走」了馬基之後，可能已經逃到南美洲去了，除非是這樣，不然，在歐洲，他們可無處藏身。

我又在想，白素究竟在幹甚麼？

白素究竟在幹甚麼？當時我並不知道，事後，自然知道了。

在這裏，我先將白素做的一些事，先敘述出來。

白素為了要黃堂承認他認錯了人，將飛機失事的經過，詳細地講給黃堂聽。黃堂遇到任何事，都要知道得詳詳細細，白素敘述，他又問了不少問題。所以，花了不少時間。

白素用這樣一段話作為結束：「你被車子撞倒時，副機長白遼士正在機場，接受調查，絕不可能駕車離去。」

如果黃堂不是一頭驢子，他一定會接受白素的解釋了。如果他接受了白素的解釋，那麼白素就會回家，還可以來得及趕到機場來，和我同機起飛。

可是，黃堂是一頭不折不扣的驢子。

等到白素講完之後，他想了片刻：「不管你怎麼說，我沒有認錯人！就是這個副機長，他的名字叫甚麼？叫白遼士？」

白素不生氣，反倒笑了起來：「你如何解釋一個人同時在兩個地方出現？」

黃堂道：「或許，是兩個同卵孿生子？」

白素也不客氣：「別寫九流偵探小說。」

黃堂嚥了一口口水：「你當時並不在機場，或許白遼士在飛機失事之後不久，就溜了出來。」

白素問道：「他爲甚麼要溜出來？」

黃堂道：「那你讓去問他。」

黃堂的這種話，換了第二個人，或是生氣，或是一笑置之，都不會認真。可是黃堂這次，算是遇到對手。白素固執起來，我不敢用驢子來形容她，總之，也夠瞧的就是了。

她竟然連想也不想：「好，我就問他。」

黃堂瞪著眼：「他，在哪裏？」

白素道：「我知道他有一個月的假期，而且他對我說過，在有了這樣可怕的經歷之後，會在家裏好好休息，而我有他家的電話號碼。」

黃堂沒有反對：「好，你去問他。」

白素拿起了電話來，要求接駁長途電話，然後，放下電話聽筒，等候接駁。

黃堂忽然轉換了話題，道：「這次飛機失事，過程好像很神秘？」

白素道：「是的，不知道馬基機長爲甚麼會突然要求緊急降落，而且大失常態。」

黃堂想了一想，說道：「根據你的敘述，他像是看到了甚麼怪東西。」

白素道：「在三萬多呎的高空？」

黃堂攤了攤手：「一定有原因，不會無緣無故失常，他是一個飛行經驗極其豐富的機師。」

白素對這點，倒表示同意，他們又繼續討論了一會，電話鈴響，接線生表示白遼士先生的電話已經接通，白素忙向著電話，向白遼士說明自己是誰，然後問道：「白遼士先生，當飛機失事之後，你多久才離開機場？」她問了一句之後，將電話移近黃堂，好讓黃堂也聽到答案。

白遼士的回答很肯定：「大約四小時之後。」

白素又問：「在這四個小時內，你一直沒有離開過機場建築物的範圍？」

白遼士道：「當然沒有，甚麼事？」

白素道：「有一個人——這個人的神經絕對正常，他說，在飛機失事之後的一小時，在機場附近的一處曠野，看見你坐在一輛汽車中，這輛車子中還有三個穿制服的飛行人員，你坐在後座的——」

黃堂道：「左手邊。」

白素續道：「後座的左手邊。這輛車子在撞倒了他之後，還曾駛回來，你曾打開車門，想下車，但結果卻沒有下車。」

白素的話還沒有講完，白遼士的轟笑聲，已經傳了過來，等白素講完，白遼士一面笑，一面叫道：「叫那個人到地獄去吧。」

白素忙道：「對不起，我很認真，想知道答案。」

白遼士又笑了一會，才反問道：「怎麼一回事？你們在進行一種遊戲？」

白素道：「不是，他真的看到了你。」

白遼士道：「那麼，他應該去換眼睛，哈哈。」

白素只好道：「對不起，打擾你了！」

她放下了電話，向黃堂望去，心想黃堂這一下子，應該無話可說了吧！誰知道黃堂漲紅了臉：「他在說謊！我沒有認錯人！他說謊！」

白素望了他片刻：「黃先生，你不請衛斯理，請了我來，真是做對了。」

黃堂愕然問：「爲甚麼？」

白素指著他的另一條腿：「如果你請來的是他，他會將你另一條腿也打斷。再見。」

白素也終於放棄，一個人，不正視現實到這一地步，說甚麼也不肯承認自己認錯了人，實在連一句話也無法再說下去。

白素向外走去，黃堂仍然在她的身後大叫：「我沒有認錯人，總有一天，你會知道我沒有認錯人！」

當白素聽得黃堂這樣叫的時候，她根本不加理會。可是事情的發展，真是驚人到了極點。

不必等到「總有一天」，只不過是五分鐘之後，白素就知道黃堂是對的，他沒有認錯人。

白素在離開了那幢古老的洋房之後，進了自己的車子，想起剛才花了那麼多時間，作如此無謂的談話，心裏真是又好氣又好笑，她一面搖著頭，一面發動了車子，然後駕車回家。

那洋房所在地，十分靜僻，白素駕著車，才轉了一個彎，就看到前面路中心，站著一個人，雙手交叉揮動著，作要她停車的手勢。

白素行事相當小心，她在離那人約有二十公尺處，就煞停了車，然後，向那人望去。

一看之下，她呆住了。

那個人攔停了車子之後，正在迅速向前奔過來。那個人，是白遼士！副機長白遼士！

這實在是不可能的事！白素在不到十分鐘之前，還和白遼士通過長途電話，白遼士在他遙遠的北歐家中，他實在絕無可能在這裏出現！

然而，白素一看到那向她奔過來的人，就立時可以肯定：那是白遼士！

她甚至沒有絲毫疑惑，那是一個和白遼士十分相似的人，或者是白遼士的雙生兄弟等等，只是立即肯定，那就是白遼士。在那一剎那，白素思緒之混亂，難以形容，她不是沒應變能力，可是在這樣的情形下，她卻全然不知道要怎樣才好。

她看著那個人（當時，她心裏肯定那是白遼士，但究竟還未曾證實，而且她內心深處，也十分不願意承認，所以，她還是稱之爲「那個人」），一直奔到了車前，向她略點了點頭，就伸手去開車門。

白素一看到那個人來開車門，她才從極度的震呆之中，驚醒過來，有了反應的能力。她在那時只想到一點：事情太詭異。如果不是她恰好在黃堂那裏，聽到過黃堂被車子撞倒，而黃堂又堅持白遼士在那車中，她不會那樣反應。而這時，由於內心深處的一種極度的恐懼疑惑，她一看到對方要來開車門，就立時做了一個保護自己的措施，以極快的動作，按下了車門的保險掣。

白素的動作和那人的動作，同時發生，由於白素及時按下了掣，所以車門沒有打開，白素盯著那人，那人也盯著白素。

白素的思緒，混亂到了極點，那人呆了一呆，伸手拍打著窗子，叫了一句甚麼。由於窗子關著，白素也聽不清，只看到他在不斷地說著話。

這時，時間已足夠使白素鎮定，她深深吸了一口氣，令窗子打開了一半。她立時聽到了那個人的話，那人在叫道：「衛夫人，是我，我是白遼士！」

白素一聽到對方報出了名字，連最後一線「認錯了人」的希望也不再存在。她早知那人是白遼士，但又知道白遼士是絕對不可能在這裏出現，所以她只好存了萬一的希望，希望自己是認錯了人。

白素嚷道：「我知道你是白遼士。」

她在這樣叫了一句之後，立時又道：「我知道你不是白遼士。」

後一句話，她也同樣用尖銳的聲音叫出來，而這兩句話，全然矛盾，可是在這時候，她根本沒有別的話可說。

白遼士聽得白素這樣叫，驚了一驚：「我是白遼士，衛夫人，你應該認識我。」

白素喘了幾口氣：「我當然認識你，你是白遼士的話，那麼，才和我通過長途電話，在北歐家裏的那個是誰？」

白遼士的神色略變了一變，道：「衛夫人，我希望和你詳細說一說。」

這時，白素已經完全鎮定。她也知道，事情一定有她完全不明白之處。她沒有理由拒絕白遼士登車，聽他詳細地解釋。

白素一想到這一點，便拉開了車門的保險掣，白遼士打開車門，坐到了白素的身邊：「請按照我的指示駕車！」

白素「嗯」了一聲，在那一剎那，她並沒有想到別的甚麼，駕著車向前駛去。

上了車之後，兩個人都不說話，一直到車子已駛出了市區，白素才道：「我們上哪裏去？」

白遼士道：「到一處海灘，清沙灘。」

白素驚了一驚，淸沙灘，那是一個極其冷僻的海灘，到那種荒僻的地方去，不會有甚麼好事情。所以，她道：「如果你要向我解釋，現在就可以說，不必要到那個海灘去。」

白遼士搖著頭，態度和神情都十分客氣，但是他的話卻不中聽到了極點：「衛夫人，你非去不可！」

白素有點惱怒，剛想問「爲甚麼」，可是她只是一轉頭，「爲甚麼」三字還沒有出口，她已經知道爲甚麼了。因爲她看到白遼士的手中，握著一柄十分精巧的小手鎗，而小手鎗的鎗口，正對準了她。

白素有這個好處，要是我，在這樣的情形下，一定勃然大怒，破口大罵。但是白素卻真沉得住氣，反倒笑了起來：「是，我非去不可，你說得對。」

白遼士笑了笑，樣子像是很不好意思。白素將車速加快，公路上的車子並不多，白遼士道：「我們最好別引起別人的注意。」

白素道：「當然，要是有人注意的話，你現在的罪行，可能比馬基機長還要嚴重。」

她想到白遼士的怪誕行爲，和馬基機長的飛行失事，可能有一定關係。至於那是甚麼關係，她也說不上來。而且一點頭緒也沒有。她這樣說，由自然而然的聯想所形成。

（我詳細地敘述白素的思想過程，因爲以後事態發展，證明白素當時模糊的聯想，距離事實極近。）

白遼士的反應，十分敏銳，他陡地震動了一下，然後，勉強恢復了鎮定，悶哼一聲，並沒有說甚麼。

白素繼續駕車前進，以平淡不在乎的口氣道：「可以猜一猜？」

白遼士又悶哼了一聲，看來他也不明白白素想猜甚麼。白素自顧自道：「你是仿製人？」

白遼士笑了起來：「仿製人？我還是第一次聽到這個名詞。」

白素望了他一眼：「仿製人的意思有兩種：一種是你根本是一個機器人，在看來像皮膚的東西下，全是各種各樣的電子零件！」

白遼士叫了起來，說道：「不，我不是機器人，是真正的人，你看——」

他說著，用手拉著自己的臉，將臉上的肉，拉長了寸許，又道：「看，這是真正的皮膚，皮膚下面是脂肪層，再下面是肌肉和血管！雖然皮膚有點鬆，可是決不是甚麼人工製造品。」

白素給他的動作逗得笑了起來。當白素才一看到他手上忽然多了一柄精緻的手鎗指著自己之際，儘管表面上若無其事，心中還是十分焦急憤怒，也不斷地在想著對策。

白素有點迷惑了。

白遼士這時的行爲，已構成嚴重的刑事觸犯，可是他的動作，看來卻一點惡意也沒有。若是白遼士是一個綁匪（這時他的行動是），那麼，那該算是甚麼？一個天真而又友善的綁匪？

白素想到這裏，忍不住又向他手中的鎗看了一眼，白遼士忙道：「好像用不到這東西了，是嗎？」

白素忍不住笑了起來，學著他：「好像決定權並不在我這裏，是嗎？」

白遼士聳了聳肩：「對，我想用不著了。」

他一面說，一面取出了一支煙來，然後將手中的鎗，鎗口對準了他自己，再扳動鎗機，「拍」地一聲響，鎗口冒出火，點著了煙，接著，他像是一個惡作劇的頑童，哈哈大笑。

白素怔了一怔之後，也跟著笑了起來。白遼士噴著煙：「真對不起，看你剛才的情形，對我很猜忌，我不得不弄些狡獪。」

白素道：「不要緊，換了我，也會那樣做。」

白遼士伸了伸身子，令他坐的姿勢變得舒適些，放好了那手鎗型的打火機：「第二種的仿製人是甚麼？」

白素道：「第二種的仿製人，是面容的仿製，通過精巧複雜的外科手術，使一個人和另一個人的外貌，看起來一模一樣。」

在白素作了這樣的解釋之後，白遼士皺起了眉，好一會不出聲。

白素道：「你是屬於這一種？」

白遼士道：「不是，也不是。」

白遼士回答得十分誠懇，令得白素沒有理由懷疑他是在說謊。這時，白素心中的疑惑，也到了極處。她在開始提及「仿製人」之際，只不過是一種揣測。因爲她知道，白遼士在北歐，而眼前又出現了一個白遼士！

而且，根據黃堂的敘述——這時，白素已不再懷疑黃堂的認人本領——一個白遼士在機場，另一個白遼士在車子裏！

白素初提出「仿製人」時，當然也想到過，仿製人的前一種，只怕還只是電影和小說中的東西。而後一種「仿製人」，也十分繁複，白遼士只是一個副機師，絕不值得任何人去仿製他。

所以，白遼士說他不是，白素沒有理由不相信。可是，兩個白遼士，又怎麼解釋呢？

白素笑了一下：「再猜下去，唔，那是最偷懶的小說題材了，雙生子？」

白遼士像是對白素的各種猜測都十分有興趣：「不是，再猜。」

白素道：「唔，兩個本來就一模一樣的人？」

白遼士側著頭，想了一想，並沒有立即回答，然後才反問道：「你才和我通過長途電話？」

白素道：「是的。」

白遼士道：「那麼，你只不過聽到我的聲音而已，或許和你在電話中講話的人，只不過是聲音像我。」

白素道：「飛機失事之後，你在機場，有人看到你在一輛汽車中，在機場附近的曠野疾駛。」

白素一面說，一面留意著白遼士的反應。她看到白遼士的臉色，越來越是難看，等到她把話講完，白遼士的臉色發青。

白素揚了揚眉：「怎麼樣？」

白遼士「哼」地一聲：「不好笑，那個人……在說謊！」

白素已經看出，黃堂所講的一切，全是事實，的確有兩個白遼士。雖然她對其中的關鍵，一無所知，但是這一點，她已可肯定。

她立時道：「當然不是說謊，他被你的三個同事，撞斷了腿。」

白遼士一聽，旋地站了起來。他震驚過度，忘了自己在車子中，以致一站了起來之後，頭頂重重撞了一下。

他立時坐了下來，伸手按著被撞的頭頂，顯出又痛楚、又尷尬、又憤怒、又無可奈何的神情。

白素不肯放過他：「和你同車的那三個是甚麼人？不會是文斯、連能他們吧？」

白遼士的神情更複雜，兩眼直視向前，並沒有回答白素這個問題。過了好一會，他才道：「你……不必多久，你就可以看到他們。」

白素怔了一怔，這時，她心中實在極其吃驚：「甚麼意思？真是你們四人？」

白遼士沒有回答，過了一會，又自言自語道：「不行，不行。」

白素仍是莫名所以：「甚麼不行？」

白遼士突然重重地在自己頭上打了一下，道：「我不應該出現，不應該讓你看到我。老天，我犯了大錯，我犯了大錯！」

他一面說著，一面向白素望了過來，白素不知道他這樣說是甚麼意思，也正轉過頭去望他。那時，白素正在駕車，雖然公路上並沒有別的車輛，但也不可能側著頭駕車。

可是，白素一側頭，和白遼士的眼光接觸，她就無法轉回頭來了。白遼士的雙眼之中，有一種奇異的光采，這種難以形容的異樣的眼神，使得白素要一直望著他，無法轉回頭去。

一切經過，全是白素再和我見面之後講給我聽的。在這裏，我必須打斷一下，記一記當時我聽到她和白遼士奇幻的眼光接觸時的對話。

我忙道：「催眠術！」

白素在猶豫了一下，像是不敢肯定。

我連忙再道：「我和你，都學過催眠術，而且修養極高。如果有人向我們施催眠術，他不能將你催眠。」

白素道：「是的，還會給我反催眠。記得德國的那個催眠大師？他自稱是催眠術世界第一，結果給我反催眠，昏睡了三天三夜！」

我道，「是啊，我不相信白遼士的催眠術會在那個大師級人物之上。」

白素吸了一口氣：「所以，我不認為他在施行催眠術。」

我道：「怎麼不是，你剛才還說，一和他的目光接觸，你就無法轉回頭去。」

白素道：「是的，當時的情形是這樣。但那不一定表示這是催眠術，可能是另外一種力量，總之，當我的視線一和他視線接觸，我就失去了控制，失去了知覺，全然不知道自己在做些甚麼！」

我悶哼了一聲，心中不知想了多少種可能，但是卻沒有頭緒。

白素在和白遼士對望了一眼之後，立時一片迷茫，在剎那之間，全然沒有了任何感覺。她在失去知覺前一剎那，只是想到了一點：將車子停下來。

她想到了這一點，可是卻已經沒有能力使自己的右腳離開油門。她的這點願望，在她的潛意識中，化為要踩下一個掣的願望，她盡一切可能，用力踩下去。

她右腳根本沒有離開油門，就踩了下去，結果是怎樣，當然可想而知。

當白素再清醒過來的時候，四周圍充滿了各種各樣的人聲，和一種異常尖銳的噪音。

白素睜開眼來，看到了強光，也看到了許多人，她的車子，撞在路邊的山石上，整個車頭已完全毀壞，車身還扭曲起來，以致車門完全無法打開。

在她的車旁，聚集了不少警方人員。而她聽到的噪音，就是消防人員用電動工具在鋸開車門，想將她拖出車來的聲音。

白素第一件想到的事是：撞車了，受傷了？

她立即肯定一點傷也沒有，因爲她感覺不到任何疼痛，而當她深深地吸了一口氣之後，也沒有任何不舒服。

接下來極短的時間中，白素想起了白遼士，想起了黃堂所講的話，想起了遇見白遼士之後的一切經過，心中想：白遼士一定受傷了。

可是她才轉過頭去，便呆住了。在她旁邊，根本就沒有人。

車門無法打開，救護人員動用電動工具將門弄開。白遼士怎麼離開車子呢？

白素未能深一層去想這個問題。因爲她一轉頭，就聽到車外有人叫了起來：「她在動，她沒有死。」

接著，一聲巨響，電鋸切開車門，向外倒下。白素拉著一隻伸進來的手，向車外鑽了出去。她出了車子，站在車旁，所有的警方人員和救護人員，都怔怔地望著她。

因爲白素一點也沒有受傷，車子損毀得如此嚴重，她竟然一點沒有受傷，實在是奇蹟。

在現場的警方人員，有的認識白素。她本來想問他們，是不是看到白遼士，但是她看出，所有的人，顯然都不知道車中原來有兩個人。就算問了，也不會有答案，說不定以爲她在胡說八道。

她只是問了問時間，發覺自己昏迷不醒了大約八小時左右。

救護人員問她，是不是要到醫院去檢查一下，白素當然拒絕。不但拒絕，而且反問警方人員借了一輛車子，說是要盡快回去。

警方人員答應了，借了一輛車給她。白素駕著車，看來是想駛向市區，但是在第一個轉彎處便轉了彎，又向著原來駛出的方向駛去。

她望向白遼士，產生了好像受催眠一樣的反應而撞車，在車子撞毀前的一剎那，白遼士在車中，車子被撞到人完全被困在車廂中，而白遼士卻不見了。

單是這樣的事，已經要使白素追查下去，何況這個白遼士還有那麼多的古怪行爲，白素自然非徹查下去不可。她記得白遼士提及過一個地名，是海邊，清沙灘。

白遼士本來是要白素到清沙灘去的，後來不知爲了甚麼原因，他忽然改變了主意，說了一句「不該和白素相見」，就不見了。

清沙灘，一定要到那地方去看一看！

到清沙灘的路，十分荒涼，當她看到了路盡頭處的大海，海面上，已經閃起金光，天已亮了。

白素將車子一直駛到海邊，然後下了車，攀上了海邊的一塊大石，站在大石上，四面看看。

清沙灘十分荒僻，風浪險惡，海邊全是大大小小的巖石。白素站在大石上，視線所及，可以看清楚四周圍兩百公尺以內的情形。除了海浪之外，海面上也沒有船隻。她只看到，在離她不遠處，有一個人，雙足浸在水中，正在岩石上，採集著紫菜。

當海浪拍打上來之際，那人全身都被浪花淹沒，等到浪退了下去，那人才搖搖晃晃地站定身子。

白素在一塊又一塊的岩石上移動，不一會，她就來到可以居高臨下的地方，看清楚那人了。那人皮膚粗糙黝黑，約莫有五十上下年紀。一看便知道，是生活在海邊，生活極不如意的那類人。

白素向他大聲叫了幾下，那人抬頭向上看來，白素作了一個手勢，示意他上來。那人猶豫了一下，向上攀了上來：「小姐，可要新鮮的紫菜？煮湯，清火去痰。」

白素點頭道：「可以，我買你採到的紫菜。」

那人立時顯出十分高興的神色來。白素又道：「你在這裏多久了？」

那人道：「天沒亮就來了。」

白素問道：「你可曾見到一個外國人，西方人，穿著淺灰色的西裝？」

那人搖頭：「沒有，這裏很少人來。」

白素又問道：「不一定是今天，前幾天，你有沒有看見甚麼陌生人？」

那人只是不斷搖頭，白素又向海邊望了一下，四周圍實在沒有甚麼值得注意。

白素知道自己不能在這裏發現甚麼，只好給了那人錢，換來了一竹籃濕淋淋的新鮮紫菜，回到了車中。

當她在車中坐定之後，她將頭伏在駕駛盤之上，又將發生的事，從頭到尾，想了一遍。

白遼士神秘消失了。假定他是在撞車的一剎那之前離開車子的，那麼，他上哪裏去了呢？

何以一個白遼士在北歐接聽長途電話，另一個白遼士，卻會在這裏攔截她的車子？白遼士提到，要她到清沙灘來，有甚麼特別的意義？

白素的腦中，充滿了各種各樣的疑問，無法獲得任何答案。

這時候，她想起來了，應該立刻回家，和我商量一下。由於一連串的事，來得實在太突然，以致她根本沒有想及這一點，直到這時候才想了起來。

她陡地抬起頭來，一抬起頭來，她又不禁嚇了老大一跳，她看到有一個人，正自車窗外，向她望著。白素吸了一口氣，看到那人就是那個採集紫菜的人，那人已經道：「小姐，你問這幾天，這裏是不是有陌生人？」

白素忙道：「是啊，有沒有？」

那人指著海面：「人，我倒沒有看見，但是前幾天，我看見一艘船。」

白素不禁十分失望，在海面上看到一艘船，那尋常之極。

白素當時的反應，只是苦笑了一下，並沒有再問下去。那人像是感到了白素一點不感興趣，現出了不好意思的神情來。白素也在那時，發動了車子。那人又道：「這隻船，很怪。」

白素心中一動，向那人望去：「很怪？怪成甚麼樣子？」

那人有點忸怩，道：「我看到那艘船，很大，白色的，很大……」

他一再強調那船「很大」，白素耐心地聽著，只是道：「大船有甚麼怪？」

那人搔著頭：「我明明看到那艘船的，很大，就在那海面上，我要是游水過去，可以游得到。可是，我一彎腰，採了兩片紫菜，再抬起頭來，那隻大船，已經不見了。」

白素一怔：「採兩片紫菜，要多少時間？」

那人彎下腰去，做了兩下動作，又直起身子來，用動作回答了白素的問題。

那兩下動作，至多不過十秒鐘。

十秒鐘之內，一艘很大很大的白色的船，會突然消失了蹤影，這事情，的確很怪。

白素望著那人，那人道：「或許……或許……根本是我眼花了。」

白素深深吸了一口氣：「那船是甚麼樣子的，你能形容得出來？」

那人顯然不明白甚麼叫「形容」，遲疑著不知如何回答才好，白素又道：「你將那船的樣子說一說！」

那人雙手比著：「那是洋船，兩頭全是尖的，顏色很白，白得耀眼，比我們的漁船要大得多。」

白素皺著眉，想了一想，那人的形容詞不算好，可是也可以知道那是一艘形狀很奇特的船。

世界上有甚麼船可以「一下子就不見」的呢？除非那是一艘具有超級性能的潛艇。

白素想將那船和神奇的白遼士聯繫在一起，可是除了白遼士要她到這裏，而這艘船又曾在這裏附近的海面出現以外，看不出兩者之間可以聯得起來。

她轉進了一條小路，下車走到海邊，沿著海邊步行了相當的路程。

她這樣做毫無目的，只不過想偶然有發現。

偶然的機會畢竟不大，所以白素一點也沒有發現，反倒耽擱了不少時間。如果她在這樣做之後，立即回家去，那麼她一定可以發現我留下的錄音，在我到達了北歐之後和她聯絡時，就可以聯絡得上。

可是白素卻仍然沒有立即回家，她離開海邊，回到市區，已近黃昏，她驅車直到那間航空公司的辦公室。

第五部：站在那裡像一株樹

航空公司的本地負責人，曾在那次兩天的冗長會議中和我們見過面，自然認得白素。白素見到了負責人，就向他提出了一個要求：「請你向總公司要副駕駛員白遼士的檔案，全部資料，我等著要。」

白素的要求，令得公司的負責人大吃一驚：「女士，別說我不會答應你的要求，就算我答應了，總公司不會答應，人事資料，一向是一間公司的最高機密。」

白素皺著眉：「如果我通過警方的力量要求？」

負責人搖著頭：「警方也無權這樣做。除非是北歐方面的法庭下命令。」負責人的神情充滿了好奇：「你要這種資料幹甚麼？」

白素苦笑了一下：「我想了解這個人，想知道他是怎麼來的？」

負責人自以爲十分幽默，哈哈笑著：「他？當然是他的母親在醫院的產房中生他下來的。」

白素乾笑著：「很有趣。」

白素的要求無法達到，只好轉身出去，她才離開辦公室，就有一個身形高大的北歐人，跟了出來。白素剛才沒有注意這個人，只知道他剛才在負責人的辦公室中，看來好像正和負責人在交談甚麼。

白素走出來，那人跟了出來，來到白素的身邊：「小姐，你想知道白遼士的一切？」

白素怔了一怔，向那人打量了一下。從那人的神情看來，他也像是一個航空公司的飛行人員，可能是白遼士的同事。

那人如果是白遼士的同事，當然可以提供一定的資料。所以，白素點了點頭：「是。」

那人笑道：「爲了私人的原因？我知道白遼士有很多女朋友，可是不知道他女朋友之中，有一個美麗到這種程度。」

白素哼了一聲，對於這種恭維，她顯然不很欣賞：「不管是甚麼原因，如果你能提供他的資料，我歡迎，如果不能，我另外再去想辦法。」

那身形高大的北歐人眨著眼，像是想不到像白素那樣的東方女子，會有那麼大的脾氣，他聳聳肩：「我和白遼士是同事，知道他不少事，我自己介紹自己，我是歐文機械士。」

白素的態度溫和了許多，和歐文握了手，他們一面向外走去，歐文就一面講著白遼士的事。

白素從歐文口中得到的白遼士的資料，其實並不是很多，只知道白遼士單身，一個人住一幢相當舒適的小房子，平時很少和人來往，有時喜歡喝點酒，有許多女朋友，如此而已。

白素駕車回家，在歸途中，心中仍是充滿了疑惑，因爲她不明白白遼士究竟想向她說明甚麼，也不知道發生在白遼士身上的怪事是怎麼一回事。

等她到家之後，她才知道我已經啓程去看馬基機長，她立時趕來，與我相會。而當我和她見面時，我的行動已經受到限制，因爲該死的祁士域，已經將馬基機長自拘留所中「弄」了出來。

我們在酒店中見面，白素將她的經歷詳細說給我聽，我也將會見馬基的經過告訴她。

白素深深吸了一口氣：「我一直在想白遼士這個人和發生在他身上的怪異現象，但是卻一點結果也沒有。他是一個甚麼樣的人？化身人？」

我的思緒也極其混亂，但是早在聽白素敘述她的經歷到一半之際，我已經有了主意，所以白素這樣一說，我立時說道：「我們在這裏猜測他是怎樣一個人，那沒有用，反正他住在附近，我們去看他。」

白素望了我一下：「你現在的處境——」

我道：「不錯，當地警方人員在監視我，但是我想這點行動自由，還是有的。」

白素來回走了幾步：「我提議我們不必先打電話通知他——」

我道：「當然，那會給他有準備，如果他真有甚麼古怪的話。」

我說著，來到房門口，打開門，請兩位監視我行動的便衣人員進來，告訴他們，我和白素，要去探訪一個朋友。那兩個便衣人員立即緊張起來，一個盯著我，另一個打電話，向他上司請示。

便衣人員講了好一會，才走回來：「好，你可以去，不過別忘了你受監視。牽涉在一件案情重大的事件中。」

我攤了攤手，向酒店方面，洽定了一輛車子，和白素一起，離開酒店。當我駕著車，駛向白遼士的住所之際，那兩個便衣人員，也駕車在跟蹤監視。

白遼士的住址，從航空公司方面獲得，在郊外，離酒店大約三十分鐘車程。車子在出了市區之後，沿途的風景，極其美麗怡人，如果不是心中充滿了疑惑，應該是極快樂的旅程。

在將到白遼士住所的時候，沿途全是一幢幢小房子，外觀不相同，各有獨特的風格，我放慢了駕駛的速度，尋找著號碼。

不一會，車就在一幢純白色的小房子前停下。那房子和其他的房子一樣，前面有著整理得極整齊的草地，種著一簇一簇的花，十分幽靜。

我將車停在路邊，和白素互望了一眼。

這時，我和白素的心中都十分緊張，我們快見到白遼士了，在見到他之後，啞謎是不是可以解開呢？

我先下車，去按門鈴，不多久，就聽到一個嘹亮而愉快的聲音：「來了。」聲音從屋子旁邊傳來的，我後退一步，向屋旁看去，看到一個相當大的溫室，白遼士滿面紅光，穿著隨便，正從溫室中出來，手中還拿著整理土壤的小工具。

他一看到了我，旋地呆了一呆，然後張開雙手，一副竭誠歡迎的樣子：「看，看！是誰來了？」他大踏步來到我身前，拍著我的背，忽然又向我笑了笑：「衛先生，你太太曾打過一個怪電話給我，她說——」

白遼士講到這裏，顯出極其尷尬的神情來。我完全可以知道他的神情為甚麼如此古怪，因為他一見我，就提到白素打給他的「怪電話」，而當他講到一半時，他已經看到白素下了車，向他走過來。

我拍了拍他的肩頭：「我們有一件十分不可解的事，要和你商討，希望不會打擾你。」

白遼士向白素打了一個招呼：「不要緊，我正在休假，是不是要參觀一下我的溫室？」

我目的是和他談話，甚麼地方都一樣。所以我點了點頭。白遼士在前面帶路，轉過了屋角，我看到了他溫室的全部。

當時，我怔了一怔，因為溫室十分大，比他的屋子還要大，透過玻璃向內望去，裏面一片綠色，甚至給人以一種鬱鬱蒼蒼的感覺。

一個這樣有兩百平方公尺大的溫室，需要一個人全心全意的照料，白遼士是一個飛行員，在世界各地飛行，在家的時間也不會太多，我真不明白他如何照料那些植物。

我疑惑的神情相當顯著，白遼士覺察到了，當他推開門，帶著我們走進溫室之際，他道：「這裏有自動定時噴水設備，就算我離開三個月，植物也不會缺水。」

進了溫室之後，我更加吃驚，和白素互望了一眼。在溫室中，有著各種各樣的植物，一眼看去，從最簡單的孢子植物，到高級的喬木，幾乎有好幾百種之多。

白遼士進了溫室之後，在一隻大盆前，蹲下身來，用手中的小鏟，弄鬆盆土，注入液體肥料，那盆中所種的，是一種葉子十分肥大，看來像是蘭科植物的一種不知名植物，肥大的肉質葉上，還有著深黃色斑點。

白遼士一面工作著，一面道：「好了，請問兩位有甚麼問題？」

我還沒有開口，白素就道：「白遼士先生，假定這幾天中，你沒有離開過這裏！」

白遼士顯出了一副莫名其妙的神情來：「我不明白，我當然不是整天在溫室中。」

白素道：「我的意思是，你沒有離開過這個城市。」

白遼士道：「沒離開過，爲甚麼——」

白素立即又道：「可是我卻見過你，你攔停了我的車子，表示有話要對我說，後來，你好像對我施些催眠術，令得我有一個短暫的時間，失去了知覺，撞了車，而你卻不見了……」

白素本來還想再向下講去，我則一直在注意著白遼士的神情。只見他的神情，越來越是古怪，不等白素講完，他已忍不住叫了起來：「要不是我以前見過你，知道你的爲人，現在……現在……」他講到這裏，頓了一頓，才無可奈何地道：「真對不起，我不知道如何對付一個……神經不正常的人。」

白素的神情嚴肅：「請你注意，我和你講的，全是事實。如果那個人不是你，那麼，一定有一個和你一模一樣的人，也叫白遼士，而且，一生的經歷，也和你一模一樣。」

白遼士的神情無可奈何之極，攤開了手：「好了，有這樣一個人，你想和我說甚麼？」

白素道：「你不知道有這樣一個人存在？」

白遼士有忍無可忍之感，大聲道：「我根本不相信有這樣一個人存在。」

白素道：「可是，我可以肯定有這樣一個人，難道你對之一點好奇心也沒有？一個和自己一模一樣的人，你應該感到好奇。」

白遼士笑了起來，向我作了一個「女人真是無可理喻」的怪表情：「我不是沒有好奇，而是根本不相信有這種事。」

我見他們兩人之間的談話越來越僵，忙道：「她講的一切，我相信，事實上，那個和你一樣的人，不但她見過，還有一位叫黃堂的先生也見過。」

白遼士沒好氣地道：「我知道，她在長途電話裏，向我提起過這件事。」

我道：「你難道完全不考慮一下有這個可能性？譬如說，你有你自己不知道的孿生兄弟？」

白遼士仰天打了一個「哈哈」，說道：「太像小說情節了，是不是？」

我說道：「可能有這樣的事情的。」

白遼士搖頭說：「不會在我身上發生。兩位來，如果不再提到那個和我一樣的人，那麼，我可以好好招待你們，觀賞一下我的家——」

他的話已說得十分明白，意思就是，我們如果再提及那個「和他一樣的人」，他就沒有興趣和我們交談下去。

我向白素使了一個眼色，示意她離去，白素盯著白遼士看了半晌，才道：「我還有一個問題。」

白遼士攤開了手，神情十分不耐煩，白素道：「請問你出生的地方是——」

這實在是一個十分普通的問題，任何人都可以回答得出來。同時，我也知道白素這樣問的目的是甚麼。白素是想去查一查他的出生紀錄，看看他是不是有一個孿生兄弟。

除非根本不相信白素和黃堂的經歷，要不然，除了孿生兄弟之外，實在沒有第二個更可以令人信服的解釋。

誰知道白素的問題雖然普通，白遼士在一聽之下，卻立時神情大變，他的臉色，在一下子之間，變得極怪，怪到了我難以形容的地步。

我真的不知該如何形容才好。這時，他的神情，誰都看得出來，驚震和厭惡交集，同時也有著相當程度的惱怒。

一個人在這樣的情形之下，臉色會變，由於副交感神經的作用，或者變得滿臉通紅，或者變得臉色煞白。除了血液湧上臉部毛細血管，或者血管收縮，令得臉部的毛細血管失血之外，不可能有第三種情形出現，充血就臉紅，失血就臉白。

可是白遼士在這樣的情形之下，他的臉色，卻變成了一種異樣的暗綠色。真的，一點也不假，那是一種極其異樣的暗綠色。

那種暗綠色，絕非一種形容一個人「臉都綠了」那麼簡單，而是真正的暗綠色，綠得就像……就像是一大片樹葉！

一看到這樣的情形，我和白素兩人，都有震呆之感，我們站得很近，不由自主，各自伸出手來，握在一起。而白遼士的震驚，只是極短的時間，前後不過一秒鐘，或許更短。總之，他臉上的那股綠氣，一閃即逝，臉色回復了正常。

然後，他神情也回復了正常：「對不起，我無法回答你這個問題。」

我們兩人雖然震驚，但表面上掩飾得很好，我相信白遼士無法感到我們曾經吃驚過。白素道：「爲甚麼？人人都知道自己是在甚麼地方出生的。」

白遼士豎起了一隻手指：「只有一種人是例外，不知道自己在甚麼地方出生，也根本不知道自己的父母是誰。」

白素「啊」地一聲，我也立時想到了白遼士所說的那一種是甚麼人，我們不禁都有一點歉意。

白遼士緩緩地道：「對，我是孤兒，從小就在孤兒院中長大。所以，我無法回答你這個問題。」

我和白素互望了一眼，齊聲道：「對不起。」

同時，我心中想到了一點：他是孤兒，對自己的身世一無所知，那麼，有一個孿生兄弟而他自己不知道的可能性更大。雖然，就算證明了他有一個孿生兄弟，問題還是很多，例如那個孿生兄弟的行動爲甚麼這樣怪異，等等。但總比不能證明好些。

我輕輕碰了一下白素，暗示她我們可以走了。我們之間的會面，到現在爲止，已經出現了輕微不愉快，再發展下去，可能變成嚴重的不愉快。

白素也明白這一點：「對不起，只當是我胡言亂語好了。」

白遼士沒說甚麼，只是專心在整理那盆植物，顯然沒有送我們出去的意思。我們只好自己離開，繞過了屋角，走出了前面的園子。

那兩個便衣人員也已下了車，就在不遠處監視著我們。我們走向自己的車子，就在這時，有一個少婦，推著一輛嬰兒車，走了過來，打量著我們。白素伸手去逗著車中的嬰兒，那少婦指著白遼士的屋子：「你們是來探訪白遼士先生？」

白素道：「是。」

那少婦道：「有東方朋友，真好。也只有白遼士先生那樣神秘的人物，才會有東方朋友。」

我心中一動：「神秘？白遼士先生有甚麼神秘？」

那少婦又回頭，向屋子連看了幾眼，神情猶豫：「我不知道，或許，我……不該說，我是他的鄰居，他在家的時間並不多……」

那少婦又道：「當他在家的時候，他幾乎二十四小時在溫室中，和那些植物作件。」

我感到十分失望，本來，我還以爲白遼士真的有甚麼神秘的事蹟落在那少婦的眼中，如果說他只是長時間在溫室之中，那有甚麼神秘可言？

那少婦顯然十分喜歡和陌生人交談，她又望了屋子一眼，才道：「有一次，我從溫室的後面走過去，想看看他在幹甚麼——」

她講到這裏，現出一副大驚小怪、神秘兮兮的神情來，等我猜測。

我實在不想去多猜，只是作了一個「請說」的手勢。

那少婦壓低了聲音：「他站著，一動也不動，像是僵了一樣，一動也不動。」

我已經不禮貌地半轉過身去，不準備再聽那少婦的談話。那少婦卻沒有覺察這一點，繼續說道：「他站在那裏一動不動，簡直像一株樹。」

我向那少婦作了一個禮貌的微笑，轉身去拉開車門，讓白素上車，白素也沒有興趣再聽下去，但她還是向那少婦點了點頭，表示告別。

這時候，那少婦忽然像是想起了甚麼似地，「啊」地一聲：「對了，我一直想不起爲甚麼看到他站著不動的時候會覺得他像一株樹，對了，給我這種強烈的感覺，是因爲他的顏色，和樹一樣。」

我和白素一聽得那少婦這樣說，都不禁一驚。

我忙道：「對不起，顏色像樹一樣，是甚麼意思？」

那少婦做著手勢，指著路邊的一棵樹：「就是這樣子。」

白素道：「你的意思是，他穿著樹幹顏色的衣服？」

那少婦道：「不是，不是，我很難形容，總之，他的顏色，簡直就像是一株樹。」

她不斷重複著同樣的話，在「他的顏色簡直像一株樹」這樣的形容中，我和白素，實在都無法想出具體的實際情形來。

我只好敷衍著：「那真是有趣得很。」

那少婦搖著頭：「有趣?我倒不覺得。」她一面搖著頭，一面推著嬰兒車走了開去，在經過白遼士的住所之際，急急加快腳步，像是十分害怕。

白素和我上了車，我思緒十分紊亂，雙手放在駕駛盤上，並不發動車子：「一個人的顏色像是樹一樣，那是甚麼意思？」

白素道：「我不知道——」她略停了一停，說道：「可是剛才，當我問及到他出生地方時，你可曾注意到他的臉色，變得那麼怪，像是——」

我立時接上去：「像一片樹葉。」

白素轉頭向我望來，示意我發動車子。我發動了車子，向前駛去，那兩個便衣人員，立時也上了車，跟在我們的後面。

白素等車子向前駛出之後，才道：「說一個人的臉色像一片樹葉，如果不是身歷其境，親眼看到，也不能理解！」

我點了點頭，表示同意。

白素道：「同樣的，我們沒有看到白遼士站著不動的情形，說他像一株樹，我們也不能理解。」

我「哈」地一聲，叫了起來：「我們可以學那少婦一樣，在溫室外面窺視，看看白遼士站著不動的時候，究竟是怎樣像一棵樹。」

白素想了一想：「這沒有意義，無法知道他甚麼時候站著不動，不知道要等多久。」

我道：「反正我們沒有事，可以等。」

白素瞪了我一眼：「怎麼沒有事，可以去找祁士域，找馬基。」

我悶哼一聲：「全國的警察都在找他們。」

白素皺著眉：「馬基一定隱瞞著甚麼，航機出事，一定有原因，一定有。」

我沒有再說甚麼，也知道航機失事一定有原因，但是馬基不肯說，有甚麼辦法？或許這時再見到馬基，他肯說，但是上哪兒找他去？

我一直駕著車，回到了酒店，進入房間後不到五分鐘，就有人來叫門，進來的是一位高級警官，一進門就道：「你們探訪白遼士，爲了甚麼？」

我道：「只是普通的探訪。」

那警官有他天生的職業懷疑，「哼」地一聲：「白遼士和馬基是同事，馬基逃出拘留所，白遼士是不是有參與其事？」

我苦笑了一下：「看來我在這裏，如果和一個陌生人交談幾句，你們也會懷疑那陌生人是罪犯了。」

警官被我搶白了幾句之後，臉色變得很難看：「我們一定會把馬基抓回來的。」

索。

我道：「我希望如此，事實上我還想問他很多問題，希望立刻見到他。」

警官狠狠瞪了我一眼，走了出去。我把門關上，看到白素皺著眉，看來正在思索。

我不去打擾她，在她對面坐了下來。過了好一會，白素突然道：「黃堂說，那輛將他撞倒的車子中，一共有四個人。」

我不知道她這樣說是甚麼意思，只好望著她。

白素像是想到了甚麼似地：「如果四個人中的一個是白遼士，其餘三個，會是甚麼人？」

我道：「可能是任何人。」

白素說道：「不。這另外三個人，也穿著航空公司飛行人員的制服。」

我笑道：「那就可能是任何飛行人員。」

白素道：「如果假設另外三人是連能、文斯和達寶，是不是接近事實？」

我搖著頭說道：「一個人有『化身』，已經夠怪了，要是四個人全都有『化身』，我看我們會變瘋子！」

我只不過是隨口這樣一說，白素卻陡地跳了起來。她平時決非這樣不夠鎮定，我知道她一定在突然之間，想到一個關鍵問題了。

她跳起來之後道：「當航機發生問題之際，駕駛艙中，只有他們四個人和馬基在一起，而馬基見你的時候，告訴你他甚麼也不知道，甚至沒有作過緊急迫降的要求！如果這四個人串通了，說馬基動作有異，神態不正常，馬基無論如何無法爲自己辯白。」

我一聽得白素那樣講，不禁「啊」地一聲。的確，我以前沒有想到這一點。

雖然，那只是白素的假設，可是也只有「四個人串謀起來誣陷馬基」這樣的假設，才能解釋我和馬基會面時馬基那種怪異的態度。

馬基一再問「他們怎麼說」，又說他「甚麼也不知道」，也不承認他看到了甚麼怪東西，更進一步說他甚麼也沒有做過。

然而，白遼士等四人聯手陷害馬基，有甚麼目的呢？目的是令航機出事，那麼他們自己也在機上，一樣有極大的危險。

白素又問道：「你說有沒有這個可能？」

我吸了一口氣：「有可能，但他們目的是甚麼？」

白素皺眉，她當然答不出來：「我們還要去查，不單注意白遼士，還要注意連能、文斯和達寶。」

我悶哼一聲：「他們沒像白遼士一樣休假，他們在飛行。」

白素道：「可以找他們的資料，我相信不是難事，可以找得到他們生平的資料。」

反正事情一點進展的頭緒都沒有，我無可無不可地點了點頭，表示同意。

第二天白素一早就離開了酒店，到下午才回來，一進來，我就看到她臉上有一股掩不住的興奮，不等我開口，她就道：「你猜我找到了甚麼？」

我道：「他們四個人，全是累犯？」

白素瞪了我一眼，道：「不，他們四個人，全在孤兒院中長大。」

我呆了一呆，白素的這一項發現，實在根本不能算是甚麼發現。但是，事情卻十分怪異，或者說，太湊巧了！四個人全是在孤兒院長大的。

我道：「文斯、連能、達寶和白遼士？」

白素點著頭：「是不是，太奇怪了？」

我想了一想：「他們大約是在第二次世界大戰結束前後出生，那時候，世界各地，都充滿了孤兒，我看只是巧合。」

白素揮著手：「或許是巧合，也或許，是由於別的原因。」

我攤了一攤手：「甚麼原因？」

白素急促地來回走著：「我不知道是甚麼原因，可是，你應該記得，當我們問到出生地方時，白遼士的臉色，變得如此難看。」

我苦笑了一下，道：「他的反應的確怪異。那是孤兒的一種心理，沒有一個孤兒願意人家提起他出生經過。」

白素「嗯」地一聲：「也許。可是，如果一個人，怕人家追究他的來歷，最好的辦法，就是說自己在孤兒院長大。」

我忙道：「你怎麼啦？那不是他們自稱，而是你查到的，他們四個人，都在孤兒院長大。」

白素盯著我：「你還不明白我的意思，我是說，如果有人，不想他們的來歷被人知道，那麼最好的辦法，就是將他們送到孤兒院去！」

我大惑不解：「我不明白你這樣說是甚麼意思。」

白素道：「他們四個人，在四家不同的孤兒院長大，那四家孤兒院，全在北歐。他們在孤兒院門口的棄嬰箱中被發現的時候，大約五個月大。」

我仍然不明白白素想表達甚麼，所以只好怔怔地望著她不出聲。

白素道：「我的意思是，他們四個人，被人有意放到孤兒院去。目的就是在他們長大之後，沒有人可以知道他們的來歷。」

我不禁失笑：「好，就算是這樣，那麼，目的是甚麼？」

白素皺著眉：「這是我最想不通的一點，目的是甚麼呢？」

我提高了聲音：「不必去想了，根本，沒有目的，四個航空飛行人員，全在孤兒院長大，那只不過是一種巧合。」我在這樣講了之後，又加了一句：「你不相信巧合？」

白素悶哼一聲：「我當然相信巧合，可是不相信這種程度的巧合。」

我不想再和白素爭論下去：「你還查到了一些甚麼呢？」

白素道：「我找到了文斯的地址，順便彎過去，到他的住所看了看——」

我不等白素講完，就嚇了一跳：「你偷進了他的住所？唉！有便衣人員在跟蹤你！」

白素笑道：「我當然知道有人跟蹤我，也不會笨到偷進人家住所去，我只是繞著他的住所打了一個轉。」說到這裏，白素的神情，變得十分怪異：「你猜我看到了甚麼？」

我不去費神多猜：「說吧。」

白素吸了一口氣：「在他的住屋後面有一間極大的溫室，幾乎和白遼士屋後的一樣大，裏面種滿了各種各樣的植物。」

我「啊」地一聲。又是一間溫室，種滿了各種植物的大溫室。

北歐一帶的人，由於處身在寒冷之中的時間長，不錯，他們是很喜歡在溫室中培植植物。但是像白遼士那樣大的溫室，已經超過了「業餘嗜好」，應該是植物學家或是園藝家的事。

如今，文斯的住所旁，也有那麼大的一個溫室。

我揚著手，問道：「達寶和連能呢？」

白素道：「他們住得比較遠，我沒有去，趕回來先向你說我的發現。」

我的思緒亂成了一片。溫室──孤兒院──飛行員，這三者之間，根本一點聯繫也沒有，如果達寶和連能的住所也有溫室，那代表了甚麼？

我一面想，一面已來到了房門口：「走，到他們兩人的住所去看看。」

白素立時表示同意，我們一起走出去，在走廊一端的便衣人員，一看到我們，立時迎上前來：「又出去？到哪裏去？」

我嘆了一聲：「實實在在，我絕不知道馬基是怎麼逃走的，也不知道他在哪裏，你們要跟蹤我，那是白費氣力的事。」

一個便衣人員道：「你到哪裏去？」

我見他們勸也勸不聽，只要道：「這裏空氣不好，我去兜風，希望你們跟著來。」

兩個便衣人員將信將疑，我和白素進了升降機，他們也老實不客氣地擠了進來。

我索性在酒店門口等他們，然後再上車。

達寶和連能的住所比較遠，當我們按址來到之際，心便陡地向下一沉。那時，正是夕陽西下時分，達寶的住所後面，有一間老大的溫室。夕陽的光芒，照在玻璃上，反射出一片金黃。

我們在達寶住所的屋後，停下了車，怔怔地望著那間溫室，出不了聲。

過了好半晌，白素道：「第三間溫室。」

我道：「我可以肯定，連能一定也是植物培育的業餘愛好者。」

白素道：「雖然可以肯定，但我們還是要去看一看。」

我道：「那當然。」

白素發動了車子，向前駛去，我們之間，在維持了一段時間的沉默之後，白素突然問我：「衛，爲甚麼？」

她問得很簡單，但是我當然知道她問的是甚麼。我腦中也是一片混亂，所以我道：「爲甚麼?或許他們都十分喜歡植物。」

白素道：「可是他們的工作，和植物培養，一點關係也沒有！」

我只好道：「嗜好並不一定和工作有關。」

白素道：「我不信，一定有原因，一定有原因！」

我苦笑著，回頭望了一眼，看到那兩個便衣人員的車子，還跟在後面，我道：「你看，這兩個探員，他們的心中，一定也在問爲甚麼，他們可能作種種設想，千奇百怪，但實際情形卻十分簡單。我們現在的情形，大致相同，答案可能是極普通的。」

白素固執地道：「也可能極不普通。」

我沒有異議。事情發展到如今，全是不可思議的怪異，但是卻又說不出所以然來。謎底如果揭曉，可能是叫人啞然失笑的普通，當然也有可能是令人張口結舌的不普通。

第六部：無聲而又恐怖絕頂

連能的住所更遠，車子轉進了一條靜僻的小路之後，又接連轉了幾個彎。天色已迅速地黑下來。白素照著地圖指示駕車，車速很慢。跟在後面的便衣人員，可能覺得不耐煩了，越過了我們，作手勢要我們停車。

當白素停下車時，兩個便衣人員已經下車，走了過來，俯下身：「你們才到過達寶的住所，現在又要到連能的住所去？」

我揚眉道：「你們的調查工作，倒做得不錯。」

一個探員道：「我們是才和總部用無線電話聯絡了才知道。總部叫我們問，你這樣來來去去，目的究竟是爲了甚麼？希望你合作。」

我舉起了右手，作了一個「發誓」的手勢：「我所說的全是真話，我要到連能的住所去看看，他住所後面，是不是也有一個大溫室。」

兩個探員互望了一眼，神情陡然緊張了起來：「馬基逃走之後，躲在溫室中？」

我搖頭道：「我不知道，真的，我只想看看溫室。」

兩個探員現出大惑不解的神情。老實說，不單是他們大惑不解，我自己也不明白其中的關鍵究竟是甚麼。兩個探員回到了他們自己的車子。白素嘆了一口氣，我道：「原諒他們，祁士域請來的人，做得十分乾淨俐落，我是他們唯一的線索了。」

白素道：「馬基逃走之後，竟然不和你聯絡，好像不很合理。」

我道：「他們一定會和我聯絡，我想，或許在等警方對我的監視不再那麼嚴密，才來聯絡！」

白素又側頭想了一會，駕車繼續向前去，那一帶，荒僻得幾乎沒有甚麼屋子，經過了一個加油站，又轉進了一條小路，前面，影影綽綽，可以看到一幢屋子。我們之所以可以看到那幢屋子，是因爲屋子後面，有著一大口光亮。

那團光亮，乍一看十分怪異，但當車子迅速駛近之際，卻一點也不覺得奇怪，光亮從一間相當大的玻璃屋子中傳出來。

一間相當大的玻璃屋子。

又一間溫室！

我和白素，早已肯定連能會有一間溫室，如今又親眼看到了，仍給我們極大的震驚。

白素陡然踏下了停車掣，車子在路面上滑過，發出「吱吱」聲，後面跟著的車子，幾乎撞了上來。

我和白素互望一眼，神情駭異，我道：「有燈光。連能在家。」

白素搖頭：「不在家，在溫室。」

溫室前的屋子，每個窗口都黑沉沉，沒有燈光，但是溫室中的光芒，卻相當強烈。

我道：「我們既然來了，可以去看看他。」

白素將車子停在離溫室約有十公尺的路邊，在路邊和溫室之間，隔著一排灌木。車子停下，我和白素下了車，那兩個便衣人員也立時奔了過來。

我等他們來到了近前，才道：「兩位，請你們就在這裏等，好不好？」

兩人立時道：「爲甚麼？」

我耐著性子：「我也不知道爲甚麼。但如果你們不肯，我可以很容易令你們在這裏昏迷半小時或一小時，相信不？」

兩人一聽，神情立時變得極緊張，各自伸手去拔鎗，可是一拔之下，兩人的臉色，就像是發了霉的芝士一樣難看，我忍住了笑：「兩位的佩鎗不見了？嘖嘖，對警務人員來說，這是不良之極的紀錄。」

白素接著說：「是啊，不過，如果他們肯回到車上去，遠遠執行他們的監視任務，那麼，這種不良紀錄就不會存在。」

那兩人奉命跟蹤我，自然已經知道我是甚麼樣的人物，他們又驚又怒，但是又不敢發作。我再道：「我太太的話，最靠得住。」

他們兩人的佩鎗，早已被我和白素，在他們和我們接近之際弄走。在這樣的情形下，他們兩人只好垂頭喪氣，回到車上去。

這時，我也不知道接近溫室會有甚麼事發生，但是一切全是那樣怪異，我絕不希望有兩個貼身的監視者。

他們回到車子，我和白素跨過了矮樹叢，走向溫室。矮樹叢和溫室，相距不過七八公尺，幾步就走到了。當我們伸手可以碰到溫室之際，停了下來。

整間溫室，連頂，全是一塊一塊大玻璃拼成的，每一塊大玻璃，約莫是一公尺見方，靠不銹鋼的架子拼湊起來，看來很堅固。

這樣一間巨大的溫室，建造費用絕不便宜。連能在航機上的職位是侍應長，如果他用他的薪水，來建造這溫室，他一定要省吃儉用很多年才行。

這時，我在溫室的後面，那一長排玻璃牆上，並沒有門，只有在近屋頂處，有一列透氣窗，便利空氣流通。植物和動物一樣，需要呼吸空氣。

我們透過玻璃，向內看去，裏面有不少矮矮的架子，架子上全是各種各樣的盆、槽，種滿了形形式式的植物。燈光來自頂上的三盞水銀燈，照得整個溫室，十分明亮。我們的視線，迅速地掃過整個溫室。

白素壓低了聲音：「沒有人。」

我也不由自主壓低了聲音：「不會沒有人，燈亮著。」

我們兩人，都不由自主壓低了聲音，連我們自己也不知道爲了甚麼。只是覺得當時有一股無形的壓力，令得我們自然而然要那麼做。

壓力來自甚麼方面呢？荒郊，燈火通明的溫室，第四間溫室，溫室中沒有人，植物生長得那麼茂密，再加上心中早已存在的種種疑團，這一切，交織得詭異莫名，令我們的心頭，感到重壓。

我在這樣說的時候，又看了溫室中的情形一遍，還是看不到有人。我說道：「繞到正面去，進去看看。」

白素表示同意，我們貼著溫室的玻璃牆，向前走去，走出了十幾步，就轉過了牆角。溫室長方形，轉過牆角之後，不幾步，又轉了一轉。

溫室建造在房子的後面，那時，我們已來到了溫室的正面，那也就是說，我們來到了溫室和屋子之間。

溫室離屋子，約有七八公尺。一到了溫室的正面，我們就看到了溫室的門，向著屋子的後面，正緊閉著。我們很快來到門前。

到了門前，我向白素作了一個手勢，示意她先停一停再說，因爲溫室中如果有人的話，我們就這樣闖進去，未免太魯莽。

我們停在門口，門也是玻璃的，從門外看進去，可以看到在溫室背面望進來時幾個望不到的角度。我迅速地看了一下，溫室之中，除了植物之外，並沒有人，我再回頭向屋子看了一下，低聲道：「連能可能在屋子裏。」

白素道：「他如果在屋中，溫室燈火通明，我們一進去，他可以看得到。」

我苦笑了起來，道：「我到現在還不明白，我們爲了甚麼要進溫室去？溫室就是溫室，一點也沒有特別，我們進去爲了甚麼？」

白素也道：「我也不知道。但是，四個在孤兒院長大的人，和一件怪異不可解的航機失事案有關，又不約而同，各自擁有一間大溫室，就算不知道爲了甚麼，我也要進去看看。」

我同意了白素的說法，的確，就算不知道爲了甚麼，也要進去看看。

我伸手去推門，門關著，我想找到鎖孔，就很容易可以將門打開來，可是當我低頭一看間，我陡地一呆。在我身邊的白素，也發出了一下低呼聲。

門上其實一點也沒有甚麼怪異的東西，只不過我們發現，門是由裏面拴上的。門由裏面拴上，那就表示有人在溫室中。

可是我們已繞著溫室走了大半轉，一直在注意溫室裏面的情形，並沒有看到人。

當然，溫室中有那麼多架子，那麼多植物，一個人要躲起來不讓我們發覺，也十分容易。但夜深三更，有甚麼人會有那麼好的興致躲在一間溫室之中？

我和白素互望了一眼，我貼近玻璃門，向近鎖部分看去，一點也不錯，有栓拴住了門，使門無法打開。也就在這時，我聽到白素發出了一下如同呻吟一般的聲音。

那是人在極度吃驚的情形下發出的聲音，我忙轉過頭看去，在燈光之下，白素的神色十分蒼白，她甚至不能講話，只是伸手向前指了一下。

我立時循她所指看去，一刹那間，我實在看不出她指著的是甚麼，因爲在溫室中，只有各種各樣的植物、樹木。

但隨即，我卻看到她指的是甚麼了。

那情形，就像是有一種「畫謎」，將要找的東西，隱藏在一幅畫中，要你找出來，當沒有發現要找的東西之際，真不容易發現，但只要一找到，就可以一下就看出那東西隱藏在背景之中。

我一下子沒有看到甚麼，但由於白素堅決地指著那個方向，所以我盯著看。

我立即看到白素指著的是甚麼了。白素指著的，要我看的，是一個人。

毫無疑問，那是一個人，可是這個人站著，一動也不動，而且，他的姿勢十分怪，他的身子微微向側彎著，一手直垂著，緊貼著身邊，一手斜向上伸著。臉也向上，對著一盞水銀燈。

不但是他的姿勢怪，他的臉色也怪，是一種綠色，真的是綠色，甚至，連他的手，看來也是綠色。他的身子一動不動，像是一段樹幹，而他的手、臉，看來簡直像是兩片樹葉。

這樣的一個人，處在全是植物的溫室之中，要不是仔細看，實在看不出來。

我一看到了這個人，視線便無法自那個人的身上離開。眼前的情景，不算是特別驚人，但是怪異莫名，令人幾乎連氣也喘不過來。

我思緒一片混亂之中，首先想到的，是白遼士住所外遇到的那個少婦的話。那少婦的話，聽來沒有甚麼意義。她曾說：「……站著一動不動，他的顏色，看來像是一株樹。」

直到這時，我才知道甚麼是「顏色看來像一株樹」！這時，那人穿的衣服並不是樹幹那樣的顏色，可是和姿勢、臉色一配合，就顯得這個人的顏色，就像一株樹。

我不知自己盯著那個人看了多久，那個人動都不動，我也一動都不動。等到我自震驚中醒過來，慢慢轉頭，向白素望去時，白素看情形，也才從震驚中回復過來，她聲音聽來異樣：「天，看到沒有，這人……這人……是連能。」

在我才看到有一個人之際，我只能辨出那是一個人而已。由於這個人的樣子，看來簡直像是一株樹，怪異莫名，所以我根本認不出那是甚麼人。這時，經白素一提，我才看清楚，不錯，那人正是連能。

白素又道：「天，他站在那裏幹甚麼？他的臉色……爲甚麼那麼難看？」

我心中一片混亂，實在不知道怎麼回答才好。事實上，白素的問題，也正是我心中的問題。我乾笑了一聲，清了清喉嚨：「看樣子，他像是在進行日光浴！」

（當時我這樣講，純綷是說笑話。白素也當然認爲是一個笑話。）

（誰知道事情發展到後來，我隨便講的這句話，竟然不是笑話！）

白素吸了一口氣，伸手在玻璃上敲了起來，發出拍拍的聲響，我不知道白素爲甚麼要那樣做。白素事後的解釋是，她看到連能一動不動，看來不正常，想藉敲打玻璃的聲音來驚醒他。

白素敲打著玻璃，我也跟著敲了起來，發出的聲音相當大。我們敲打得很用力。用來建造溫室的玻璃一定很厚，不然，早就給我們敲碎了。

我估計至少有三分鐘以上的時間，我和白素兩人，除了像傻瓜一樣地敲打玻璃之外，甚麼都不能想，也不能做，因爲眼前的一切太怪異了。一個人，在植物叢中，一動不動，看起來他就像植物。

我和白素兩人，一面敲打著玻璃，一面直勾勾地望著連能。如果不是連能忽然動了起來的話，我們自己也無法知道何時停手。

連能的動作是突如其來的，看來，也不像是被我們的敲打聲驚醒的，他的動作，一開始的時候相當慢，斜伸向上的手，慢慢向下垂來。

一看到他開始動作，我們也停了下來，看著他。在接下來的一分鐘，簡直就像是在看一齣無聲但是又恐怖到了絕頂的電影。

連能的手慢慢向下垂。下垂的動作不是柔順的，而是生硬的，向下垂一寸，停一停，又一寸，一直到手臂完全垂直爲止。

就在那時候，他臉上、手上的顏色也開始起變化，綠色漸漸消退，回復正常的膚色，等到他的膚色完全回復到了北歐人的那種白皙之際，他的眼皮，開始顫動起來。

由於他就站在一盞水銀燈下面，燈光直射著他（所以我剛才才會說他是在進行「日光浴」），所以他身上每一個細微的動作，都可以看得很清楚。

一看到他眼皮顫動，我立時輕輕碰了一下白素，因爲他下一個動作，一定是睜開眼來。我在向白素詢問：是不是應該躲起來。

白素立時身子向旁一倒，我和她迅速無比地閃身開去，到了一處陰暗的所在，使連能睜開眼來之後，看不到我們，而我們仍然可以看得到他。

我們躲起來的原因很簡單，因爲連能的行動十分怪異，不管他這樣做，目的是甚麼，當一個人的行動如此怪異，最好別讓他知道怪異的行動已被人發現。

而且，躲起來，我們還可以繼續不爲他所知，看看他是不是還有更怪異的行動。

我們才躲起來，就看到連能在深呼吸著，然後，睜開了眼睛。

這時候，連能已經不再像一株樹。他揮了揮手，又伸了伸腿。看他的動作，像是大夢初醒。

然後，他向前走來，在經過一些栽種著的植物之際，有時伸手撫摸著葉子，有時伸手在枝幹上輕拍兩下。他一直來到門旁，伸手在門旁的掣鈕上按了兩下，溫室中的水銀燈熄滅了。

然後，溫室的門打開，他走了出來。

我和白素小心地留意著他的每一個行動，這時，他的行動卻一點也沒有怪異之處。

出了溫室之後，他逕自向屋子的後門走去。我正在考慮，連能進了屋子之後我怎麼辦，那兩個該死的便衣人員，忽然用力按起汽車喇叭來。

本來，我已經有了主意，他的行動既然看來這樣古怪，可能有著秘密，那麼，在他進屋子之後，我們可以再設法跟蹤進去，看個究竟。

整件事情，發展到如今爲止，還在一團迷霧之中，而幾個與事件有關的人，行動越來越神秘，神秘到了有的人可以在相距萬里的兩個地方同時出現。在這樣的情形下，仔細研究一下他們的行動，實在十分必要。

可是，那兩下喇叭聲一響，連能的身子陡地一震。這時候，他已經伸手要去推後門了，他在一震之後，轉過身來。那兩個便衣人員，真是該死之至，不但按喇叭，而且其中一個，還大聲叫道：「衛斯理，我們的忍受有限度，你該回來了。」

連能在才轉過身來時，還不過神情十分疑惑，等到那便衣人員這樣一叫，他立時極其警覺地四面看看，同時後退了一步，吸了一口氣，叫道：「衛斯理，你在哪裏？你躲在哪裏？」

這時候，如果那嚷叫的便衣人員就在我面前的話，我一定毫不猶豫，會重重給他一拳。本來我好好地可以在暗中觀察連能的行動，給他一叫，我的處境，可以說是尷尬到了極點。

白素在我的身邊，輕輕碰了我一下，提高聲音：「我們快來了。」她一面說，一面向外走了出去。我們躲藏在溫室的轉角處，一向前走去，就和連能正面相對，連能看到了我們，神情緊張之極。在後門的門上，有一盞門燈。那盞門燈正亮著，而連能又是背貼著門站著的，燈光恰好映在他的臉上。

他的臉色一下子變得像白遼士聽我們問他出生地點一樣是一種異樣的暗綠色，看起來，他的臉就像是一片葉子。

白素逕自向他走去，一面走，一面在身後向我做手勢，示意我也向前走來，我想了一想，一時之間，也猜不透白素是甚麼用意，但白素既然這樣示意，我也只好跟著她向前走去。

我一面向前走，一面留意連能的神情。連能的神情，緊張到極，雙手張開又揑攏，看來，他像是完全不知該如何才好。一直等到白素到了他的面前相當接近之處，他的神情才比較鎮定了一些，可是他一開口，聲音還是有點顫抖，不知道他是因爲憤怒激動還是恐懼，他道：「想不到我們這裏，也會有偷窺客！」

我在那時，也全然不知道連能的情緒何以會如此激動、憤怒。照說，我們的行動，並不構成對他的任何危害。而他所用的字眼「偷窺」，也似乎太嚴重了些。

如今我只是詳細形容他的反應。至於他何以會有這樣的反應，在事態發展到了最後階段，我才恍然大悟。

我當時聽得他稱呼我們爲「偷窺者」，心中十分生氣，可是白素又打了一個手勢，令我不要開口，她揚了揚眉：「偷窺？連能先生，我真不明白你這樣說，是甚麼意思。」

連能「哼」地一聲：「一般來說，偷偷摸摸，躲在陰暗處，觀察他人的行動，就叫偷窺。」

白素笑道：「我們想來拜訪你，剛好看到你在溫室之中——」

白素才講到這裏，連能的神情，又變得極緊張，他甚至是失聲叫出來的：「你……你們看到我在溫室幹甚麼？」

我心中疑惑之極，連能在溫室中，根本沒有幹甚麼，只不過是站著不動。既然他甚麼也沒有做，又何必那麼緊張？

白素的心中一定和我同樣感到疑惑，所以她略停了一停：「你在幹甚麼？看起來，你像是在進行日光浴？」

連能的神態，迅速由慌張之中鎮定下來，但是他仍然無法掩飾他心頭的緊張，他連聲道：「是的，日光浴，我在……日光浴！」

這時，那兩個便衣人員，也走了過來，都以十分不耐煩的神情望著我。他們的佩鎗被我偷了來，所以一副敢怒不敢言的神情。

一看到他們走近來，我就狠狠地壓低聲音，對他們道：「你們兩個人，如果不想革職的話，就乖乖回車子裏去等著。」

其中一個還想抗議，但看來另一個長相比較蠢的，反倒聰明些，拉了拉他的同伴，低聲講了一句，向我道：「別耽擱太久了。」

我悶哼了一聲，不再理他們，那兩個便衣人員後退著，走了開去。

當我和他們發生爭執之際，白素正在向連能解釋這兩個人的身份：「他們是警務人員，因爲馬基先生自拘留所中逃了出來，而衛斯理又恰好是最後曾和他見過面、詳談的人！」

連能一聽得白素這樣說，轉過頭，向我望來：「馬基，他……說了些甚麼？」

我本來已經想脫口而出，說馬基對我，根本甚麼也沒有說，可是轉念之間，想起了馬基的話，又想到連能的言語、神態，都有一種說不出來的神秘，所以我將話忍了下去，只是發出了兩下高深莫側的乾笑聲，讓他去猜，馬基究竟告訴了我一些甚麼。

連能現出了十分疑惑的神情。只不過他也沒有說甚麼，只是悶哼了一聲：「你們來見我，是……爲了甚麼？」

白素向門口指了一指：「我們是不是可以進去詳細說？」

連能吸了一口氣，又猶豫了一下：「好的，請進來。」

他說著，作了一個「請」的手勢，先轉身推門走了進去。白素向我靠近了一步，用我家鄉的方言，又快又低聲地道：「太古怪了，我看這幾個人一定有甚麼不可告人的秘密，你別太心急，我來應付。」

我點了點頭，說話之間，我們已經走進了連能的屋子，穿過了一個走道，到了客廳。連能客客氣氣地請我們坐下，又為我們沖了咖啡，他自己也坐了下來。連能的屋子，布置得舒適而簡單，看來和白遼士的住所，大同小異。

等到坐定之後，連能才道：「兩位——」

白素呷著咖啡：「我們才和白遼士先生見過。」

連能「哦」地一聲，並沒有表示甚麼。白素又看來輕描淡寫地道：「原來飛行人員的共通嗜好，是在溫室之中，培育植物？」

連能一點也沒有特別的表示。

我知道白素為甚麼一下子就提出了這一點。因為到目前為止，飛機失事的過程，只有五個人知道。這五個人中，除了馬基機長，其餘四個人，就是連能、白遼士、文斯和達寶。

這四個人，有著甚麼秘密，還一無所知，但是，他們有兩個共通點，卻十分耐人尋味。其一，他們四個人，都喜歡在溫室中培育植物，其二，他們全是孤兒。

從這兩個共通點來突破，有可能知道他們究竟有甚麼秘密。白素單刀直入，十分有道理。

可是連能的反應，沒有甚麼特別，他只是「哦」地一聲：「很多人喜歡在溫室中養植物，也不單是飛行人員。」

白素變換了一下坐的姿勢：「我們想知道——你知道我們曾參加過飛機失事的調查工作，爲甚麼馬基機長在出事之後，一句話也不說？」

連能作了一個無可奈何的手勢：「他不說，旁人也沒有辦法。」

白素用銀匙在咖啡杯的邊上，輕輕地敲著，發出「叮叮」的聲響。看來她的神態十分優閒，但是她的話，卻越來越咄咄逼人。

她道：「連能先生，請你想一想，飛機失事時，駕駛艙裏，是不是只有你們五個人在？」

連能道：「你爲甚麼要這樣問?當然只有我們五個人。」

白素笑了一下：「這就相當耐人尋味，連能先生。只有你們五個人，馬基機長甚麼也不肯說，那等於說，如今所知的飛機失事經過，全是一面之詞。」

連能的面色陡地一沉：「我不明白你在說些甚麼，如果當時駕駛艙中只有兩個人，馬基機長不開口，另一個人說了經過，那才是一面之詞，可是事實上，不是兩個人，是五個人。」

他在說到「五個人」之際，特別強調，加重了語氣。我想開口，可是白素立時伸手，按在我的膝頭之上，不讓我出聲。

她的語氣，仍然是那麼優閒，可是她的語鋒，卻越來越是淩厲：「你們四個人，在我看來，好像有某種默契。」

連能神情惱怒：「女士，你這種說法，構成誹謗，你指我們串通了來作假證供?」

白素伸了伸身子：「沒有那麼嚴重，可是有一件事，我卻無法從任何角度作出任何解釋。」

她說著，盯著連能，連能在她的目光逼視之下，倒也並沒有甚麼不安的表示，只是維持著一種相當冷靜的憤怒。

他甚至不問白素，究竟是甚麼事她無法作出解釋。白素這樣說了，自然是希望對方發問的，連能不問，她的神情多少有點尷尬。她隨即身子向前一俯，湊近連能，壓低了聲音：「我不明白的是，你們四人有甚麼可能忽然離開了機場，駕車離去，而且還撞倒了一個人！」

白素的話，說得直接，我立時去注意連能的反應。只見連能的身子，陡然一挺，雙手緊緊抓住了沙發的扶手，指節骨突出。可知他感到極度的震動。

白素不等他緩過氣來，立時又道：「我只知道白遼士先生有一種『化身』的本領，現在看來，原來你們四個人，全有這樣的本領。」

連能想盡快地回復鎮定，可是白素第二段話又已出了口，連能再度受到震動，以致他的喉核，在突出地上下移動著，而發出一種「格格」聲。

白素還是不肯放過他，立時又道：「你們四個人這種不可思議的本領，是從溫室中學來的？還是從孤兒院中學來的？」

白素這第三段話，令得連能的臉上，又現出了一片暗綠色，他陡地轉過頭去。

在他轉過頭去之際，我聽到他濃重的喘息聲。

他轉過頭去並沒有多久，就又轉回頭來，在那一剎那，我也不禁十分佩服他，因爲他已經完全恢復了鎮定。

連能冷笑著，望著我道：「衛先生，尊夫人是不是有一點不正常？」

我立時道：「一點也不，她說的話，也正是我想說的話。」

連能再冷笑了一下：「那麼，遺憾得很，我只好說，你們兩位，都很不正常，而且還相當嚴重。」

白素沉聲道：「我們很正常，我甚至願意相信，馬基機長也很正常。不正常的是——」

白素講到這裏，頓了一頓：「是你們！」

連能冷笑著：「你和我都沒有資格決定誰不正常，可是你剛才的話，就算是一個實習醫生聽了，也可以肯定你的神經有問題。」

白素站了起來：「一點也不，我可以告訴你，你們四個人有甚麼不正常的秘密，到現在爲止，我還一點不知道。」

連能冷然道：「那是因爲我們根本正常！」

白素指著連能：「可是我們一定會盡一切力量去追查，直到水落石出。」

連能現出了一絲憤怒的神色，可是立時又恢復了平靜：「不論你喜歡怎樣做，我沒有權力制止你。但如果你妨礙到了我的生活，那我可以受到法律的保護，請你們注意這一點。」

白素的態度，已經夠堅決的了，但是看來連能的態度更堅決。

白素道：「好的，我會記得。」

連能也站了起來：「那麼，現在就請兩位——」

我不等他講出口，就搶著道：「當然，我們立刻就走！」我說著，挽了白素的手，向門口走去。我們是從後門進來的，出去的時候，走向前門。

當我們來到門口之際，我轉過頭來，看著昂然而立的連能：「我們一定會追查下去。」

連能道：「世界上有不知多少蠢人，盡一生之力做蠢事，我絕對無法一一阻止。」

雙方之間的對話，到了這一地步，無法延續。我只好掉頭向外走去，出了門口，繞過屋子，看到那兩個便衣人員，坐在車子中，賊頭狗腦地探出頭來看著我們。

我向白素道：「看來，他一點也不怕我們的威脅。」

白素道：「我並不是存心威脅他，而是要讓他知道，我們一定會調查下去。」

我道：「那有甚麼好處？」

白素說道：「好讓他來對付我們。」

我怔了一怔，向她望了一眼，白素又道：「白遼士曾對付過我，雖然他的行動看來有點兒戲，用一具手鎗型的打火機威脅我，但是他總會對付過我。我猜，白遼士在行動中，忽然感到自己犯了大錯，所以才突然中止，我要他們的行動繼續下去！」

我明白白素的意思，對方若是對我們置之不理，不採取任何行動，那麼，他們究竟有甚麼秘密，可能一輩子都會隱藏起來，不被人發覺的。

如果對方有所行動，那麼，只要我們應付得宜，對方的秘密，就會逐步暴露。

第七部：他們不是人

我們說著話，上了車，由我駕駛。車子一發動，兩個便衣人員的車子，也急忙跟在後面。

我的思緒十分亂，向白素望了幾眼，看她眉心打結，在沉思，十分鐘後，我實在忍不住了，才道：「你在想甚麼？」

我一問，白素忽然笑了起來：「問你一個問題，考一下你的觀察力。」

我怔了一下，不知道白素這樣說是甚麼意思。白素道：「我們到過白遼士的住所，也到過連能的住所，你可發現他們的起居室中有甚麼特別的地方？」

我望著白素，不知道她是想氣氛輕鬆一下，開一下玩笑，還是認真的。白素立時道：「駕車時，請看前面，好好想一想。」

我迅速地轉著念，白遼士和連能，全是我們心中的「問題人物」，進入他們住所之後，我自然相當留意。剛才在連能的住所之中。我就曾仔細地觀察過，覺得很簡單舒適，沒有甚麼特別之處。

我再在印象之中找尋白遼士的起居室有甚麼特別處，可是也找不出來。想了片刻，我叫了起來：「想到了，他們全是單身漢。」

白素瞪了我一眼：「這是他們四個人的另一個共通點，但是我要你回答的是他們的起居室中，有一個不應有的現象。」

我一面駕車，一面想，可是卻無論如何，想不出有甚麼特別的地方來。

我只好搖著頭：「爲了使我可以集中精神駕車，你說吧。」

白素道：「他們的壁爐。」

我一呆，白遼士和連能的起居室中，全有壁爐。事實上，任何一幢北歐的房子中，都有壁爐，那有甚麼可以値得奇怪的？

我道：「有壁爐，那有甚麼特別？北歐人的家，誰都有一具壁爐。」

白素道：「是，因爲天氣冷，所以有必要幾乎每一幢房子都有壁爐。可是我看，白遼士和連能，他們起居室中的壁爐，從來也未曾使用過。」

我忍不住大聲說道：「你越扯越遠了，他們用不用壁爐，關甚麼事？」

白素道：「如果我的觀察不錯，那就是他們之間，又有了一個共通點。」

我有點啼笑皆非：「你怎麼知道他們的壁爐從來也沒有使用過？」

白素道：「那很容易看出來，爐下面的隔灰板上，一點灰也沒有，爐旁也沒有應用的火叉工具。甚至煙囪的口子上，一點也沒有燻黑的跡象。」

我說道：「或許他們喜歡用電爐。」

白素道：「我寧願認為他們不怕冷，不需要在嚴寒的北歐天氣中生火取暖。」

我攤了攤手：「好，算是他們另一個共通點，那又怎樣？」

白素道：「我們盡量找出他們四個人之間的共通點來。他們四人相同的地方越多，就表示他們之間越可能有某種串通，對飛機失事的經過作隱瞞，誣陷馬基機長。」

我深深地吸了一口氣，白素的話，十分有理。我道：「第一個共通點，他們住所後，全是溫室。」

白素道：「雖然還不能絕對證明，但可以先肯定這一點，明天，我們再到別的人住所去。」

我又道：「第二，他們是孤兒。至今為止，全是單身漢。」

白素道：「第三，他們不用壁爐，不怕冷。」

我道：「第四，你有沒有注意到白遼士和連能的臉色，都會呈現一種古怪的暗綠色？」

白素道：「是，太怪了。還有，他們四個人，都有『化身』的本領！」

我搖頭道：「這一點，太奇異了，暫作保留。」

白素堅持道：「不，我相信黃堂的敘述，更相信我自己的親身經歷。」

我無法反對：「好，從這幾點看來，他們是甚麼樣的人？」

白素突然之間，冒出一句令我吃驚的話來，以致我駕駛的車子，陡然之間，失去了控制，向路邊直撞了過去，幸而我立時扭轉，車子才恢復了正常。

白素那句令我吃驚的話是：「他們不是人。」

直到一分鐘之後，我才重複了白素的話：「他們不是人？」

白素道：「是的，記得馬基機長說過同樣的話？」

我苦笑道：「是的，他說過，可是那是甚麼意思？」

白素道：「我不明白。」

我道：「你這樣說，又是甚麼意思？」

白素又道：「我也不明白。」

我提高聲音：「這像話嗎？是你說的。」

白素說道：「我只是有一種強烈的感覺，感到他們……他們不是人。」

我苦笑道：「你應該說，他們和常人，略有不同。不同的地方，也不是很大，不過是不怕冷，出身孤兒院，臉會發綠等等而已。」

白素不出聲，我道：「好了，我想，你以爲他們是外星人？」

白素道：「有點這樣的意思，但究竟情形如何，我也說不上來。」

我作了一個手勢，表示對「外星人」的看法，無法同意：「我看不是，他們古怪，不像有甚麼特別的能力，像連能，他不過是航機侍應長，不是科學家。」

白素皺著眉：「這就是我想不通的事。如果外星人可以來到地球，一定有著超人的智慧，像他們幾個人，在孤兒院長大的——」

她講到這裏，略頓了一頓，吸了一口氣：「我想花一點時間，從孤兒院開始，追尋他們四個人的個人歷史，或者可以有所發現。」

我笑了起來：「也好，反正我們也不知道哪年哪月才能洗脫嫌疑，離開這裏。」

白素笑道：「這個國家對外來的人，入境管制十分嚴格，我們能住上三年五載，也算是奇遇了。」

車子早已進入市區，我將車停在酒店門口，下了車，將車匙交給了迎上來的司閽，和白素一起走進了酒店。

才一進酒店大堂，就有兩個高級警官迎面走了過來，神情又緊張又嚴肅，我一看這兩人的神情，就知道有不尋常的事發生了。

果然，兩人一來到我們的面前，連看也不看滿頭大汗跟在我們後面的那兩個便衣人員，立時壓低了聲音：「請跟我們到房間去。」

看到他們這樣緊張，我忍不住和他開一句玩笑，套用了一句西方男女約會時常用的語言：「房間？你的還是我的？」

那兩個高級警官現出憤怒的神情來：「你的房間，我們處長等你們很久了。」

我冷笑一聲：「就算是你們的總統在等我，我也沒法子飛進去。」

兩人神情更憤怒，但卻也拿我無可奈何，白素低聲道：「別鬧著玩了，我看一定是馬基機長的事，有了新的發展。」

我一想，白素的推測很有道理，要不然，不會連警方的最高負責人也來了。我示意白素先進電梯，轉身來到兩個便衣人員的身前，先伸手向上一揚，吸引他們的注意力，然後，迅速將他們的佩鎗，放回他們的口袋之中。

在那兩個便衣人員還莫名其妙之際，我已經轉回身去，他們自然會立刻發現他們的口袋中多了東西，不會再來向我追討的了。

進了電梯，那兩個高級警務人員跟了進來，電梯到了我們住的那一層打開，四個人一起出去，進了我們的房間，一個身形高大，滿面紅光的中年人，自沙發上站了起來。

那中年人一站了起來之後，一個高級警官便道：「處長，衛斯理回來了。」

我道：「歡迎歡迎，請坐，請坐。」

處長望了我極短的時間，就開門見山地道：「衛先生，有一個壞消息要告訴你，祁士域先生死了！」

我不禁為之震動，祁士域死了！

我心中立時升起了幾十個疑問：他是怎麼死的？他救了馬基出去之後，躲在甚麼地方？馬基又在哪裏？

白素在我張口結舌之際，已在發問：「怎麼死的？」

處長說：「自殺。」

我一聽，幾乎直跳了起來：「他爲甚麼要自殺？」

處長向一個高級警官作了一個手勢。

那高級警官立時向前走來，手上拿著一個文件夾，處長道：「這是他的遺書，我希望你看一下。」

我心頭的疑惑更甚，可是在我自那高級警官手中接過文件夾，打開來，看到了祁士域的遺書，並將之看完之後，我心中的疑惑，簡直已到了頂點。

以下，就是祁士域的遺書：

「我，祁士域，現在決定自殺。我的死亡，絕對是出於我自己的意志，與任何人沒有關係。我自殺，因為我實在無法洗清我自己協助馬基機長逃亡的嫌疑。

「我曾詳細計畫，將馬基機長自拘留所中救出，避免他在法庭上受審。他是我的好朋友，這次飛機失事，眾口一詞，都一致認為是他的責任，而他又全然不對自己進行辯護，採取了一種十分奇怪的態度。這使我可以肯定，這次飛機失事，一定另有隱情，我想先避免他受審，然後才慢慢尋求事實的真相。

「在我計畫期間，我曾和很多人接觸過，他們全是一些相當成功的罪犯，他們都一致認為，要救馬基機長出來是十分容易的事……

「我也曾將自己的計畫，向衛斯理透露過。我明知這樣做的結果，會引致我觸犯法律，但是我堅信馬基機長無辜，為了救援一個無辜的朋友，我自己就算因之犯法，也算值得。

「可是意外的是，我還沒有採取任何行動，馬基機長突然在一批人的幫助下，自拘留所逃脫了！

「馬基機長逃亡一事，任何人都會想到，那是我做的，我絕想不出有任何方法，可以使人相信我清白。我計畫了要做這樣的事，但是我並沒有做。我將因為沒有做的事而受審，身敗名裂。

「我不知道誰救了馬基機長，我發誓，以我的死亡發誓，我真的不知道。我一得了馬基機長離開了拘留所的消息之後，我就知道我除了自殺之外，沒有第二條路可走。

「願馬基機長能夠有機會為他自己辯護，我已經不需要辯護了，因為我的死亡，證明了我清白。」

祁士域的遺書，我看了一遍又一遍，心中充滿了極度的疑惑。

由於我心中亂成了一片，是以當我再抬起頭來時，接觸到了處長的眼光時，我只是說：「不是祁士域，那麼是誰呢？」

處長苦笑了一下，向我指了一指。

我苦澀地笑了起來：「不是我！」在講了這一句話之後。略頓了一頓，又道：「是不是我也要自殺，你們才相信？」

處長也苦笑了起來：「不是祁士域，那麼，是誰將馬基自拘留所弄走的？」

白素又將祁士域的遺書看了一遍：「這是他的筆跡？」

一個高級警官道：「是，經過兩個專家的鑑定。」

白素皺著眉：「其實，他大可不必自殺，他可以辯白。」

另一個高級警官道：「警方高級心理專家認爲，這些日子，祁士域先生心理上的負擔和壓力早就超越了他所能負擔的程度，忽然之間又發生了這樣的意外，打擊令得他更無法承受，所以他只好在死亡中解放他自己。」

白素「嗯」地一聲：「怪極了，除了祁士域想救馬基之外，還有甚麼人想救他？」

處長攤了攤手：「沒有任何資料。而且，馬基離開了拘留所之後，也像是消失在空氣中一樣。」

我向處長望去：「現在祁士域已證明清白，我是不是也自由了？」

處長側頭想了一想：「理論上可以——」

我有點沉不住氣，大聲道：「可以就是可以，甚麼叫理論上可以？」

處長向我作了一個手勢，示意我稍安毋躁，他又想了一想：「我私人希望你暫時不要離開，幫助我們，繼續調查一下這件事情，你看是不是可以？」

處長的話說得十分委婉，我不禁失笑：「我一直在調查。」

處長離開椅子走了幾步：「我做了將近三十年警察，見過不少稀奇古怪的案子，可是再也沒有一樁，比這件案子更莫名其妙的了。」

我嘆了一聲：「是的，整件事，從飛機失事，到馬基逃亡，祁士域自殺，究竟是一件甚麼性質的案子，也弄不清楚。」

我這樣說，自然只是說出了表面上的情形。實際上，牽涉在這件事情中的許多怪事，更是絕對無法解釋的怪異。

我沒有向處長說及那些怪異的事，例如白遼士的「化身」，等等。因爲我知道一個有經驗的警務人員，不會接受這種怪異的事實。

處長望了我一下：「多謝你肯繼續調查這件事，我仍會盡一切力量將馬基機長找出來——」

處長講到這裏，白素突然插口道：「請問，如果馬基機長就此不再出現呢？」

處長呆了一呆：「我不明白——」

白素道：「我的意思是，如果馬基從此不再出現，那麼，航機失事，一定全由他來負責了？」

處長道：「那當然是，所有人的證供，全證明他措施失當，引致失事。」

白素喃喃地道：「所謂『所有人』，其實不過是四個人。」

處長顯然不明白白素在說甚麼，瞪大了眼睛。白素也不作進一步的解釋，只是道：「沒有甚麼，希望馬基能夠早日出現。」

處長神情苦澀，雖然他已盡了最大的努力，在使馬基出現，但是卻一點結果也沒有。他無意義地揮著手，向我告辭離去。

在他走了之後，我打開房門看了看，發現走廊上留下來監視我們的便衣人員，也已經撤退了。

我回到房中，看到白素在支頤沉思，她的這種神態十分美麗，我走過去，輕輕地在她的頰邊親了一下。白素轉過臉來：「你看是誰弄走了馬基？」

我皺了皺眉：「我想不出來。」

白素作了一個手勢：「一定有動機：祁士域要救馬基，動機是相信馬基無辜。祁士域不想馬基在不替自己辯護的情形下受審，希望馬基在離開拘留所之後，會說些甚麼，替自己辯護。」

我用心聽著，點了點頭。白素接著又道：「相反地——」

我心中陡地一動：「是啊，相反地，如果另外有人，怕馬基機長為自己辯護，說出了航機失事時的真正情形，對他們不利。那樣，這批人也就有理由，使馬基離開拘留所，不再出現。」

白素道：「我正是這樣想。」

我心中又陡地一驚：「這樣看來，馬基一定已經……已經凶多吉少了。」

白素搖頭道：「那倒不見得。如果要殺馬基，大可以派人進去，在拘留所中下手，不必大費周章將他自拘留所中劫走。」

白素的分析很有道理，但是她的分析，卻只有使事情看來，更陷進了謎團。

我大踏步來回踱了幾步：「我們先將事情總結一下。」

白素點頭，表示同意，我取過了信箋來，飛快地寫著，道：「第一，航機神秘失事，當事人五個，四個為一方，馬基是另一方。」

白素道：「是，到如今為止，航機失事的經過，全是一方面的供詞。」

我接上去道：「作出這一方面供詞的四個人，有許多怪異的行徑和共通的遭遇、習慣等等。」

白素笑道：「你這樣用字，可以去寫政府文告。」

我正色道：「別打岔。航機失事之後，馬基的態度怪異，也始終未爲自己辯護。」

我說到這裏，白素陡地站了起來，她站了起來之後，神情一片迷茫。看她的情形，像是在刹那間，想到了一些甚麼極其重大的關鍵問題，可是靈光一閃，卻還沒有抓住具體的細節。

在這樣的情形之下，當然最好是由著她去作進一步的思索，別去打擾她。所以，我只是看著她，一聲也不出。

過了足有一分鐘之久，白素才陡地吸了一口氣：「祁士域因爲覺得無法洗脫嫌疑，所以自殺。」

我不明白何以白素忽然會說出了這樣一句全然不相干的話來，我只是「嗯」了一聲，算是同意她的說法，白素又道：「人的心理差不多，對於一件看來全然沒有希望的事，大多數人，會放棄。自殺，是放棄的一種方式，不出聲替自己辯護，也是方式之一。」

我開始有點明白白素的意思了。

白素揮著手：「祁士域用了自殺的方式，馬基用了後一方式。」

我也捕捉到了白素想要表達的中心。

我道：「是，祁士域在自殺前，念念不忘的，還是自己的淸白。」

白素道：「不錯，馬基難道不想爲自己辯護？只不過他覺得沒有希望。可是再沒有希望，他總會在他的話中作多少透露。」

我深深地吸了一口氣。

白素道：「所以，我們要詳細研究馬基說過的每一句話，每一個字。」

她講到這裏，盯著我：「我沒有見過馬基，你見過他，而且，曾和他作過詳細的談話。」

我苦笑了一下：「其實，我和他交談，他根本沒有說甚麼。」

白素斬釘斷鐵地道：「他一定說過甚麼的。」

我道：「他當然說了一些話，但是那些話，聽來卻全然是沒有意義的。我已經向你全部複述過。」

白素的眉心打著結，來回又走了幾步：「乍一聽，像是沒有意義，但是照如今事情的發展來看，每一句話都有深意。」

我有點不服氣，道：「例如——」

白素道：「例如他曾一再問：『他們說甚麼？』是不是？『他們』，當然是指白遼士他們。」

我點頭。

白素道：「這表示，馬基明知四個人一定會作不利於他的供詞，但是他卻不知道內容。這證明馬基知道事實經過不會有人相信。只好聽憑四人誣陷。」

我想了一想，慎重地道：「可以這樣假設。」

白素的神情，看來變得興奮，她又道：「還有，他說了：『你們根本不明白！』這證明他心中有許多話要說，也證明了白遼士等四人說的全是謊話。他還說：『甚麼也沒有看到。』可知事實的經過，和四人的口供，全然不同。」

我道：「好了，他還曾說：『他們不是人』，這應該是一句很重要的話，請問，那作何解釋？」

白素激動起來：「這句話，根本不必作任何解釋。他們不是人，就是：他們不是人。」

我也有點激動：「他們不是人，是甚麼？」

白素苦笑道：「又回到老問題上，我不知道他們是甚麼。」

我嘆了一聲：「我們現實一點，好不好？他們明明是人。」

白素好一會不出聲。在這一段時間中，我也迅速地轉著念。白素的分析極有理，馬基雖然沒有說甚麼，可是他的每一句話，一定都有著極其深刻的含意。

然而，「他們不是人」，究竟是甚麼意思呢？

白遼士、文斯、連能、達寶四個，明明是人。

我想了半晌，沒有結論，只好去想另外一些事：「照你的理論，將馬基從拘留所弄出來，可能是他們四個人？」

白素道：「是的，令得馬基永遠不能說出真相，他們的證供，就會變成事實。」

我道：「我們見過白遼士和連能，你也看到過文斯的住所，還有達寶——」

我苦笑了一下，沒有再說甚麼。

當晚的討論，就到此爲止，我相信白素和我一樣，還是未曾捕捉到問題的核心，還是被許多謎團所包圍。

第二天一早，我們就駕車出發到達寶的住所去。中午時分，我們已經過了一個小鎮，在小鎮的盡頭處，轉進了一條彎路。

彎路口，是一家中學，中學旁有一個加油站。我們的車子在油站加油時，恰好中學放學，一大群學生，蹦跳著、叫嚷著，自學校的建築物中，奔了出來，充滿了光明和歡樂。

我們看著油站的職員加油，大約這裏很少有東方人到，所以有幾個學生，圍上來看我們，漸漸，圍著看我們的人越來越多。

就在這時候，一個約有六十多歲、滿頭皆是白髮的老教師走了過來，所有學生對這位老師，都很有禮貌。老教師向圍著看我們的學生道：「這樣對待遠來的陌生人，是不禮貌的，應該問人家有甚麼需要幫助的地方。」

兩個小男孩立時向我道：「請問，需要甚麼幫助？」

我笑了起來，道：「謝謝，不需要甚麼，我們只不過經過這裏而已。」

油加滿，我和白素上了車，車向前駛去，一輛自行車搖搖晃晃地駛過來，在自行車上的，正是那位老教師。

這位老教師的外形，看來是一種典型，一種畢生貢獻給了小地方教育事業的那種人的典型。他一面揮著手和我們打招呼，一面道：「好！你們找誰？」

白素抬起頭來：「達寶先生。」

老教師笑了起來：「倔強的達寶！你們恐怕會失望，兩天前我見過他，他正駕車離去，說是要到南美洲去度假，現在，他或許正在南美聽音樂。」

白素自車上走下來：「雖然他不在，我們想去參觀一下他的溫室。」

老教師口中「嘖嘖」有聲：「那真是一間大溫室，連中學的學生，上植物課的時候，都要到他的溫室去，讓學生看看很多不常見的植物，你們要去，我可以帶路。」

老教師說著，又跨上了自行車，向前駛去。我們只好將車子的速度放得極慢，跟在他的後面，在穿過了一座林子之後，可以看到那間溫室。陽光瀉在玻璃上，發出燦爛的光芒。

老教師轉過頭來，指著前面，我大聲說道：「謝謝你帶路，謝謝你。」

老教師的自行車轉了一個彎，已準備離去了，白素突然道：「請等一等。」

老教師在我們的車旁，停下了車，白素道：「剛才，你稱達寶爲倔強的達寶，那是——」

老教師笑了起來：「那是他的外號，熟悉他多年的人，都這樣叫他。」

白素揚眉道：「因爲他性子倔強？」

老教師側著頭：「可以說是，他是我見過的最倔強的孩子。」

我和白素都感到奇怪，因爲我們和達寶雖然不是很熟，但是無論如何，他並不給人以特別倔強的印象，不知他這個外號是如何得來的。

老教師像是看出我們的神情多少有點疑惑，而他自己又恰好是一個喜歡講話的人，他道：「達寶的倔強很沒有理由，只是倔強。」

我道：「你認識他很久了？」

老教師又笑了起來，道：「他在十一歲那年，由附近的孤兒院，送到我的學校來，到如今，怕已經有十七八年了吧。」

我心中一動，白素顯然也想到了我想到的事。那四個人，全是在孤兒院長大的，身世不明。他們如何長大成人的過程，只怕也沒有甚麼人知道。這個老教師，在達寶初入中學時就認識他，那真是再好也沒有了。

我接著道：「原來已經有那麼久了，我們很想知道達寶先生是怎麼樣的人，你一定了解他。」

老教師搖著頭：「很難說，例如他爲甚麼會那麼倔強，我就不了解。那次，他幾乎被校長開除，是我一再爲他講情，他才能完成中學教育。」

白素道：「哦，他犯了甚麼錯誤？」

老教師笑著：「倔強，從那件事之後，他就得了『倔強的達寶』的外號。」年紀大的人，講起話來，都不免嘮嘮叨叨，我心急：「他究竟做了甚麼？」

老教師道：「他不是做了甚麼，而是不肯做甚麼。」

白素笑道：「那麼，他不肯做甚麼？」

老教師道：「上化學課時，他不肯做一個簡單的化學實驗。」

我和白素對達寶的過去，都感到興趣，一定以爲他有甚麼怪異的行逕，才會幾乎被學校開除。原來是不肯做一項化學實驗，那真令我們大失所望。我和白素都是一樣的意思，不想再和那老教師再交談下去。

可是，老教師的話匣子一打開，想他不再講下去，卻不容易。他道：「那是他來到學校第一年的事，我記得十分淸楚。我那天沒有課，正在教員休息室，聽到外面傳來呼喝聲，那是化學教員的聲音，他是一個脾氣十分暴躁的人。」

老教師一面說，一面望著我們，期望得到我們熱烈的反應。

我們不好意思讓他不高興，大力點著頭，心裏只希望他的敘述簡單一點。

可是，事與願違，老教師敘述達寶在中學一年級發生的那件事，敘述得十分詳細。

由於這件事，達寶得了「倔強的達寶」這個外號。

這件事，當時，我和白素在聽的時候，都全然不將之放在心上，只是聽過就算。但如今，我卻將老教師的敘述，詳細記述出來。

因爲，這件在當時聽來，全然是無關緊要的小事，實際上是一件極具關鍵性的大事。在一連串的謎團中，就是由於這件「小事」的啓發，才真相大白。

老教師道：「那化學教員的脾氣很壞，我一聽到他在呼喝，知道他一定是又在斥責學生，我忙開門去看，看到他正在拉著達寶，達寶竭力掙扎，化學教員憤怒得脹紅了臉，看他的樣子，是想將達寶拖到校長室去。達寶的同班同學，有許多跟了出來，化學教員大聲喝著，要他們回課室去。」

老教師又道：「達寶是孤兒院來的，性格可能很特異，所以他一到學校，校長就指定要我對他特別照顧。而事實上，達寶是一個十分可愛的孩子，天份高，隨和而又討人喜愛——」

老教師講到這裏，我不禁笑道：「不對了，他不是叫倔強的達寶麼？你怎麼說他隨和而討人喜歡？」

老教師笑了起來：「真的，我一直不知道爲何達寶在那件事上這樣倔強，或許是他對那位化學教員的壞脾氣反感。」

我作了一個請他說下去的手勢，老教師繼續道：「我看到了這種情形，化學教員對孩子，簡直粗暴！我走過去，一下子將達寶拉了過來：『別這樣對待孩子！』

化學教員怒氣沖沖：『一定要將他開除，這……學生，這學生……』我忙道：『他怎麼啦？』化學教員道：『他一點也不聽話，我只不過叫他向石灰水吹氣，他竟然說甚麼也不肯。』」

老教師說到這裏，停下來向我們望來。

我一時之間，不明白甚麼叫作「向石灰水吹氣」，所以現出了疑惑的神色來。老教師道：「這是一項最簡單的實驗，用一根吸管插入石灰水之中——」

老教師才講到這裏，我就明白了。

這的確是初中課程中一項最簡單的實驗，目的是爲了證明人的呼吸，呼出來的氣體中，含有極多二氧化碳。

用一根吸管，插入石灰水之中，石灰水本來是透明的，經過吹氣之後，二氧化碳進入石灰水之中，石灰水起了化學作用，會變成乳白色。

這種簡單的實驗，每一個中學生，即使自己未曾做過，也一定看到同學做過。通常，在課室或實驗室中，教師會隨便叫一個學生出來，向石灰水吹氣，一直到石灰水變成乳白色爲止。

只怕自有這項課程以來，從來也沒有一個學生，會拒絕教師這項要求。

那麼，達寶爲甚麼要拒絕？

第八部：溫室中會流血的怪植物

我當時絕未想到這是一個關鍵性的問題，只是覺得事情不合常理。

老教師看我的樣子，已經明白了甚麼叫作「向石灰水吹氣」，所以他也沒有繼續解釋下去，只是繼續說當時發生的事。

他道：「當時我就對達寶道：『達寶，你不應該拒絕教師這樣的要求！』達寶的神情，既倔強又害怕，只是一言不發。化學教員又發起怒來，我忙道：『這樣吧，達寶，你向教師道歉，然後再去吹石灰水，就不必鬧到校長那裏去了。』化學教員也接受了我的意見，可是達寶，唉，這少年，太倔強，硬是不肯。」

白素笑道：「這樣倔強的少年，倒真是少有。」

老教師道：「是啊，後來，化學教員將達寶拉到了校長那裏。校長是好好先生，也像我一樣提議，可是達寶仍然拒絕，連校長也激怒了，要開除他。」

老教師講到這裏，停了一停，我道：「為了這樣的小事，好像不必開除一個學生。」

老教師道：「事情本來是小事，可是達寶的態度實在太倔強，不論多少人勸他，他就是不肯答應，所有人都很憤怒，我竭力主張就此算了，達寶硬是不肯那樣做，那有甚麼辦法？」

白素像是對這件事相當有興趣：「那麼，結果怎麼樣？」

老教師笑了起來：「結果，自然不了了之。達寶得了一個『倔強的達寶』的外號。」

白素又問道：「他在其他事情上，也這樣倔強？」

老教師道：「一點也不，一直到中學畢業，他始終是一個品學兼優的好學生。」

老教師講到這裏，又嘆了一口氣，十分感慨：「別看我教了三十年中學，一直在接觸少年人，可是他們的心理，我還是一點不了解。」

我隨口敷衍了幾句，老教師騎著自行車走了。白素道：「這件事很怪！」

我打了個呵欠：「想像力再豐富的人，也無法將不向石灰水吹氣，和二十年後的一件航機失事，聯結在一起。」

白素怔了片刻，顯然她也無法將這兩件事聯結起來，她道：「好，去看看達寶的溫室。」

我駕著車向前駛去，不一會，便到了達寶的溫室後面。

白素道：「格局、大小，幾乎全是一樣。」

我道：「他們是同事，可能是其中的一個，先有了一個溫室，然後，其餘三個人，也有了興趣，跟著建造了同樣的溫室。」

白素並沒有出聲。嗜好有一種傳染性。在同事、朋友之間，會傳染開去，假設他們四個人，從事同一行業，大家又全是單身漢，其中一個有了培植植物的興趣，其餘三個人跟著學樣，這是很合理的一種推測。我們一直來到了溫室的門前，發現溫室之中，自動噴水器正在工作，像是下著霏霏細雨，看起來，一片水氣朦朧。

白素緊貼著玻璃門，向內看著。

溫室就是溫室，本來，沒有甚麼可看的，可是曾經看到連能在溫室中，「日光浴」的那種怪樣子，再來到同樣的溫室之前，心中總不免有一種異樣的感覺。

由於溫室中水霧瀰漫，所以裏面的情形，看來有點朦朦朧朧，更增加了神秘的氣氛。

十五分鐘之後，自動噴水停止，溫室中的一切，看來清晰了許多。同時，亮起了燈光，使一切看得更清楚。我已經可以肯定，溫室之中除了植物之外，並沒有人。我開始去注意溫室的門鎖，門並不是由內拴上，只是鎖著。我向白素望了一眼，看到她仍然在注視著。我先推了推門，沒有推開，就取出了一個小工具來，很快就將門打了開來。我先將門推開了一些，然後望向白素，問道：「進去看看？」

白素深深地吸了一口氣，點了點頭，我再將門完全推開，然後走進去，她跟在我的後面。

一進溫室，我不禁深深地吸了一口氣，裏面的空氣，極之清新，就如同進入了清晨的森林，令人身心舒暢。

溫室的地相當濕。我們要小心地向前走才不至於踏中地上的積水。整個溫室的面積雖然大，但是全是植物，可以行走的通道在中間，不過半公尺寬。在通道中行走，會被兩旁植物的枝、幹和葉子，碰在身上，身上也不免被水珠沾濕。

門開在溫室的中間，進門之後，我向左走，白素向右走，在走完了中間通道之後，我轉身向白素作了一個手勢，示意我們從不同的方向，繞著溫室，再走一次。

白素向我揮手，表示同意，在又走了一遭之後，我們仍在進門之後的中間通道中會合。我問道：「有甚麼發現？」

白素搖頭：「看來只是一個對植物有狂熱愛好者的溫室。」

我笑道：「我同意。」

在我們這樣說的時候，已經不約而同向外走去，準備離開溫室。但由於我們兩人同時起步，而通道又十分窄，我們的肩頭，撞了一下，白素的身子向旁側了一例，碰到了一盆樹。

那盆樹是橡樹，種在一個並不算大的盆中，樹身已相當高，盆子重心不穩，白素一碰，盆子就倒了下來，發出了一下聲響，碎裂開來。

我扶住了白素，白素道：「真靜。」

許多事情，都有連帶關係。如果不是那一下瓦盆碎裂的聲音，我們不會感到溫室中靜得可以；除了水珠自各種植物的葉尖上滴下來的聲音，簡直沒有別的聲音。

如果不是水珠下滴的聲音，聽起來比萬籟俱寂更覺幽靜，使人不由自主，要多逗留一會，我們也不會聽到那種呼吸聲。

那時候，我和白素靠在一起，都感到溫室中這樣靜，十分值得多留戀一會。也就在那時候，我聽到了有呼吸聲傳入我的耳中。

我以爲那是白素發出來的，我笑著：「打碎了一個瓦盆，不必那麼緊張。」

在我這樣講的時候，白素的神情，看來已經十分異樣，她立時向我作了一個手勢，示意我不要講話，同時，轉頭向溫室的一角望去。呼吸聲正是從白素望過去的那方向傳出來的。

我陡地一怔，剎那之間，除了水滴聲，又甚麼聲音也聽不到了。

我們兩人，足有半分鐘之久，都不出聲，然後，白素才壓低了聲音：「你剛才聽到了甚麼聲音？」

我也不由自主將語聲放得十分低：「好像，好像是呼吸聲。」

白素點頭道：「好像是，但也可能是別的聲響，聲響是從那邊傳過來的。」

她伸手向前指著，我向前看去，看到很多盆植物，有一盆極大的羊齒，遮住了視線。我道：「過去看看，有甚麼會發出那樣的聲音來。」

白素「嗯」地一聲，和我一起向前走去。走出了只有幾步，我們又陡然站定。

那聲音，又傳了過來。

那真是呼吸的聲音，相當急促，聲音並不高，好像在發出呼吸聲的人和我們之間，有著一重甚麼阻隔，可是那實實在在是一種呼吸聲，而不能說是甚麼和呼吸聲十分近似的聲音。

我在一怔之下，立時喝問道：「甚麼人！」

我自己也不知道，何以會這樣大聲呼喝，但由於事情實在太怪，不寒而慄。我想，是由於這個原因，我才大聲呼喝。

在寂靜的溫室中，我的呼喝聲轉來相當刺耳，一喝之下，那種呼吸聲突然停了下來。但由於我們曾兩度聽到了這種聲音，所以可以肯定這種聲音，是由那株巨大的羊齒後面傳出來。

白素向前去，我急急跟在她的後面。向前走，根本無路可通，要推開一些植物，跨過幾個木架。來到了那株大羊齒前面之際，我們的身上，像是淋過了雨，濕得可以。

我們在大羊齒的葉下，彎身鑽了過去，我們看到，在一個木架子上，是一隻灰白色塑膠料箱子。

那隻箱子，大約有一公尺見方，半公尺高，箱子有蓋，蓋上有許多細小的小孔。整個蓋上，有一個和箱子差不多大小的凹槽，約有半公分深。這時，那凹槽中還有積水，正順著箱蓋上的小孔，向下面滲下去。

在那隻箱子四周圍，當然也是各種各樣的植物，那箱子並沒有甚麼出奇，我又立即四面打量著。可是除了那箱子之外，更沒有甚麼值得注意的東西了。

白素則一直盯著那箱子：「這……是甚麼東西？看起來，像是——」

我立時接上去道：「看起來，像是苗圃！」

那隻箱子，除了是培育植物幼苗的苗圃，不可能是別的東西。

白素又吸了一口氣，向我望了一眼：「要不要打開來看看？」

箱子是一種很輕的塑料做的，我只不過用手指略頂了一頂，箱蓋就揭了開來，箱子中的東西，呈現在我們的眼前。一時之間，我們的視線，定在那箱子中，很難表達我們當時的心情。

我們並不是驚駭，因爲箱子中的東西，在我們的意料之中。

我早已料到，那箱子是一個苗圃，如今看來，它的確是一個苗圃。箱子的底部，有二十公分高，看來十分肥沃的泥土，這種泥土，正是培育幼苗所用。

在泥土上，是四棵植物。一個苗圃中有植物，當然普通不過。

可是我們還是覺得十分駭異，駭異到說不出話來。

那當然是由於那四棵植物！

那四棵植物的樣子，相當怪異，看來，像是熱帶植物中的多肉植物。

它們的形狀，像一個橢圓形的球，約有二十公分高，作暗綠色，球面仔細看來，有著不少細孔，在圓球上，還有些同樣的小圓球，附在上面，圓球的上部，有幾個裂口。

我們對著那四棵古怪的植物看了很久，白素才道：「天，這是甚麼東西？」

我道：「看來像是熱帶多肉植物。尤其像其中一種，叫做『奧比薩』的。」

白素搖頭道：「多肉植物在植物學上，和仙人掌接近，不需要這麼多的水分，如果是多肉植物的話，這樣潤濕，早已種不活了。」

我道：「也不一定，有幾種多肉植物，就需要大量的水分，如被稱爲『主教帽冠』的那種。」

白素不出聲，伸手去碰那四棵植物中的一棵。我一看到白素伸出手指去，想阻止她，但白素的動作十分快，手指已按了下去。

她手指才按下去，便立時發出了一下低呼聲，迅速地縮了回來。我也陡地一怔。我就在她的身邊，看得十分清楚，白素的手指按下去，那植物，竟像是一個柔軟的物體，稍微凹下去。而等到白素的手指縮回來的時候，凹下去的地方，立時恢復了原狀。

白素的呼吸有點急促：「它……是軟的。」

我吞了一口口水，植物，即使是球狀的多肉植物，也沒有理由是軟的。我忙也伸出手指去按了一下，我按得比較重，凹下去的部分也比較多，當我手指縮回來的時候，凹下去的地方，又恢復了原狀。

我向白素望去，白素也向我望來。

我們兩人異口同聲：「這是甚麼東西？」

我們同聲說「這是甚麼東西」，而不說「這是甚麼植物」，那是因爲我們的心中，覺得那四棵怪東西，實在不像是植物。

那不單是因爲它柔軟可以被手指按得凹下去，而且，當手指按上去的時候還有種異樣的感覺，它有溫度，溫度不高，但的確有溫度。

在我們這樣說了一句之後，我又伸手按向那四棵植物中的一棵，白素道：「慢慢來，別心急。」

我伸出手，輕輕按在一棵之上，手掌全然貼在那植物的表面上。

我才輕按上去，就道：「學我一樣。」

白素忙將手按上了另外一棵。這時候，我看不到自己的神情，只看到白素的神情，怪異莫名，我想我自己一定也有著同樣的神情。

我先開口：「你感到甚麼？」

白素道：「我……感到十分輕微的顫動。」

我連連點頭，我正是因爲方才按上去，就感到了極輕微的顫動，所以才叫白素學我做。我道：「這種輕微的顫動，就像是……像是……」

我一時之間，找不到適當的形容詞，白素說道：「就像是我們按住了一個全然沒有反抗能力的嬰兒。」

給白素那樣一說，我不由自主，震動了一下，忙縮回了手來。

白素的形容太恰當了。也正因爲如此，才使我感到震撼。一個嬰兒！那四棵植物，竟會給人以「嬰兒」的感覺，真是太怪異了！

白素的手仍按著，神情怪異，我不知道她心中在想望甚麼。

我在呆了一呆之後，雙手一起伸出去，白素卻驚叫了起來：「你想幹甚麼？」

我說道：「我想將它拔起來看看！」

白素突然之間，大吃一驚，叫了起來：「不能，你不能拔起它來，不能！」

我呆了一呆：「爲甚麼不能？這不知是甚麼東西，看來這樣怪，不拔起來看個明白怎麼行？」

白素仍然堅持道：「不能，它們……看起來……我感到它們……好像是活的。」

一聽得白素這樣說，我不禁笑了起來：「它們當然是活的。拔起來看明白，再種下去，也一定不會死。」

我一面說，一面已伸雙手，捧住了其中的一棵，白素忙又叫道：「別拔。」

白素的神態十分怪異，令我又呆了一呆，白素忙解釋道：「我說它們是活的，那意思是……是……」

白素遲疑著未曾講出來，我陡地一怔，已經明白了她的意思。我望著她：「你的意思是……是……」

和她一樣，我也遲疑著未曾講出來，但是，她也顯然明白了我的意思。

我縮回了雙手，我們兩人一起深深吸了一口氣，齊聲道：「活的！」

「活的」意思，就是活的。「活的」意思，就是有生命。

初聽白素說覺得那四個東西是「活的」，沒有細想，所以才會笑起來。因為不論是動物還是植物，都有生命。那四棵東西在苗圃之中培育，當然是活的。

但我立即明白了白素的意思，她所說「活的」範圍比較窄，那是指一種高級生物的生命，是有思想，能行動的那種「活」，簡言之，如同動物那樣的「活」，不是單義的「死的」的相反詞。

我縮回手之後，半晌說不出話來，才道：「你……何以會有這樣的感覺？」

白素遲疑了一下：「或許……或許是我剛才聽到過……它們發出聲音？」

那種呼吸聲！

事情似乎越來越怪異了，怪異到了我必須大聲說話，來藉此驅除心中那種怪異感覺：「植物不會呼吸！」

白素立時道：「你錯了，植物會呼吸。」

我一怔，我說得太急了，對，植物會呼吸，不但會呼吸，而且呼吸的器官，比動物還來得複雜，當有光線的時候，它們放出氧，吸進二氧化碳，當沒有光線的時候，就以相反的方式呼吸。

我立時道：「當然，我知道植物會呼吸，我是想說，植物在呼吸時，不會發出聲音來。」

白素這次沒有再反駁。或許，植物呼吸時也有聲音，但人的耳朵不應聽到植物的呼吸聲。

我講了之後，望著她：「是不是准我拔起來看一看？」

白素皺著眉：「我知道，你在拔起了之後，一定會將它割開來，再慢慢研究。」

我又是好氣，又是好笑：「是，又怎麼樣？」

白素道：「我已經說過，我感到它是活的。」

女人固執起來，有時真是沒有辦法，我哼了一聲：「請你看清楚，它種在泥土裏，需要泥土、水分，它是綠色的，這證明它有葉綠素。一般來說，有葉綠素的，就是植物。」

白素搖頭道：「不，沒有神經系統的，才是植物。」

我「哈哈」笑了起來：「好，小姐，請你證明它們有神經系統。」

我一面說，一面指著那四棵怪東西。我以爲我這樣說，白素一定無話可說了。誰知道白素用一個最簡單的方法，來反駁我的話，她道：「先生，請你證明它們沒有神經系統。」

我瞪著眼，本來還想再爭辯下去，但是突然之間，我笑了起來：「算了吧，爲了這四棵醜陋的植物，何必多爭吵。多半這是甚麼熱帶地方來的多肉植物。有一些多肉植物的樣子，就那樣古怪，我看也沒有甚麼特別，走吧，已經看夠了。」

白素像是生怕我留下來，會傷害了那四棵怪東西，竟然立時同意了我的話。

白素道：「是，我們也該離去了。」她講了這句話之後，又自言自語似地說了一句：「要去找找達寶，問問他這是甚麼東西。」

我已經沒有十分留意她後一句話，因爲這時，我心中所想的是另一件事，是一件我瞞著白素要做的事。

這四棵東西，無論如何，十分怪異，我一定要弄明白它們是甚麼東西，白素不讓我碰它們，我的心中已經打定了主意。

由於我的行動不能給白素看到，所以我必須全神貫注，白素在說些甚麼，也就不值得注意了。

趁她在說話之際，我半轉過身子，遮住了她的視線，同時，一伸手，將箱蓋合上。

在用右手合上箱蓋的同時，左手迅速地在其中最近我的一棵之上，抹了一下。那種植物，在大的橢圓體之上，還有著小的橢圓體附生著，像是仙人掌在繁殖時，從大仙人掌體上，生出了一個小仙人掌。我想做的，就是將其中一個小橢圓體折下來，帶回去，慢慢研究，看看那究竟是甚麼。

我的動作進行得十分順利，我本來還擔心它的大個體那麼柔軟，可能很韌，不容易折下來，但實際上，卻相當脆，略一用力，就將有一個拇指大小的橢圓體，攀折了下來，而且，極快地放進了口袋之中。

白素並沒有注意我的動作，看她的神情，好像是爲了甚麼事，正在思索。那時，我已經合上了箱蓋，我道：「走吧。」

白素也沒有異議，我們退回到溫室中間的通道之中，走到門口。到了門口之後，白素又猶豫了一下：「剛才那種呼吸聲，一定是那個箱子中發出來的。」

我道：「或許那是一種別的聲音。」

白素皺著眉，沒有再說甚麼，可是又不走，仍然望著溫室，過了片刻，她又道：「這溫室，他們的溫室，都有一種極怪異的氣氛，你是不是覺得？」

這一點，我倒也承認：「是，我覺得。或許，是我們將溫室、航機失事、馬基失蹤等等怪事融在一起了，所以才會有這樣的感覺。」

白素想了一想：「也許是。」

她說完之後，就轉身走了出去。我也走出了溫室，將門關上，又用小工具鎖上了門，才來到車子旁邊。

到了車子旁邊，我打開了車門，先讓白素上車，然後，我坐上了駕駛位子，一直向前駛去。一路上，我只是在想，我對植物的常識也算是相當豐富，回到酒店之後，一定要好好去研究一下那一小部分給我攀折下來的東西。大約在駛出十來里，又經過了那家學校，白素忽然「咦」地一聲。

白素道：「你受傷了？」

我呆了一呆，道：「受傷？」

白素指著我的腰際，我低頭向白素所指的地方一看，也陡地嚇了一大跳。我穿著一件淺色的上裝，在上裝的衣袋處，正染紅了一片，看來是血跡。

那血跡，從口袋中沁出來，血色殷紅，還未凝結。

我忙道：「沒有啊，怎麼會有血？」

我一面說，一面已向上衣袋中伸手去。在那一剎那，我實在未曾想到血自何而來，心中只是疑惑。可是當我一伸手進口袋之後，我便「啊」地一聲，一時之間，縮不回手來。

白素看到我的神情有異，反倒著急起來：「怎麼會受傷的？」

我變得十分尷尬。我當然不會受甚麼傷。那股紅的液體也不是血。我一伸手進口袋，就摸到了被我折下來的那拇指大小的一塊東西，一定是這種塊肉狀植物，流出紅色的液汁，染紅了我的外衣。

我瞞著白素幹這件事。如今事情意外被拆穿，自然多少有些狼狽。可是我立時笑了起來：「真是若要人不知，除非己莫爲。」

白素道：「你做了些甚麼？」

我道：「沒有甚麼，誰知道那該死的植物會流紅水，我只不過折了一小部分下來，放在衣袋裏，想回去仔細看看。」

我說得十分輕鬆，可是白素的神態，卻變得嚴肅之極，她叫道：「你……做了甚麼？折下了一小部分來看，它在流血。」

我忙道：「別胡說八道，那不是血。」

白素道：「不是血？你看它的顏色。」

我道：「有很多植物，是會流出紅色的液汁，有一種莧菜就會，我們常拿來當食物。」

白素道：「將你折下來的那部分，拿出來看看。」

我直到這時，才將手自口袋中伸了出來，自然，拿著那折下來的一部分，那不過是拇指大小的一截。看起來更像是熱帶的多肉植物。

當我取出那一小截東西時，我的手上，也全是這種紅色的汁液，我悶哼了一聲：「不知道是不是有毒，至少，它對皮膚沒有甚麼刺激。」

白素卻尖叫了起來：「回去！回去！」

我愕然：「爲甚麼？」

白素道：「回去，回達寶的溫室去。」

我看她極激動，不禁更是愕然，忙停下了車：「你怎麼啦？這東西——」

我一面說，一面向我手中看去。

剛才，我將那東西取出來的時候，由於我還在駕著車，所以只是將之遞向白素，自己並沒有看，直到這時，我停下了車，才向自己的手中看去。一看之下，我也不禁陡地一怔。

那一小截橢圓形的東西，它的斷折部分，還有紅色的汁液在流出來，但流量已經不是很多。這並不能令我震驚。

令得我震驚的是，這一小截東西，正在動！

我或者應該說，它在收縮，收縮了，又擴大到原來的大小。收縮的幅度相當小，但是的確是在收縮，所以給人以動的感覺。

當我看到這種現象之際，我震撼之極，以致車子旋地向著路邊，衝了出去，要不是白素在旁，立時幫著我扭轉了方向盤，真可能直衝出路面，在路旁的曠野上翻了車。車子在震動中，停了下來，我的視線，艱難地自手掌心那東西上，移到了白素的臉上。

同時，我喃喃地道：「這……這是甚麼？」

白素的神情極嚴肅，眼色之中，也充滿了對我的責怪，她只是急促地道：「回去，快回去。」

因為過度的震撼，以致我的腦筋有點麻木，我道：「你……你的意思是回達寶的溫室去？」

白素道：「當然。你看你做了甚麼！」

我突然嚷叫了起來，道：「我做了甚麼？我根本不知道做了甚麼。我甚至不知道那是甚麼，那只不過是一塊植物，好了，就算它會流出紅色的液體，又怎樣，你總不能稱它流出來的東西是血。」

白素的神態仍然是那樣激動，但是她顯然竭力在使自己鎮定，她語調十分冷：「對於自己不懂的事，科學的態度是別太快下結論。」

我悶哼了一聲：「我很清楚，這是一種植物，會流出紅色的液汁！」

白素並不望著我，只是直視著前面：「如果是這樣，你爲甚麼這樣震驚？」

我的確無法解釋可以如此震驚：「或許是由於你的緊張神態，感染了我。」

白素嘆了一聲，像是不願意再和我爭論下去，我也不說甚麼，只是在路上，掉轉了車行的方向，駕著車，再向達寶的住所駛去。

我在駛出不久之後，爲了想氣氛輕鬆些：「我們駛回去幹甚麼？是不是準備將這塊東西，駁回那種怪植物上面去？」

白素仍然沒有回答，我突然之間，笑了起來：「哈哈，如果可以駁接回去的話，這種情形，你知道叫甚麼？」

白素沒有好氣道：「叫甚麼？」

我一面笑，一面道：「叫『斷肢再植』。」

白素的神情，看來感到極度的憤怒，以致她講話的聲音也提高了，她大聲道：「一點也不好笑。」

我看到白素像是真的動了氣，伸了伸舌頭，沒有再敢講下去。要是爲了這種莫名其妙的事情，而導致夫妻的爭吵，那真是無趣之極了。

不一會，我們又已接近了達寶的住所，可以看到他那間巨大的溫室，我將車子駛到離溫室十分近處，才停了下來。

那塊被我摘下來的植物，在我衣袋之中取出來之後不久，一直被白素用一塊手帕包了起來，拿在手中。我停了車之後，向白素看去，看到自那塊東西中流出來的那種紅色的液汁，將她的手帕也染紅了。

車才停，白素就打開車門，向外走去，我忙也下了車，跟在她的後面，並且邊加快了腳步，趕上了她：「你究竟準備去幹甚麼？至少應該讓我知道。」

白素看了我一眼，嘆了一聲：「我不知道，我覺得做錯了一件事，或許還來得及補救，所以我要回來，看看該怎麼做。」

我攔在她的前面，背靠著溫室的門，她一講完話，我陡地看到她臉上，現出了極度訝異的神情。

我陡地一驚，連忙轉過身去，也嚇了老大一跳——看到的景象太出乎意料之外！

第九部：四個人的重大秘密

我所看到的並不是甚麼可怖的景象，所以我立時鎮定了下來，不過，也有點手足無措，一時之間，不知道該如何才好。

我一轉過身去，就看到了一個人，緊貼著玻璃門，面向著門，站著。

由於我本來就站在玻璃門前，所以我和那人之間，只隔著一度門，相距不過十公分，幾乎鼻尖對鼻尖。

那人，有著一頭短而鬈曲的金髮，和一張十分和善的臉，只不過這時，他的臉色十分陰沉，顯然在生氣。不過，還是一眼就可以認得出來，這個人就是達寶。

達寶不是到南美洲去了麼？這是那位老教師說的，何以他會突然又出現了？我們離開溫室並沒有多久，剛才我們來的時候，他又在哪裏？

我和他隔得如此之近，而剛才我們又未曾得他的允許，擅自進入他的溫室，撇開心中的一切疑團不提，就這樣和他面對面的站著，也夠尷尬的了。所以在一時之間，我裝出一個傻瓜笑容，實在不知道該做些甚麼才好。

達寶盯著我看了一會，後退了一步，打開了門。出乎意料之外，他的神情雖然惱怒，但聲音卻十分平和：「請進來。我相信你們已經來過了？」

我道：「是的，未曾得到你的允許，聽說你到南美洲去了。」

達寶似乎並不聽我的解釋，在我一開始講話之際，他已經轉過了身去。我忙跟在他的後面，也走了進去。白素則緊跟在我的身後，在我耳畔低聲說道：「達寶是在南美洲。」

我怔了一怔，但立時明白了白素的意思，也低聲道：「就像是你曾見過兩個——」

走在前面的達寶，突然停了下來，我也立時住口，不再講下去。我明白白素的意思，她是在說，如今在我們面前，在溫室中的那個達寶，是一個「化身」，而另外有一個達寶，正在南美洲。這情形，和白素曾經見過白遼士一樣。

白素向我點了點頭，又向達寶呶了呶嘴，達寶在停了下來之後，並不立時轉過身來：「你們究竟在尋找甚麼？」

達寶的這個問題，令得我怔了一怔。我們究竟在尋找甚麼，連我們自己也說不上來。一切事情，全是那樣撲朔迷離，我們究竟在尋找甚麼呢？

白素的反應比我快：「尋找真相。」

達寶陡然笑了起來，一面笑，一面轉過身來。看他的神情，他是真正感到白素的回答十分可笑，而不是故意裝著好笑的。他一面笑，一面道：「真相？女士，你在尋求真相？這未免太苛求了吧！世界上的事情，有多少能給人知道真相？」

白素道：「至少，該有一個答案。」

達寶道：「同樣的苛求，所有的答案都是浮面的。誰都知道二加二等於四，可是沒有一個人知道，二加二爲甚麼要等於四。」

白素皺起了眉，像是在思索達寶的話，我道：「達寶先生，這是一種詭辯，我們所要知道的，只是二加二等於多少。」

達寶微笑著，作了一個「請隨便問」的手勢。我指著白素手中提著，用手帕包裹著的那塊東西：「請問，這是甚麼？」

達寶顯然是早就注意到了白素手中拿著的，用手帕包著的那塊東西，這一點，我可以肯定，因爲善於觀察別人的小動作，正是我的專長之一。而這時，當我一問之後，我更注意到，達寶故意地裝出了若無其事的樣子來，聳了聳肩：「不知道，你們之中，有誰受了傷？」

我一伸手，自白素的手中，將那塊東西取了過來，解開了手帕，向達寶伸了過去。

達寶一看到手帕中包著的那塊東西，伸手在額頭上，重重拍了一下：「天，你……幹了些甚麼？」

白素道：「真對不起，由於無知造成的。」

達寶對於白素的這一句話，像是感到了極度的興趣，他立時向白素望去：「你不同意你丈夫的作爲？」

白素道：「不能這樣說，但是在某些事情上，有一點小小的意見分歧。」

我感到不耐煩，提高了聲音：「別討論這些，回答我，這是甚麼？」

達寶的聲音相當平靜：「這是一種相當罕有、十分難以培育的植物，你摘下了一部分來，使這株植物受到了嚴重的傷害。」

那塊類似多肉植物的物體，已經不再有紅色的液汁流出來，也停止了它那輕微的收縮、擴張的動作，看起來，的而且確，只是一種罕見植物的一部分。照說，達寶已經回答了我的問題。

可是我卻絕不感到滿足：「你說這是植物，可是我親眼看見它會動。」

達寶直視著我：「那又怎樣？」

我有點惡狠狠地道：「植物，怎麼會動？」

達寶冷笑一聲：「衛先生，我對你常識的貧乏，感到可恥。植物當然會動，要不然，一顆微小的種籽，怎麼會長成一株大樹？」

我十分惱怒：「少廢話，誰也未曾看到過種籽是怎樣動起來，變成一株大樹的。」

達寶直指著我：「那只不過是你沒有看到過。先生，植物是生物，有生命，活生生，凡是有生命的東西，就一定會動，在動態之中，不斷進化，不斷生長，這就是生命。」

達寶一副教訓我的神氣，那令得我更惱怒：「那是動物的生命。」

達寶立時道：「生命就是生命，一樣的。」

我打了一個「哈哈」：「太不同了。」

達寶用一種極度的挑戰眼光望著我：「好，那麼請你告訴我，植物的生命，和動物的生命，有甚麼不同？」

我也用手指著他，道：「這種問題，一個中學生就可以回答得出來。植物沒有神經系統，動物有。所以，植物雖然有生命，但是……但是……」

達寶在我還未曾找到適當的字眼之際，就變得十分氣憤：「如果你準備使用粗鄙的字眼，只管用好了。」

我大聲道：「植物是一種低等的生物，甚至，不能稱爲生物。」

白素沉聲道：「植物當然是生物。」

在生氣中的達寶，有點感激似地望了白素一眼，但隨即，他又惡狠狠地望著我：「植物沒有神經系統？誰告訴你的？」

我大聲道：「誰都知道。」

達寶的聲音也變得相當尖銳：「誰都不知道！植物沒有神經系統，只不過因爲人類無知，對自己沒有發現的事情，就當作不存在，植物沒有神經系統，這是人類無知的一個典型。」

我冷笑了一下：「植物有神經系統？植物會痛？會癢？會思想？會表達？」

達寶先是氣惱，但是他隨即哈哈笑了起來：「至少比你更會思想，更會表達。」

我怒不可遏：「放——」

我下面那個字還未曾出口，白素就陡然打斷了我的話頭，急急地道：「達寶先生，你對植物的感情，好像十分特殊？」

達寶並沒有立時回答，他先閉上了眼睛片刻，然後道：「可以這樣說，要不然，我不會建造那樣大的一個溫室來培育植物。」

他在這樣講了之後，忽然又道：「兩位到我這裏來，不見得是爲了和我討論有關植物的問題吧。」

白素道：「當然不是——」

在她講了「當然不是」之後，她也講不下去了，因爲正如我剛才的感覺，我們究竟是爲甚麼而來的，連我們自己也不知道。

達寶也沒有再等白素說下去，伸手自我的手中，接過那一塊植物來：「在我的感覺而言，你摘下了這塊植物，其情形和拗折了一個嬰孩的手臂，沒有分別。」

我對他的指摘，實在無法同意，我立時道：「當然不同，拗折了一個嬰兒的手臂，等於謀殺了這個嬰兒。」

達寶冷冷地道：「現在，你也謀殺了這株……植物。」

我道：「仍然不同，嬰兒是一個生命。」

達寶道：「又回到老問題上來了，植物，也是一個生命——」他不等我開口，就作了一個手勢，制止我再講下去：「生命就是生命，生命沒有區別。」

我揮著手：「不和你作哲學上的詭辯，嬰兒的生命，和植物的生命，當然有分別。」

達寶道：「你只能說不同，不能說有分別！」

我勉強抑止怒意，但仍固執地道：「有分別。」

達寶道：「你的意思是，嬰兒的生命寶貴，不可以隨便毀滅，而植物的生命下賤，可以隨意摧毀？」

我點頭道：「不錯，就是這個意思。」

達寶用一種十分憤怒的語調：「這牽涉到價值問題，你認爲嬰兒生命寶貴，那只不過是因爲你和嬰兒是同類。」

我不肯放過他，立時「啊哈」一聲，說道：「難道你和植物是同類？」

這本來是一句無理取鬧的話，達寶一聽得我這樣問，他的反應，出乎我的意料之外，他先是陡地一震，然後，立時轉過身去。他雖然沒有面對著我，但是我仍然可以從他的背影上，感到他的情緒極度激動。

我莫名其妙，轉頭向白素望了一眼，白素也是一片疑惑之色。

達寶非但背對著我，而且，大踏步向前走去，我想跟上去，白素拉了我的衣角一下，不讓我跟上去。

我們看到達寶一直向前走，來到了那株大羊齒之後，那地方就是放置那個培育箱的地方。然後，看到他打開箱蓋，俯下身，不知做了一些甚麼。又過了幾分鐘，他才直起身子來，仍然背對著我們，說道：「兩位如果沒有甚麼別的事，我很疲倦了。」

他竟然下起逐客令來了。

白素不等我開口：「達寶先生，馬基機長自拘押所中，被人救走，你已經知道了？」

達寶道：「是。」

白素踏前了一步：「你甚麼時候從南美洲回來的？」

達寶道：「才回來。」

白素笑了一下：「達寶先生，我可以肯定——機場一定只有你的出境紀錄，而沒有你的入境紀錄。」

達寶在又挺直了身子之後，一直是背對著我們的，這時，白素的話才出口，我又看到他震動了一下，然後，他道：「這是甚麼意思？」

白素的語調，極其悠然：「因爲我知道達寶一定還在南美洲。」

達寶再度震動了一下，然後他轉過身來，用一種嘲弄的神情，望著我和白素：「如果達寶還在南美洲，那麼，我是甚麼人？」

白素道：「我不知道你是甚麼人，你們不可能都有孿生兄弟，真的，我不知道你是甚麼人。」

達寶搖著頭：「你甚至不知道你自己在講些甚麼，我不再和你討論下去了。」

我大聲道：「我知道她在講些甚麼。她是在說，你們，至少你和白遼士，都有替身，和你們原來的樣子一模一樣，你們究竟在搞甚麼鬼？」

我最後這句話，聲色俱厲地問出來。我以為達寶一定在我的逼問之下，會感到十分慌亂了，誰知道達寶只是打了一個「哈哈」：「替身？你以為我們是甚麼獨裁國家之元首？我反要問你，你們究竟在搞甚麼鬼！」

對於達寶的反問，我答不上來，只好道：「我不在搞鬼，只是在追查，而且，一定要查到水落石出為止。」

達寶作了一個無可無不可的神情，看起來，一點也沒有將我的威脅放在心上，這令我感到十分狼狽。而更令我狼狽的是，他接著道：「我們這裏是小地方，警察力量微乎其微，原因是因為人人都自愛而遵守法律。」

我只好道：「是你請我們進來的。」

達寶道：「現在，我請你們出去。」

我在狼狽之餘，無話可說，只好耍一下無賴：「好，你趕我們走，是為了在溫室中進行日光浴時，好不讓別人看到？」

達寶陡然皺了皺眉，現出了一種十分厭惡的神情，講了一句話。可是由於他講得極低聲，所以我沒有聽清楚。我猜度，那多半是一句罵人的話。

白素已經在拉我的衣角，我後退著，轉身，走出了溫室，達寶一直跟在我們的身後，等到我們出了溫室之後，他在我們的後面，用力將門關上。溫室的門是玻璃的，他關得極用力，「砰」地一聲響之後，我真怕玻璃會因之震裂，所以我回頭看了一下，看到達寶已經轉過身去。

我和白素向前走著，走出了幾步，我道：「如果你相信他們會有甚麼『化身』的本領，我們就不應該離去。」

白素立時道：「至少，我們要裝著離去。」我本來還怕她反對，如今一聽得她這樣說，大為高興，又回頭向溫室看了一眼，還可以看到達寶正坐在一株大橡樹下。

我道：「你開車離去，讓他聽到聲音。」

白素道：「你也要上車。」

我明白她的意思：「一到車子開出了他的視線範圍之外，你立即回來，和我會合。」

白素「嗯」地一聲，我和她來到車前，一起上了車，我故意用力關上車門，我注意到，在溫室中的達寶，抬頭向我們看了一眼。

白素駕著車，向前駛去，車子才一駛出，我就打開車門，身子一側，自座位上滑下去，在路上打了一個滾，立時躲進了路邊的灌木叢中。白素繼續駕車前駛。我估計白素不會超過十分鐘，就會來和我相會。我矮著身子，迅速向前移動，不一會，就來到了溫室的轉角處。在那裏，我佔據了一個有利的位置，看進去，幾乎可以看到大半個溫室內的情形。

我看到達寶在走動著，繞過了那棵大羊齒，來到那個培育箱的前面，打開了箱蓋。

由於那株大羊齒的掩遮，我想看得更清楚一點，因此向上略挺了挺身子。

就在這時候，我感到有人在我的肩頭上輕輕拍了一下。我道：「那麼快，你就來了？」

我以爲在我身後的一定是白素，所以一點戒備也沒有，一面說，一面轉過頭去。誰知道我才轉頭去，「嗤」地一聲響，一蓬噴霧，已經向著我迎面噴了過來，當我聞到了一股強烈的麻醉藥的氣味時，我所能做的事，就是陡地揮出了我的拳頭。

在彷彿之間，我感到自己的拳頭，好像是擊中了甚麼，但是根本已經沒有確實的感覺。那種麻醉劑一定極其強烈，我幾乎在不到一秒鐘的時間內，便已經昏迷不醒，人事不知了。

我不知道我是昏迷了多久之後，才醒來的。先是一連串惡夢一樣的幻覺，感到自己口渴到了極點。然後，便是真正的口渴——我醒了過來，感到極度的口渴。

繼之而來的是昏眩，天旋地轉，我知道在強烈的麻醉劑藥性初過時，會有這樣的感覺。

我用盡了氣力，才能睜開眼。眼前一片漆黑。

我開始努力深呼吸，用力扭動自己的身子，用盡一切力量，直到汗出如雨，才一面喘著氣，一面慢慢掙扎著站起來。我雙腿發著抖，站立不穩，向前一連跌出了幾步，才按到了一堵牆。定了定神，扶著牆向前走，不一會，就摸到了一扇門。

這時，我已經可以肯定，我是在一間大約每邊四公尺的房間中。我在門邊停了片刻，伸手摸了摸口袋，打火機居然還在。

取出了打火機，打著了火，先看了看表，已經是午夜時分了，昏過去的時間相當長，我看那門，門鎖十分普通。

我不禁十分疑惑，我完全可以記得昏迷過去之前的情形：有人以一種強烈的麻醉劑，噴向我臉上，造成昏迷。

對方行事成功。何以我身上的東西，一點也沒有失去？而且，這樣的一間房間，絕對關不住我，對方也該知道。

我再吸了幾口氣，取出了一個小工具，門被我打開來。我小心旋轉著門柄，先將門打開一道縫，向外看去，外面是一條走廊，走廊的一端，有燈光透出來。

打開門，悄悄向外走去，才走了幾步，我便不禁啞然失笑。在走廊的一個窗子上，我看到外面的情形，外面是一個溫室，達寶的溫室。

我根本沒有被搬離多遠，就在達寶的屋子裏！

這時，我想起了白素，她和我約定了立即來相會，我忽然遭襲，昏迷了那麼久，白素找不到我，她的處境怎麼樣了？

我雖然想起了白素，但是我卻並不擔心，因爲我雖然遭襲，可是對方卻並沒有將我怎麼樣。這真有點不可思議，偷襲，令我昏迷，但是卻一點也不傷害我。

我一面想，一面向著有亮光傳出來的方向走過去。亮光相當微弱，從一間房間的門縫下透出來。來到門口，我聽到門內有聲響傳出來。當我將耳朵貼在門上時，聽到了一下咳嗽聲。

接著，便是一個人的聲音道：「怎麼辦？這三個人，我們怎麼處理他們？」

另一個聲音，聽來十分苦澀：「怎麼辦？如果是他們，會怎麼辦？」

一聽到這兩個人的聲音，我便怔了一怔，第一個講話的是白遼士，第二個講話的是達寶。

而令我驚訝的更在後面，我立時又聽到了第三個人的聲音，那人道：「如果照他們的辦法，那當然是將他們殺了，毀屍滅跡。」

我不是十分聽得懂他們的話是甚麼意思，但那第三個人，毫無疑問是連能。

他們這幾句話，是甚麼意思呢？「如果是他們，會怎麼辦」之中的「他們」，顯然和以後的「他們」，是同所指的，這個「他們」，多半十分兇殘，因爲連能說「照他們的辦法，當然將他們殺了。」

那第二個「他們」，應該是指白遼士所說的「那三個人」而言。

那三個人，是哪三個人呢？

我一面想著，一面已準備出其不意，推門進去。因爲我相信自己的身手，如果突然出現的話，對方即使有三個人，也不一定是我的敵手。

但就在這時，我聽到了第四個聲音，那是文斯的聲音，他道：「可惜，他們是他們，我們是我們，我們做不出這樣的事來。奪走另一個生命的生命，那真不可思議。」

我聽得文斯這樣說，不禁陡地一呆，伸出去的手，又縮了回來。

文斯的聲音十分誠懇，而且他也根本不知道有人在外偷聽，不須要做作。文斯的話，如果出自他的心底深處，那麼這個人的情操之高，已是沒有多少人可以企及。

在這個殘酷的世界中，如果有文斯這樣的認識，這個人的胸懷不同凡響，也不應該有任何懷疑。

可是，事實卻多少有點矛盾。我在偷襲的情形下被麻醉過去的，而他們也提到有三個人，不知該如何處置才好，這又分明是極卑劣的手段。

一時之間，實在不知道該如何去判斷他們幾個人。由於心中有了猶豫，所以暫時不去推開門。只聽得他們四人一起嘆了一聲，達寶的聲音又傳了出來：「這樣，總不是辦法。」

文斯道：「當然不是辦法，可是，有甚麼辦法可以令他們不將秘密外洩？」

我聽到這裏，心裏陡地一動，這四個傢伙，果然有著秘密。

這四個人究竟有甚麼秘密，我一直在查，也一直一點頭緒也沒有。許許多多已經知道的事情拼湊起來，再加上推理、猜測，應該已經對他們的秘密可以有一些輪廓了，但是偏偏一點也沒有。

這時候，我心中暗自欣慶，欣慶我剛才沒有貿然推門進去。說不定，由於在門外偷聽，倒可以真相大白，知道他們究竟有甚麼秘密。

一想到這裏，我將耳朵貼得更緊，屏住了氣息，去傾聽門內四個人交談。

只聽得在文斯說了那句話之後，門內靜了片刻，才又聽到了連能的聲音：「我看，我們……我們可以回去了，不必再和他們混在一起。」

白遼士的聲音比較響亮，他立時道：「那不成問題，問題是在於——」

達寶接了上去：「馬基機長。」

其餘三個人發出了一些表示同意的聲音，接著，又靜了下來。

我心頭怦怦跳著，他們提到了馬基機長，那麼，馬基機長被人劫走，和他們有關？我也開始明白，這四個人口中的「他們三個人」，需要「處理」，一個是我，一個是馬基機長，另一個——

我想到了「另一個」之際，我陡地震動了一下，那另一個是甚麼人？當然是白素！白素一定也落在他們的手中了！

我覺得探聽他們的秘密，還不如弄清楚白素的安危來得重要。我已經準備立時衝進去，去責問他們將白素怎麼樣了。可是我的手才一伸出去，立時有一隻手，也伸了過來，按在我的手背之上。

那一隻手是自我的身後伸出來的，來得是如此突然，而我的心情又十分緊張，真正嚇了我一大跳，手臂一縮，一肘已待向後撞去，可是我的手臂才一動，肘部已被人托住，接著，有人在我的頸後，輕輕吹了一口氣，而立即地，我已經聽到了白素的聲音：「我！」

我長長吁了一口氣，轉過頭來，白素就站在我的身後，向我作了一個手勢，表示她沒有甚麼，又指了指那扇門，我也向她作了一個手勢，豎起了四隻手指，表示那四個人，全在裏面。

白素立時會意，也和我一樣，將耳朵貼在門上，去聽那四個人的交談。

由於這一耽擱，連能他們四人，在這大約不到半分鐘的時間內，又說了些甚麼，我沒有聽到。當我再度去傾聽之際，我聽到達寶在說：「那一男一女，倒不成問題，反正他們知道我們的秘密並不多，麻煩的是馬基機長。」

白遼士道：「是啊，我們回去之後，讓他們怎麼去猜，也猜不到我們是怎樣的人——」

聽到這裏，我和白素互望了一眼，神情都充滿了疑惑，的確，直到如今爲止，隨便我和白素怎麼猜，也猜不出他們是甚麼樣人。

文斯嘆了一聲：「那麼，沒有別的辦法，我們既然不能毀滅馬基機長的生命，只好將他帶走，希望他會習慣。」

接下來是幾句十分輕微的話，顯然是另外三個人表示同意，因爲說得太低，所以聽不清楚。再接著，便是白遼士道：「就這樣決定了？」

其餘三個人又一起道：「好。」

在那一剎那，我思緒十分混亂，我迅速轉著念。從聽到的，他們四個人的交談之中，我已經可以知道以下的事實：一、他們四個人，有著重大的秘密，秘密是在於人家不知道他們是甚麼樣人！

二、他們準備回去！（「回去」？回到甚麼地方去？他們是從哪裏來的，就應該回到哪裏去，理論上來講，是這樣子的，但是，他們是從孤兒院來的，難道回到孤兒院去？真是想不透。）

三、他們的心地十分好，爲了保守他們的秘密，他們不肯殺人滅口，而寧願將馬基機長帶走。當然是帶「回去」。將馬基機長也帶回孤兒院去？這真有點匪夷所思了。

四、馬基機長知道他們四個人的秘密，這是他們要將馬基帶回去的原因。（可是，馬基爲甚麼不把他們的秘密說出來？這四個人的秘密，一定和航機失事有關，馬基爲甚麼不說？爲甚麼不揭穿這四個人的秘密來替自己辯護？）

在迅速地歸納了一下我所聽到的話之後，仍然沒有一點結論，所能肯定的，只是馬基在他們的手中。

我在思索期間，房內的四個人，並沒有再交談下去，我只聽到了一些細碎的腳步聲。當我歸納出了這四點之後，我已經有了主意，不論如何，先面對這四個人，一定比較容易知道他們的秘密。

我一打定了主意，立時推開門，一個箭步，躍了進去，一下子，已經躍到了房間的中央。

那是一間書房，布置得相當舒適，在一邊的牆上，是落地的玻璃門，我看到落地門前的帷簾在飄動，表示剛有人走出去，而房中，一個人也沒有。

我已遲了一步！

白素的行動，也十分敏捷，她跟著進來，一看房中沒有人，呆了一呆，我已低聲道：「追！」就向著玻璃門疾奔了過去。

來到門前，一手拉開帷帘，外面是一個小小的花園，種著不少樹，根本看不到有人。

我奔到花園中，白素也跟了過來。文斯他們四個人，行動再快，也沒有法子在那麼短的時間之內，就離開我的視線之外。花園的圍牆十分矮，就算他們已經出了圍牆，我也應該可以看到他們，但是現在，在我視線能及的範圍之內，根本沒有人！

白素來到了我的身邊，向著圍牆指了一指。我立時明白了她的意思。文斯他們，如果知道有人追了來，他們一躍出牆，就蹲了下來，那麼，我看不到他們。我一面向前走，一面叫著他們四人的名字：「不必躲了。」

來到圍牆前，我陡地躍起，爲了防備在我越過圍牆之際，遭到偷襲，我還特別小心，人在半空，已經一扭腰，轉過了身子來。

我以爲一轉過身子來，可以看到他們伏在牆腳下的狼狽相。可是，牆腳下除了枯黃的草，甚麼也沒有。

白素奔到了牆前，和我隔牆而立，我已沿著牆向前奔去，一直奔到屋後的溫室前，再奔了回來，白素仍然站著。我道：「他們走了。可能屋子有秘道，快回去尋。」

我一面叫著，一面又跳進來，直奔書房。

二十分鐘之後，我已經可以肯定，房間中根本沒有甚麼秘道！

這時，我心頭的懊喪，真是難以形容。

如果不是我貪聽甚麼鬼秘密，一發現他們四個人，立即就衝進去，他們絕沒有逃走機會。而只要見到了他們，還怕有甚麼秘密不能從他們的口中套問出來？

可是如今，四個人蹤影不見，我又聽到了甚麼？

我從來也沒有這樣懊喪過，我抬起腳來，重重踢了一張椅子一腳，將那張椅子踢得翻轉，然後，我向白素看去。

我以爲白素會像我一樣懊喪，誰知白素卻並沒有怎樣，只是神情充滿了疑惑。

我用力揮著手：「是我不好，讓他們走了。」

白素搖著頭：「別責怪自己，他們有本領在那麼短的時間內消失，我相信就算你早點推開門來，也一樣抓不到他們。」

我聽得白素這樣講，不禁呆了一呆：「你說他們在這樣短的時間內——」

白素道：「消失。」

我立時道：「你爲甚麼要說他們消失？而不說他們……逃走？」

白素搖著頭：「沒有人可以在十秒鐘之內，逃出任何人的視線去——」她指著那道玻璃門，「任何人一出這門，視線所及，有將近一千公尺，他們不可能逃得那麼快，所以我用了『消失』這樣的字眼。」

我深深吸了一口氣：「你……你的意思是——」

這時，我的思緒亂到了極點，不知道該怎麼說才好，在頓了一頓之後，才道：「你的意思是，他們有突然消失的本領？」

白素的神態倒很鎮定：「他們既然能『化身』，自然也可有消失的本領。」

我盯著白素：「進一步的意思，是想說他們四個人……不是地球人？」

白素並沒有立即回答我這個問題，她想了好一會，等得我已經不耐煩了，想再問她一遍之際，她才道：「我不知道——你知道我忽然想起了甚麼？」

我當然無法知道她忽然想起了甚麼，所以只好瞪著眼望著她。

白素道：「我想起了馬基機長的一句話：『他們不是人！』」

我苦笑了起來：「他們不是人，這句話可以作多方面的解釋。」

白素道：「不必多方面，就單從字面上來解釋。」

我把眼睛睜得老大：「單從字面上來解釋，他們不是人，那是甚麼，是鬼？是某一種外太空的生命，幻化成地球人的模樣？是甚麼怪物？」

白素道：「在沒有正確的答案之前，全可以。」

我用力在自己的額頭上拍了幾下：「別再提外星人了，他們不像。」

白素沒有再說甚麼，來回踱了幾步：「你好像比我早脫困，怎麼一回事？」

我將我自己如何突如其來被麻醉過去，醒來之後被關在一間小房間之中的經過，向她講了一遍。原來白素的情形也和我差不多，她停了車，折回來找我，看到有人伏在溫室的一角，穿著和我一樣，以為是我，來到那人的背後，那人突然轉過身來，麻醉藥噴到了她的臉上，她就昏了過去。

當她醒來之後，她也是在一間小房間之中，而且門鎖也極容易弄開，她除了昏迷之外，也沒有受任何傷害，她弄開了門，走出來，就看到我在門外偷聽。

白素在講完了她的遭遇之後，問我：「你比我先來，聽到了一些甚麼？」

我苦笑道：「如果不是我聽到的話吸引了我，我早就推門進去，一拳一個將他們打倒了。」

白素用疑惑的神情望著我，發出了「哦」地一聲。我所聽到的文斯他們四人的交談，不是太冗長，而且給我的印象十分深刻，我一字不漏轉述出來。白素在聽了之後，蹙著眉。我不去打斷她的思索。

第十部：他們回到哪裡去了

我這時只想喝點酒，走過去打開酒櫃，酒櫃中有不少酒在，我取了一瓶，打開，倒了一杯，一口喝乾，又倒了一杯。

白素在這時候道：「他們四個人有點與眾不同，他們——他們的心地十分仁慈。」

我悶哼了一聲：「聽起來是這樣。」

白素道：「他們實際行爲也是這樣，像馬基機長，毫無疑問在他們手裏，他們居然不知道如何處置，殺人滅口，這對我們來說，是最直截了當的辦法了。」

我幾乎直跳了起來：「你這句『對我們來說』是甚麼意思？」

白素道：「對我們來說，就是對我們人類來說。」

我打了一個哈哈，又一口將杯中的酒喝乾：「這四個人，也是人類。」

白素停了片刻：「就算他們是人，他們也是第二種人。」

我大聲道：「人只有一種，哪有甚麼第二種第三種。他們不行兇殺人，那有甚麼稀奇，世界上真正是兇手的人很少，大多數，絕大多數都不殺人！」

白素搖頭道：「他們的心中，絕沒有傷害人的念頭。」

我有點氣惱：「別惹我發笑了，小姐，他們令得我們昏迷過去，擄走了馬基機長，而且，令得一架航機失事，死了不少人，還說他們不傷害人？」

白素道：「那是因爲他們有重大的秘密，不想人知道。」

我道：「每個人都有秘密，都不想人知道，很少有人爲了維護自己的秘密而做了那麼多傷害人的事。」

我特意在「傷害人的事」這幾個字上，加重了語氣，以反駁白素的論點。

白素笑了起來：「你沒有明白我的意思。我是說，他們的心地，十分平和——」

我揮著手：「好了，誰暴戾，你？我？」

白素嘆了一口氣：「我們。」

我不想再爭論下去：「不必浪費時間了，快和警方聯絡，將這四個傢伙——」

白素對他們，顯然十分維護，一聽得我稱他們爲「傢伙」，就瞪了我一眼：「別這樣稱呼他們。」

我大笑了起來：「是你自己說的，他們不是人，我稱他們甚麼才適當？」

白素道：「好，和警方聯絡。」

我走向一個角落，拿起電話來，才拿起電話，還沒有撥警局的號碼，就聽到一陣警車的警號聲，自遠而近，迅速傳了過來。

我怔了一怔，就在一怔之間，已經看到至少有三輛車，著亮了車頭燈，疾馳而來，最前面的那一輛，甚至撞在圍牆上。

緊接著，自車子中，跳下許多人，奔進來。其中帶頭的一個，正是處長。

處長看到了我和白素，也是陡地一怔：「你們在這裏幹甚麼？」

我道：「你來幹甚麼？」

處長並不立即回答我的問題，指揮著手下：「守住每一個角落，仔細搜查！」

等到他帶來的人全都散了開去之後，他才又向我們瞪來，我忙道：「我是來找達寶的。」

處長失聲道：「他不在？」

這是一個極簡單的問題，在，或是不在。可是一時之間，我卻不知道該如何回答才好。我怎麼說？說見到達寶，昏了過去，然後，在聽到他的聲音之後，推開門，他已不見了。

這過程太複雜，說也說不明白。

就在我考慮著，不知該如何回答之際，白素道：「是的，達寶不在。」

處長一聽，立時現出了十分憤怒和焦急的神情來，向他身邊的一個高級警官喝道：「立即下通緝令，通緝他歸案。」

我吃了一驚：「他——犯了甚麼事？」

處長恨恨地道：「我們拘捕了一個人，參與劫走馬基，他供出了出錢主使他們做這件事的人，繪圖專家畫出了這個人，你看。」

他說著，自口袋中取出了一張紙來，打開，上面畫著一個人臉部的速寫，任何認識達寶的人，一看就可以知道那是達寶。

我忙道：「據我調查所得，達寶、文斯、連能和白遼士，全是同黨，你不該只下令通緝一個，應該將他們四個人全緝拿歸案。」

處長眨著眼，望著我，我道：「立即派人到他們的住所搜尋！」

處長「嗯」地一聲：「我會這樣做。」

本來我準備和警方聯絡，如今自然不必再多此一舉。我和白素互望了一眼，一起向外走去。

我們離開了達寶的屋子，我道：「你看他是不是還會回來？」

白素道：「不會了。」

我向那個巨大的溫室望了一眼：「如果他不回來，溫室中植物沒人照料，豈不全要死亡？」

白素皺著眉，不出聲，我說道：「旁的植物，我倒全不放在心上，那苗圃中的幾株怪植物——」

白素向我望來，我攤開手，表示沒有惡意：「我只是好奇，想弄回去，繼續培植，看看那究竟是甚麼怪物。」

白素深深吸了一口氣：「好的。」

我立時大踏步向溫室走去，到了溫室的門口，發現門打開著，有好幾個探員，在溫室內搜索著，我逕自走向那株大羊齒，撥開了大羊齒長滿了孢子的葉子，可是那苗圃的蓋打開著，那四株奇形怪狀的植物不見了，只留下了四個深洞。

我不禁大怒起來，轉身向在溫室中的警員喝：「誰拔走了這裏的四株植物？」那幾個警員向我望來，莫名其妙。這四株怪植物當然是被達寶他們弄走了。我絕不認爲他們「消失」時還有時間做手腳，那是我和白素昏迷不醒時所發生的事情。

我怒氣沖沖走出了溫室，恰好處長自屋子的後門走了出來，我立時道：「處長，馬基在這四個人的手中，據我所知，這四個人，會將他帶到一個地方去，我建議你通知一切機場、港口，海陸空封鎖，別讓這四個人帶著馬基逃離你們的國家。」

處長悶哼了一聲：「早已傳達了這樣的命令。請問兩位是不是準備離境？」

我道：「我想逗留幾天，我想知道警方在他們四人的住所中能搜查到一點甚麼。」

處長的神態緩和了一點：「好，只要有特殊的發現，一定會通知你。」

我回頭向溫室望了一眼，整個溫室，仍然有一種神秘的氣氛，但是究竟神秘在甚麼地方，卻又一點也說不出來。

回到了酒店之後，我在接下來的兩三天，幾乎足不出戶，只是苦苦思索，白素比我忙碌，仍然到處奔走，去搜集文斯四人的資料。

報紙刊登著文斯、連能、達寶和白遼士的照片，電視上，每隔一小時，也播出四人的照片一次，說明是「警方急欲會晤」這四個人。

警方也通過了種種調查，得到了文斯等四人的全部資料，但是所謂資料，不是很多，不會比白素調查所得的更多。

文斯等四人的住所，經過了嚴密的搜查，可是沒有特別發現。

更奇怪的是，文斯、白遼士、連能和達寶四個人，連同馬基，完全消失。警方呼籲任何人，只要在最近三天內看到過他們，就立即報告，但是沒有任何人曾見過他們。到了第四天，連白素也不得不放棄，她嘆了一口氣：「我們回去吧。」

這本來是一句極普通的話，可是我一聽就覺得厭煩。並不是我不想回家，而是文斯他們，在達寶的書房中，也曾說過同樣的話。

我咕噥著道：「回去！回去！我們回去，自然是回家去。達寶他們回去，回到哪裏？」

這幾天來，我們研究討論這個問題，至少有十七八次，每一次都一點結果也沒有，無法猜測。

白素同情地望了我一下，安慰我道：「並不是每一件事都一定會有答案，這件事，就只怕永遠是一個謎。」

我苦笑道：「心裏有個謎，就像喉嚨中有一根魚骨一樣，不知怎麼才好。」

白素搖了搖頭，一面已打電話，向航空公司訂機位。三小時後，我們在機場等候上機。就在機場大堂中，等著上機之際，忽然看到幾個人簇擁著一個看來傲然的中年人，走了過來。這個中年人，我認得他是航空公司的副總裁奧昆。

奧昆也看到了我們，可是他一看到我們之後，立時轉過頭去，裝成看不見。我心裏不禁有氣，走向前去，大聲道：「祁士域死了，你很高興吧！」

奧昆的神情極惱怒：「我不知道你在胡說八道些甚麼。」

我還想再出言譏刺他幾句，白素已在我身後用力拉我的衣服，我生奧昆的氣，其實全無來由，只不過我不喜歡他，我還是大聲道：「小心點，你們航空公司中有古怪的人，這些古怪的人，有一個特點，他們的住所後面，都有一個溫室。」

我這樣說，其實也沒有意義，可是奧昆的臉色，在剎那之間，難看至極。我一看到激怒了他，像是做了一個成功的惡作劇之後的頑童，心裏感到十分高興。

奧昆不理會我，逕自向前走去，那班職員，紛紛向我怒視，跟向前去。我怕白素怪我，不敢轉過頭去，只聽得白素在我身後低呼了一聲：「天，他的臉色。」

我一聽得白素這樣講，不禁陡地一怔。

奧昆的臉色——我提及他航空公司中有一些古怪的人，這些人都有一個溫室，奧昆的臉色難看之極，那是一種異樣的暗綠色。

人的臉色，絕少難看到這種程度，但是我對這樣難看的臉色絕不陌生，我曾在幾個人的臉上，看到過這樣難看的顏色，連能、達寶。

我立時抬頭看去，奧昆已走出了十幾步，我大叫一聲：「奧昆！」

一面叫，一面我向他奔過去，奧昆站走了身子，但並沒有轉過身來，他身邊的幾個職員，卻聲勢洶洶地望著我，我不想多惹事，一面向前奔去，一面道：「奧昆先生，問你幾個問題。」

奧昆悶哼了一聲，轉過身來，他的臉色還是十分難看，但是卻已沒有了那種暗綠色，兩個職員過來，攔在我的面前，我又道：「奧昆先生也有一個溫室？」

奧昆怔了一怔，沒有立時回答，我提高了聲響：「你在孤兒院中長大！你和連能他們一樣！」

他沒有回答我的任何問題，但是從他的行動之中，已經可以肯定，我的猜測，完全是事實，奧昆根本不敢正面回答我的問題。

他要走，我追上去，也就在這時，兩個身形高大的職員，一邊一個，向我揮拳擊來，我雙臂一振，架開了攻過來的兩拳，同時老實不客氣地起腳，在那兩人的腳背上，重重踏了一下。

當那兩個職員在怪叫之際，我已衝到了奧昆的背後，一把抓住了他的衣服：「回來！奧昆先生，有太多的謎團要靠你來解答，你不能走！」

奧昆被我抓住了之後，用力掙扎著，但是掙扎不脫，他發出憤怒之極的吼叫聲，在他身邊的幾個職員，也一起怒喝了起來，兩個機場的保安人員，急步奔過來。他們顯然認得奧昆，是以一見到他受制於我，其中一個，竟不分青紅皂白，立時拔出槍來，抵住了我的腰眼，喝道：「放手！」

我大聲道：「不放。白素，快去通知處長。」

那該死的保安人員卻扳下了手鎗的保險掣：「你再不放手，我開鎗了。」

在吵鬧中，更多的保安人員奔了過來，我看到白素已經奔向電話亭，知道處長很快會來，我鬆開了手，指著奧昆，對那些保安人員道：「別讓他走，他和許多嚴重的案子有關。」

奧昆的神情憤怒之極，連聲道：「瘋子！從哪裏跑出來的瘋子！」

幾個保安人員並沒有聽我的話，只是圍著我。我的處境看來十分不妙，但是我的心情，卻極其輕快，我哈哈笑著：「或許，是從孤兒院中跑出來的。」

一個穿著高級警官制服的警官，也急急走了過來，我看到白素已走了回來，她隔老遠就道：「處長立刻就到，一到就可以解釋一切。」

那高級警官瞪著我，我們指著奧昆：「我對這位先生，要提出十分嚴重的控訴，你們不要管他是甚麼地位，先將他看緊！」

我不相信那些保安人員會聽我的話，所以我站得離他十分近，白素也知道我的心意，和我一左一右，監視著奧昆。

那高級警官神情有點猶豫，像是不知道怎麼才好，四周圍已圍了許多人在看著，他考慮了一下：「請到我的辦公室，好不好？」

奧昆怒道：「我為甚麼要去？這瘋子，他指責我甚麼？」他直視著我：「你指責我甚麼？」

我悠然道：「一次航機失事，馬基機長自拘留所逃脫和被綁架，以及祁士域先生的死亡，都和你有關係。」

我說得相當慢，但是語氣很堅定，在那一剎那，奧昆的臉上，又現出了那種暗綠色，雖然只是一閃即逝，但我更可以肯定他和文斯、白遼士他們是一夥的。

那高級警官聽得我這樣指責奧昆，顯然他事先絕未曾料到事態會如此嚴重，嚇了一大跳，立時道：「奧昆先生，請你——」

奧昆悶哼了一聲：「你聽這瘋子的話，你要負一切後果！」

我立即道：「你不聽我的話，也要負一切後果。」

那高級警官問奧昆道：「奧昆先生，請你——」

這時，圍觀的人越來越多，奧昆可能也覺得這樣僵持下去，不是辦法，所以神情十分難看地點了點頭，由幾個職員簇擁著向前走去，我和白素唯恐他逃脫，不離左右地跟在他的身邊。

到了保安主任的辦公室之後不久，警務處長就衝了進來，一進來就嚷叫道：「在哪裏？」

我向奧昆一指：「就是他。在他身上，我相信可以解決一切謎團。」

警務處長向奧昆望了一眼，呆了一呆，他認得奧昆：「開甚麼玩笑？他是——」

我打斷了他的話頭：「別理他的身份，他和白遼士等四人是一夥。」

處長道：「有甚麼證據？」

我一怔，「有甚麼證據」？的確，我有甚麼證據？總不能憑一個人在生氣的時候，臉上會出現一種奇異的暗綠色，而斷定這個人是一個罪犯，或者做過甚麼怪異事情。

我一時之間，答不上來，忙向白素望去，只見她也是一臉無可奈何的神色。我道：「先把他扣起來，慢慢問，他一定會說出來的。」

處長在剎那之間，變得怒不可遏，衝著我吼叫道：「你以爲我們是野蠻人？是在烏干達？」

我後退一步：「處長，你——」

處長已不再理我：「如果你要離開，請快走，你惹的麻煩已經夠多了。」

他在惡狠狠罵了我這幾句之後，又已轉過身去，向奧昆連連道歉。保安主任的神色，也尷尬到極，道歉不迭，奧昆傲然走了出去。

我和白素互望了一眼，也一起離開，我低聲道：「我們不走了。」白素點頭，表示同意。我們本來在極度無可奈何的情形之下離去，可是在無意中，發現奧昆和白遼士他們是一夥，這是一個極其重大的發現，當然不肯就此離去，一定要在奧昆的身上，發掘出更多的東西來。

我們又回到了酒店，白素立時出去，搜集奧昆的資料，我則在奧昆辦公大樓的門口，徘徊著。

到了傍晚時分，看到奧昆駕著車離開，我忙也駕車跟著，一直跟到奧昆的住所，奧昆將車駛進車房，在奧昆的住所之後，一樣有一個巨大的溫室。

這更證明了奧昆和白遼士他們一夥，有著共同嗜好。這種嗜好本來不是很奇特，可是和他們的行爲一配合，就有一種說不出來的神秘氣氛。

我知道這時候，如果去找奧昆，一定會被他趕出來，還是先回酒店和白素商量一下的好，看看她找到了甚麼資料。

我看著奧昆住所內的燈光亮起，才上了車，回到酒店，過不多久，白素興奮得兩頰發紅，一進房門就道：「奧昆在孤兒院長大。」

我搶著道：「他住所後面，是一間大溫室。」

白素道：「那還等甚麼，我們去找他。」

我揮著手：「他如果不歡迎，我們就——」

我做了一個手勢，白素笑了起來，我們立時離開酒店，可是在大堂門口，就遇上了滿面怒容的警務處長，他一見我，就大喝一聲：「如果你再跟蹤奧昆先生，我就可以拘捕你。」

我笑道：「罪名是甚麼？」

處長道：「用行動威脅他人安全。」

我攤開雙手：「我一點沒有威脅他的安全，甚至連話也沒有說過。」

我一面說，一面拍著處長的肩頭：「如果你和我們一起去拜訪奧昆先生，我擔保你有意料不到的發現。」

處長的神情仍然十分憤怒，白素說道。「我也可以作同樣的保證。」

處長對白素的保證，顯然比較信任。他想了一想：「我始終不明白，你們想在他的身上，找到些甚麼資料。」

白素道：「直到目前為止，我也不知道，但只要和他交談，一定會有發現。」

處長深深吸了一口氣，勉強地點了點頭。

我唯恐他改變主意，押著他上車，在駛往奧昆住所的途中，我道：「白遼士他們四個人，和奧昆有許多共通點，他們的行為十分怪異——」

接著，我就舉出了幾件例子來，可是處長聽了，卻瞪大了眼：「衛先生，如果你舉出來的例子，可以證明一個人有罪，全世界都是罪人了。」

我道：「你別心急，我至少知道他們有一個巨大的秘密，和他們的身份有關的。馬基機長就是因為知道了這個秘密，所以才失去自由。」

處長悶哼了一聲，道：「馬基為甚麼不對警方說出他們的秘密？」

我只好道：「關於這一點，我也不明白，我相信奧昆也可以解答這個謎團。」

處長沒有再說甚麼，只是他的神情，流露著顯著的不信任。

車到了奧昆住所的門口，屋中燈火通明，屋後的溫室，也大放光明，白素停好車，我已迫不及待衝下車去，用力按著門鈴。

門鈴響了又響，還是沒有人應門。我覺出事情有點不妙，用力踢著門，旋轉著門柄，門應手而開。

我回頭向處長望了一眼，處長一步跨了進去，大聲道：「奧昆先生。」

屋內雖然亮著燈，可是沒有人回答。白素吸了一口氣：「我們來遲了。」

我用力踢著一張沙發，吼叫道：「奧昆，出來。」

處長忙道：「你別亂來，奧昆先生可能出去了。」

我直跳了起來：「溫室！他們的奇怪行爲之一，是在溫室中進行日光浴。」

我一面說，一面已衝向屋子的後面，來到了溫室的門口，可是溫室的門，卻自外鎖著。

處長道：「他可能臨時有事出去，我們可以在門口等他。」

白素搖著頭，道：「他不會回來了。」她在講了這一句話之後，頓了一頓，又補充了一句：「他永遠不會回來了。」

我心中知道白素的推測是對的，可是不明其中情由的警務處長，卻以十分疑惑的神情望著白素，不知道白素何所據而云然。

奧昆是一間大規模航空公司的副總裁，事業成功，在社會上有傑出的地位，他為甚麼要突然離去，永不回來？這實在不合情理。

可是，事實證明白素的推測是對的。

航空公司副總裁神秘失蹤，在第三天，就成了大新聞，警方用盡了人力，想追查他究竟去了何處，卻一點沒有結果。

奧昆和白遼士他們四個人一樣，就這樣突然消失不見了。我和白素，在奧昆失蹤之後第十天，才啓程回家，在這十天之中，我們盡一切可能，想把奧昆找出來。這，當然也包括搜集奧昆的資料在內。可是奧昆的資料，也和白遼士他們四個人相仿，少得可憐。

資料顯示，他在孤兒院門口被發現，長大之後就在中學唸書，後來唸大學。奧昆的年紀比白遼士他們大，一直單身。資料說他在第二次世界大戰期間，下落不明，到大戰結束之後，才又出現。

奧昆的私生活，簡直不為人所知，只知道他喜歡栽種植物，擁有一間巨大的溫室，他的鄰居，經常看到他在溫室中工作，有時一連幾小時不出來。

從資料看來，他們五個人都有極其相同的地方。可是那些相同點，卻甚麼也說明不了。譬如他們都在孤兒院中長大，這又說明甚麼呢？又譬如他們都擁有一個溫室，這又說明甚麼呢？又譬如，他們住在北歐，而他們的住所之中的火爐，又顯然未曾使用過，這又說明甚麼呢？

當我們回家之後，這些謎團，一直困擾著我，到了令我坐立不安的地步。

我和白素也曾作出推測。我們的推測是，他們在交談之中，既然提到過「回去」，那麼，他們一定在消失了之後，是到某一處去了。

那是甚麼地方！既然用了「回去」這樣的字眼，一定是他們來的地方，可是神秘就神秘在這裏，他們全是從孤兒院來的。

我們設想，他們五個人，來自一個十分神秘的地區，或者說，是由一個十分神秘地區派出來的。派他們來的人，將他們放在孤兒院的門口，使孤兒院有收養的紀錄。那時，他們全是嬰兒。

要作這樣的假設，就必須進一步假定。白遼士他們那一夥，還有很多人，有一個「根據地」。

如果從這方面來推想，他們倒很像是蘇聯特務，蘇聯的特務機構，慣用類似伎倆。但是，從嬰兒起就實行的方法，似乎沒有聽說過。難道等他們長大了之後，再派人和他們去接觸，說他們是俄國人？

這似乎很不可能——白素就推翻了我的假設。

白素在推翻我假設的同時，又舉出了一些不可解釋的事例，例如他們會「化身」，又例如他們「消失」得極為迅速。

白素的推測是，他們是外星人，不是地球人。這也更合乎馬基的那句話：「他們不是人！」如果不是這樣，馬基的話，根本沒有解釋。

而馬基堅決不肯講話，白素的推測是因為當時在機艙中發生的事，可能太怪誕了，以致馬基認為他講了也沒有用，絕不會有人相信他的話，只當他是喝醉了酒，所以不如不說。

白素的推測，也不能說沒有理由，當我問她：「你以為在機艙中可能發生甚麼事？」之際，白素道：「誰知道，可能是這些外星人忽然露出了原來的形狀。」

我悶哼了一聲：「對，八雙腳，六十四隻眼睛，身體是九角形的！」

白素瞪了我一眼：「可能比你形容的，更要怪異得多。」

我嘆了一口氣，攤開了雙手，白素也嘆了一聲：「我們其實有不少機會可以解開那些謎團的，至少我就曾經有過一個機會。」

我望著她，不知她何所指，白素道：「那次，我從黃堂的家裏出來，遇到了白遼士，他脅逼我上車，好像要對我說明些甚麼，要帶我到一處地方去，可是忽然之間，他改變了主意。」

我嘆了一聲：「我也錯過了一個機會，在機場，我應該將奧昆的手臂扭斷。」

白素不理會我，喃喃自語：「如果他們是外星人，到地球來的目的是甚麼？」

我也不去理會她，外星人！我根本不同意她的分析。

在討論、推測，一無結果之後，大約半個月光景，由於事情一點進展也沒有，我心中儘管不舒服到了極點，也只好放棄不再去想它。那天下午，我才從外面回來，一進客廳，就看到一個衣衫襤褸的人，坐在我新買的白絲絨沙發之上。

那人不但衣著破爛，而且全身污泥，連臉上的泥也沒有抹乾淨，以致我一進去，他向我望來之際，我只看到他兩隻在轉動的眼睛。

他一看到了我，就直跳了起來：「啊哈，終於等到你了。」

我呆了一呆，雖然他一叫，我已經認出了他是甚麼人，但我還是道：「對不起，在你臉上的泥污沒有洗乾淨之前，我認不出你是甚麼人來。」

那傢伙向我走過來，一拳打在我的肩頭上：「等我洗乾淨了臉，你才認不出我是誰了。」

我苦笑了一下，無可奈何。這傢伙講的，倒是實情，我認識他很久，從來也沒有一次，看到他的臉上、手上是乾淨的。

這個人，性單，名相。我認識他的第一次，聽到了他的名字，就忍不住笑道：「好名字，爲甚麼不乾脆叫單相思？」

這個人一本正經地道：「舍弟叫單思。」

單家十分富有，祖上創業，兩兄弟各有所好，單相好的是種花，單思的嗜好十分驚人，而且世界上有和他同樣嗜好的，據他自己說，只有三個人。單思的嗜好和這個故事無關，提起來太費筆墨，所以略過就算。

單相種花的本領極大，他是植物學家，在植物學上，有幾篇論文，是世所公認的權威。尤其是關於植物的遺傳，植物的感情方面，更有心得。

我看到了他之後，雖然不知道他來找我幹甚麼，也忍不住在自己的頭上，重重拍打了一下。

我在回來之後，曾花了兩三天時間，到圖書館去查資料，想找尋在達寶溫室苗圃中的那種植物，叫甚麼名字，我這時怪自己何以未曾想到單相！問問他，比自己去查一年更有效。

單相看到我忽然自己打自己，不禁呆了一呆：「有甚麼不對頭？」

我一把拉住了他，按著他坐了下來，一面叫老蔡沖好茶，一面道：「我有一個問題要問你。」

單相皺眉，他一皺眉，眉上就有一些乾了的泥料，隨著他的動作落下來，他也不加理會，道：「除了植物之外，我不懂甚麼。」

我道：「正是和植物有關的。」

我將那種東西的形狀，和我摘下了其中一塊之後的情形，詳細說給他聽，單相不斷眨著眼，也不斷皺著眉，泥粒也不斷落下來。

等我講完，他搖頭道：「我從來也不知道有這樣的植物，你在和我開玩笑？」

我答道：「王八蛋才和你開玩笑。」

單相嘆了一口氣：「我應該去進修一下了，你是在甚麼鬼地方看到這種植物的？」

我道：「在北歐——」

我才講了三個字，單相就直跳了起來，握著拳，在我面前晃著，兇神惡煞。我知道他爲甚麼突然會這樣，因爲我所形容的植物，是多肉植物，而北歐絕對不會有熱帶多肉植物。所以我忙道：「——的一個溫室之中。」

單相一聽了下半句，兇相斂去：「拜託，你別一句話分成兩截來說好不好。」

我笑道：「是你自己心急，只聽了一半，就要殺人。」

單相道：「那溫室，是一個植物學家的？」

我搖頭道：「不是，是一個航機上的飛行工程師——」

這一次，又是我才講了一半，單相便打斷了我的話頭：「啊哈，我知道這個人，這個人……有著一頭金黃色的頭髮，他的名字是……是……」

我絕未料到單相會認識達寶的，我看他一時之間想不起名字來，便道：「他的名字是達寶。」

單相手指相叩，發出「得」的一聲來：「對，叫達寶。」

在他手指相叩之際，有一小塊泥塊，向我直飛了過來，還好我眼明手快，一伸手，將之拍了開去。我忙問道：「你怎麼認識他的？」

單相道：「這個人對植物極有興趣，三年前，我發表了植物感情那篇論文，證明了植物受到不同的待遇，有不同的電波測試反應，他來看我，和我討論這方面的問題。」

我聽了不禁大爲奇怪：「一個飛行工程師，怎麼會有這方面的常識？」

單相叫了起來：「常識？他知識極爲豐富！他甚至向我提出了一個問題，說植物的感應，來自植物的神經系統，我說，到目前爲止，還沒有人敢說植物有神經系統——他和我的對話，我有錄音，十分精采。你要不要聽？」

我知道單相所謂「十分精采」，可能只是一連串冗長的專門名詞，令人悶到抽筋，可是事情和達寶有關，我倒很想聽一聽。

所以我道：「好，現在？」

單相又站了起來：「我倒忘了，我要你到我那裏去一次，我是細胞培植蘭花的發現人，你知道，已經有幾十種新種蘭花，用我的名字命名。」

我點頭，表示知道。

單相又道：「最近我又培養出了一種新種，你去看看，如果你喜歡那種淺黃色的花，我可以用你的名字來命名。」

我大搖其手：「不必了，我不想將自己的名字和蘭花這種嬌滴滴的東西聯在一起。」

單相現出十分失望的神情來：「這是一種十分難得的榮譽。」

我道：「我知道，除了你們有數幾個花癡之外，誰也不會知道我享有這項榮譽。」

單相一副無可奈何的神情：「人各有志，我也不來勉強你——」他還是不肯死心，忽然又道：「或許尊夫人有興趣，白素蘭，這名字多好聽。」

我挽著他，向外走去：「這可以慢慢商量，你先帶我去聽你和達寶的對話。」

單相被我拉了出去，上了車，直駛他的住所。

第十一部：動物植物結合而成的高級生物

單相住在郊外，一個約有六畝大的大花園之中，溫室一列一列。一看那些溫室，我不禁有點心中發毛，盯著他看了半晌，單相有點惱怒：「幹甚麼？」

我道：「我不知道，或許我想看看，你在極度驚恐或震怒之下，臉上會不會現出一種暗綠色。」

單相悶哼了一聲，我又問道：「你有沒有在溫室之中，站著一動也不動，讓水銀燈的燈光照射你的習慣？」

單相更惱怒：「你瘋瘋癲癲，究竟想說甚麼。」

我嘆了一口氣，我想說甚麼，真是連我自己都不知道。單相當然不會是白遼士他們一夥，因爲他不從孤兒院中來。

他的住所，也和溫室差不多，頂上有大幅玻璃，一種向下垂的寄生籐，自高架上垂下來，人走進去，像走進原始森林，要雙手分開這些籐，才能順利前進。

好不容易找到了一張椅子坐下來，單相打開了一隻櫃子。老實說，我一生之中，從來也沒有看到過一隻櫃子之中，可以如此雜亂無章而包羅萬有：有極其名貴的全套攝影設備，但是在一具微焦距鏡頭之旁，卻是一大瓶化學液體肥料。一套園藝工具之旁，是一系列的顯微鏡片。那具高倍數的顯微鏡，則在一袋不知是甚麼東西的植物之下。

難得單相居然能在這許多雜物中，很快的找出他要找的東西，他取出了一盒錄音帶，用手在帶子的盒上抹著（以他尊手的乾淨程度而論，只有越抹越髒），然後，他又找出了一具小型錄音機：「你自己去聽好了，我還有事。」

我接過了他給我的東西：「謝謝你。」

他瞪著眼：「謝我甚麼？」

我忙道：「我代表白素謝謝你，我想她一定會接受你的提議，將你培養出來的新種蘭花，用她的名字來命名。」

單相一聽，顯得十分高興，連連搓著手：「我早知道你甚麼也不懂，尊夫人比你懂得多。」

我揮手示意他去忙他的，他也立時走了開去。我將錄音帶塞進了錄音機之中，傾聽達寶和單相的對話。

他們兩人的對話相當長，約有七十多分鐘，我聽得十分用心。單相說得不錯，達寶對植物學的知識，簡直到了專家的地步。

這一大段長時間的對話，在我聽完了之後，感到了極大的震撼，重要無比。所以，我擇其主要部分記述。

要聲明的是：我想聽錄音帶，是想多知道達寶的一些事。因爲達寶和白遼士、文斯、連能、奧昆這五個人，神秘失蹤，能夠在任何方面多得到他們的一些資料，總是好的。

在聽完了達寶和單相的對話之後，實際上我未獲得任何資料。但是我記述出來的對話的重要部分，使我想通了他們的秘密，雖然只是想像，但是解開了不少謎團，那是怪異莫名的一種想像。

對話的最先部分是雙方的寒暄，沒有記述的必要，然後，單相的學者脾氣發作，他開門見山地：

「對不起，我很忙，請你道明來意。」

達寶：「相博士——」

單相：「我姓單，單博士！」

達寶：「單博士，你對植物感覺的研究，使我很感動，你通過實驗而證明感覺由神經系統的感應而產生，你認為植物有神經系統，和動物一樣？」

單相：「目前，我只有一個模糊的概念，全然沒有任何事實，可以證明。」

達寶：「單博士，我們都知道，生命的起源，無分植物和動物！」

單相：「你說的起源，是上溯到甚麼時候？如果是單細胞生物的話——」

達寶：「不，我的意思，是最早的起源。」

單相：「嗯，那麼，就是在地球上，剛出現有機體的時候？例如蛋白質、酶？」

達寶：「是，我的意思就是這樣。」

單相：「關於這一方面，目前的研究也不肯定，生命的來源究竟如何，各執一詞，有科學上的說法，有宗教上的說法，也有神話傳說上的說法……就算所謂科學上的說法也無法自圓其說。說如今地球上的生物，全是進化來的，至少我就無法想像，一個單細胞生物如何進化成為人的過程。」

達寶：「你不相信進化論？」

單相（嘆氣）：「唉，進化論只是一種科學上的概念，是一種假設，其間過程如何，全然不可知。你剛才提到過一種蛋白質的形態，那只是一種形態，何以忽然會有了生命，無從解釋，一切只是假定。」

達寶：「我們先來肯定一點，人類是地球上的高級生物之一——」

單相：「這一點，應該沒有疑問。」

達寶：「地球上的高級生物，由最低級的一種生命形態進化而來。」

單相：「我是一個科學家，我承認這一點。」

達寶（語音顯得相當遲疑）：「那麼，為甚麼進化只循一條路進行？譬如說，進化到了人，為甚麼只是一種人，沒有另一種人？」

單相：「我不明白你的意思。」

達寶：「我是說，為甚麼從來也沒有人想到過，進化可以循兩條或多條路進行？為甚麼只有一種進化的程序，而不可以有兩種，或者更多？」

單相：「我仍然不明白你的意思。進化的過程，照如今所知和推測，根據環境、生存種種因素而形成，地球的生活環境既然只有一種，生物的進化程序，自然也只有一種。」

達寶：「這種說法，其實不正確。」

單相：「哦？你有新的見解？」

達寶：「我不敢說有新的見解，只是想說明，地球上許多生物，在進化過程中，突然消失，例如恐龍之類。」

單相：「那是因為地球的環境起了變化。」

達寶：「是啊，地球上的環境不斷變化，那麼，進化的程序，也就不斷在變化，不止一個。」

單相：「你和我在討論的，好像是邏輯上的問題，而不是生物學上的問題。」

達寶：「其實那一而二，二而一，地球以前的環境如何，人類並無所知，那時候的生物進化程序如何，當然也一無所知。」

單相：「你的意思是，地球上可能有另一種生物依另一種進化程序，發展成為一種高級生物？」

達寶：「是，和如今人類一樣高級。」

單相：「理論上來說，並非沒有可能，但是即使有這樣的高級生物，也一定已經因為環境的變遷而絕種，不能再生存。」

達寶：「那不見得，生物學上，有許多例子，證明生物有強烈適應環境的能力。生物可以在環境的劇變下生存下來，例如軟體動物中的翁戎螺，植物中的長苞鐵杉，這一類生物有一個專門名稱，叫作——」

單相：「我知道，叫『活化石』。」

達寶：「是的，活化石。那還是低級生物的例子，低級生物在環境劇烈的變遷中，尚且可以生存下來，有子遺，如果是高級生物，他們有更強的對環境的適應力，那麼豈不是更容易生存？」

單相（聲音異常驚愕）：「你發現了一條活恐龍？」

達寶：「恐龍？那算是甚麼！恐龍從來也不是高級生物，只不過是爬蟲類！」

單相：「那我真的不明白你是甚麼意思了。」

達寶（在遲疑了相當長的時間之後）：「我的意思是，另一種人，一種和如今的地球人，循不同程序進化而成的人！」

單相（語音疑惑之極）：「請原諒，我真的不明白，我真難以想像高級生物可以循『另一種』進化程序而形成，我真不明白。」

（我和單相當時的反應一樣：全然不明白！）

（達寶翻來覆去，在研討生物由原始形態進化到高級生命的進程，不斷想證明有另一種進化程序，可以形成另一種高級生物，他的目的，究竟是甚麼？）

（如果我是單相，我一定早已問他的目的是甚麼，但是單相顯然未曾想到這一點，只是和他不斷地討論是不是有這個可能性。）

（真是急死人！）

達寶：「對不起，或許是我說得不夠具體，讓我說得具體一點，嗯，我……應該怎麼說呢……（長時間的沉默）或許，我應該說，生命的原始狀態，在進化過程中，化為植物和動物兩大類，這是現在所知的情形，是不是會有另一類，根本是植物和動物相結合的？」

單相：「我從來也沒有聽說過，連想也未曾想到有這個可能。」

達寶：「現在請你想一想，是不是有可能！」

單相（相當長時間的沉默）：「不能說沒有。」

達寶（極興奮的語氣）：「你的推想是——」

單相：「我的推想是，地球在一片混沌之際，甚麼生物也沒有，既沒有動物，也沒有植物。後來，漸漸地，原因不明，出現了生命的原始形態——」

達寶：「是，是，是！」

單相：「這種才出現的生命形態，也根本無所謂是植物或是動物，只是一種生命的形態。漸漸進化，不知經歷了多少時候，才演變為原生物，成為兩大支，一支是植物，一支是動物——」

達寶：「對，植物和動物，各有其不同的生命形式，也各自根據其不同的特性發展。」

單相：「回到你剛才提出的問題上，當生命的形態促原始分成兩支，理論上當然也有可能有第三支，第三支的形態如何，不得而知，但既然現有的生命分成植物和動物，那麼，第三支的最大可能，自然是動物和植物的混合！」

達寶（語音極興奮）：「兼有動物和植物的優點。」

單相：「這一點，誰也無法斷定，或許根本沒有這一類高級生物，如果有的話，他們應該更能適應環境，應該就是如今地球上的萬物之靈，是地球的主人。」

達寶（聲音突然變得苦澀）：「也不一定，或許他們反倒不能適應環境。」

單相：「這不可想像。」

達寶：「完全可以想像，譬如說……譬如說……這類人的性格之中根本就沒有傷害他人的想法在內……他們是動物和植物的混合體，你甚麼時候見過一株樹，去傷害另一株樹？他們和純動物進化來的人相遇，一定會無法生存，在公平的競爭下，他們可能佔優勢，但是在動物的侵略性、殘忍性、自私性之下，這一類人，就像一個完全不設防的城市面臨著最新武器的強大攻擊，根本沒有抵抗的餘地。」

單相（呆了一會之後笑了起來）：「你說得倒像真有其事。我們離題越來越遠了，你來見我的最初目的，好像只是為了討論植物的感情、討論植物是不是有神經系統。」

達寶：「並沒有離題，和我們討論的事有聯繫。植物和動物，是生物的兩大種，植物和動物的混合，可能是第三種，如果能證明植物本來就有神經系統，那麼，動物植物混合的生物，就更有可能。」

單相：「嗯，可以這樣說。」

達寶：「單博士，如果照你的想像，如果——我說是如果——有這一種高級生物，他們的外形，應該甚麼樣？」

單相：「你難倒我了，我只是科學家，不是幻想家！」

達寶：「憑你科學家的頭腦，想一想。」

單相：「那，應該和由動物進化來的人沒分別，至少外形上沒分別，因為人的外形，全然為了適應地球生活的環境進化而成，或許，他們和人不同，呼出來的是氧氣，吸進去的是二氧化碳，哈哈。」

達寶：「那沒有甚麼好笑的。」

單相（仍然笑著）：「真有這樣的第二種人？那怎麼不好笑？」

達寶：「謝謝你，單博士，在你那裏我得到很多我想知道的事。」

單相：「別客氣，其實，連我自己也不知道我給了你一些甚麼。」

達寶：「真的，你太客氣了，你給了我極多……」

錄音帶在他們兩人的客套話中結束。

我聽完了錄音帶之後，呆了不知道多久。我的發呆，由一種極大的震撼所造成。達寶在對話中提出來的那個問題，在單相或是別人聽來，只當是一種想像力極度豐富的假設。生物在進化的程序之中，化爲植物和動物兩類，這是人所皆知的事實，而達寶卻提出了還可能有另一類：動物和植物的混合！

達寶提出這種假設：一種高級生物，兼有動物和植物的特性。

如果是在若干時日之前，我根本未曾深入了解達寶、文斯、白遼士、連能他們這幾個人的情形之前，聽到了這樣的假設，我只是覺得這種假設在理論上可以成立。

如今我卻感到了一股莫名的震撼，感到絕不能想像的事，正是一種事實的存在。

我呆了好久，才陡地大叫了起來：「單相！單相！」

叫了沒有幾聲，單相便急急奔了過來。一定是我的叫聲之中，充滿了一種異樣的恐懼，所以使單相以為發生了甚麼可怕的事，他一臉驚惶奔過來，跟著有點惱怒：「鬼叫甚麼？會嚇死人的。」

我看到了他，一伸手，抓住了他的手臂：「單相，告訴我，真會有一種高級生物，如你所說，外形像人，是生物進化程序中的另一支，動物和植物的結合？」

單相指著我，「呵呵」笑了起來。雖然那時候，我一點好笑的感覺都沒有。

單相一面笑著，一面指著我的額：「那只不過是一種想像，事實上哪有這樣的東西！」

我睜大了眼：「你怎麼知道沒有？」

單相仍然笑著：「如果有，在哪裏？」

在這時候，我的思緒，亂到了極點，各種各樣的想法，紛至沓來，根本抓不到一個中心。在單相的笑聲和他顯然嘲弄的眼光之中，我突然之間，叫道：「達寶就是！」

（達寶就是，他不肯做那個簡單的化學實驗，因為他吸的是二氧化碳，呼出的是氧氣！）

（氧氣吹進石灰水中，石灰水不會變白，達寶知道這一點，所以他說甚麼也不肯去做這個簡單的實驗。）

（雖然，就算他吹了氣，石灰水不變白，也沒有人會聯想到他有一半是植物，但是他卻生怕暴露了自己的身份。）

（達寶他們，從頭到尾知道自己的身份，所以盡一切力量在掩飾，不想人家知道他們是第二種人。馬基機長一定知道了，所以才會被他們設計自拘留所中劫走，並且不知帶到甚麼地方去了。馬基機長雖然知道了他們的秘密，但是明知說出來也決不會有人相信的，所以才一言不發。）

許許多多的謎團在剎那之間，幾乎解開了一大半，自然還有許多我不明白，例如他們現在到何處去了？他們怎樣生存？他們何以都會出現在孤兒院的門口？

但我至少在那些不可知的謎團之中，已可以肯定一點，他們，這類半動物半植物結合而成的第二種人，一定不止我已經見過的五個人，一定還有很多。

在我說了一句「達寶就是」之後，由於我在剎那間想到那麼多，我的精神亢奮至於極點，臉上的神情也古怪到極，單相望著我，一時之間不知道該如何才好。

過了相當長的時間，我才長長地吁了一口氣。

單相也直到這時，才道：「天，你怎麼樣了？看剛才你的情形，就像是有八百多個鬼一起在爭著捏你的脖子。剛才你說甚麼？達寶就是這種人？甚麼意思？」

我知道，如果要和單相說明一切，太費時間，何況就算我說了，他也未必相信，所以我輕拍著他的臉頰：「算了，我胡言亂語。希望你多培養一點新品種的植物出來，我也有興趣把自己的名字和植物連在一起。」

單相「哼」地一聲：「那是一種榮譽，很多人想要也要不到。」

我忙道：「是，是。這卷錄音帶，我想借去，再仔細聽一次。」

單相道：「可以。」

我取出了錄音帶，迫不及待地要離去，單相忽然道：「對了，有一件事，我幾乎忘了，我弟弟前一陣，說有事要找你。」

我一驚，單相的弟弟，叫作單思。這兩兄弟的名字，堪稱古怪之極，但他們的名字和他們的行為相比較，也不算甚麼古怪。而兩兄弟之中，單思行為的古怪程度，又遠在他哥哥單相之上。

單思若是有事情找我，那一定十分有趣。但是我急於想和白素說我的發現，實在沒有餘暇再去理會旁的事情。

我在一怔之後，只是隨口道：「好，請他和我聯絡。」

單相「哼」地一聲：「這個人，我上哪兒找他去？真是怪人。」

單相居然也有資格稱他人為怪人，我忍住了笑：「如果他真有事找我，一定會和我聯絡。」

我收好了錄音帶，用「障礙賽跑」的身法，越過了堆在地上的許多雜物，向外奔去。單相又在我身後叫了一些甚麼，我完全未曾聽到。

回到家裏，一進門我就大叫：「素，快來聽。」

白素從樓梯上走下來，但我已跳上了樓梯，一把抓住她，又將她拉了上去，到了書房，我將那卷錄音帶播出來，白素一聽到達寶的聲音，就「啊」地一聲：「達寶！」

我興奮得喘著氣：「是的，是他和單相的一次對話，你仔細聽，才會知道這一卷錄音帶是如何重要。」

白素向我望了一眼，開始聚精會神地聽著。

在錄音帶播放的時候，我不斷來回走動，好幾次，我想將自己想到的見解說出來，告訴白素，我已解開了不少謎團，想到了達寶他們真正的身份。但是我卻忍住了沒有說出口來。

因為，我想看看白素聽了那卷錄音帶，是不是會導致和我同樣的結論。

等錄音帶放完，我向白素望去：「你在他們的對話之中，發現了甚麼？」

白素先是長長地吁了一口氣，然後立即道：「天，達寶……他們，就是這另一種人。」

我以為白素不會那麼快就想到，但是她卻一下子就想到了，這令得我一時之間，講不出話來。

白素道：「你沒有想到？」

我迫不及待地將我想到的一切，全都講了出來，白素大部分都表示同意，但也有一點不同。

我們兩人討論的結果，對於整件事，總算有了一點輪廓。

事情還是從飛機失事開始。航機在飛行中，馬基機長一定是發現了甚麼極之怪異的現象發生在他的同僚身上（半動物半植物的結合，這樣的怪物，誰知道他們會做出甚麼怪事來），所以才驚駭莫名，要求緊急降落。

在緊急降落之後，馬基因爲前一晚曾和我在酒吧中喝酒喝到大醉，知道自己講的話，不會有人相信，所以一言不發。這就是爲甚麼他一見到我，就拚命追問我「他們說甚麼？」的原因。而他感到了極度的絕望，仍然不想說出他的經歷。

這其間，祁士域是一個悲劇人物，他想將馬基救出來，但還未曾行動，就被達寶他們佔了先著，祁士域一時想不開，就自殺了。

而達寶他們，盡量掩飾自己的身份，做得很成功，他們全「回去」了，蹤影全無。

還有許多小節，雖然仍然是謎，但只要肯定了他們是另外一種人，整件怪異莫名的事情，就可以有一個清楚的概念。

如今最重要的是：他們回到哪裏去了？他們究竟有多少人？他們在地球上已生存了多久？聽達寶的對話，好像他們的存在，比地球人早很多。因爲無法和全動物性的地球人競爭，所以了越變越少。地球人對於地球上會有第二種人的存在，一無所知，一直以爲地球生物只有兩大類，只有植物和動物，想也未曾想到過還可能有動物和植物的混合體。

白素道：「一直到現在，一切還不過是我們的揣測，真要知道他們是怎樣的人，還得見了他們再說。」

我苦笑，攤開雙手，道：「哪兒找他們去？」

白素道：「南美洲。」

我怔了一怔，不知道白素何以在全世界那麼遼闊的地域上，獨獨提議到南美洲去。但是我只是怔呆了極短的時間，便立刻明白了白素何以會有這樣的提議，我道：「嗯，達寶對那老教師說，他到南美洲去了，所以你才想到南美洲？」

白素道：「原因之一。」

她講到這裏，深深吸了一口氣：「你想，如果我們肯定了他們，是另一種人，是動物和植物的結合，是循另一種進化程序而進化成的高級生物，那當然不是一朝一夕的事——」

我道：「當然，至少要千萬年才行。」

白素道：「而他們，一直在地球上生活，總要有一個一定的聚居地方，我想，以他們植物的特性來說，沒有比南美洲原始森林更合適。」

我皺著眉：「不見得，非洲的原始森林也一樣，在浩淼的海洋之中，也有著不知多少的植物。」

白素苦笑起來：「我們總得先肯定一個目標才行，不然，永遠找不到他們。」

我苦笑著：「肯定了南美洲又怎麼樣?南美洲那麼大，單是亞馬遜河流域的原始森林，就是地圖上的空白，怎麼去找他們?」

白素瞪了我一眼：「誰說要一條一條小河流域去找他們?設法讓他們來見我們。」

我一怔，隨即用力在自己的前額上重重拍了一下：「是的，真蠢。他們怕他們的秘密暴露，這是他們帶走了馬基機長的原因。他們放過了我們，是因爲他們以爲我們根本不知道，這就可以引他們出來。」

白素道：「你到這時才明白，真是後知後覺。」

我笑道：「可不是，難怪黃堂和單相他們，全說衛斯理是個不中用的傢伙，只有他的妻子，才是又聰明，又明事理，又——」

白素打斷了我的話頭：「好了，油腔滑調！」

我當然不是油腔滑調的人，但是想到這些人的最大秘密，已經逐步揭露，快到了真相全然大白的階段，心情自然十分輕鬆。

我揮著手：「快去準備行裝。」

準備行裝並不用多少時間，第三天下午時分，我和白素已經到了巴西的里約熱內盧，一到，我們就在當地銷路最多的一家報紙之上，刊登了第一版全版的大廣告。這份廣告，由我設計的。在局外人看來，完全莫名其妙，不知是甚麼。

但是我相信，白遼士他們這些第二種人，看了之後，一定會明白的。

廣告上有兩幅畫，看來像是印象派畫家的作品，也是我的創作。一幅是一棵大樹，一個人，兩者各有一半，交疊在一起。另一幅是一個植物細胞，和一個動物細胞，兩者也有一半交疊在一起。

然後，便是文字。文字很簡單：

「白遼士、達寶、奧昆、文斯諸先生。你們的事，我們全知道了，請看那兩幅畫，你們該知道已經沒有甚麼可保留，請從速和我們聯絡。」

在文字後面的署名是「衛斯理、白素」，名字之後，有一項註解：「第一種人」。這樣的廣告，別人看了自然不知道在說些甚麼，但只要白遼士他們五個人中的任何一個看到，他們一定會明白，他們一定會出來和我們聯絡。

廣告一直刊登了三天。

在這三天之中，我和白素，除了在游泳池畔曬太陽外，沒有別的事可做，只是等著，等有人來找我們。

三天過去，我感到極度不耐煩，白素的耐性雖然比我好，但是我也看得出，她的內心，其實也十分焦急。晚上，我道：「看來我們的措詞要嚴厲些。」

白素點頭表示同意，我連夜擬了一個新的廣告，第二天刊出，這次，廣告圖不變，詞句如下：

「機長在你們這裏，事情如果公開，會引起全世界的注意。當人類知道地球上生活的不止一種人時，你們的後果，不會佳妙，還是趁早和我們聯絡的好。」

這個廣告，在當天就生了效。我和白素仍然在酒店的游泳池畔，一個身形肥胖、雙手不斷在捲著一頂破舊帽子的男人，來到我們的身邊。看樣子，這個男人是當地的土著，生活也多半很潦倒。

他一來到我們的身邊，先努力在他的臉上，擠出一個笑容來，然後彎著身：「先生，有人要我來轉告幾句話。」

我一看到有人來向我接頭，精神為之一振，忙道：「快說，快說！」

那人道：「委託我的人說，他的名字，叫做……叫做……叫做倔強的……倔強的……」

他一面說，一面用力搔著頭，像是記不起對方的名字來了。白素忙道：「倔強的達寶。」

那人高興起來，咧著口，露出滿嘴的黃牙來，道：「是，是，達寶。達寶先生說，請兩位到帕拉塔卡去，他會在那裏和兩位相會。」

我怔了一怔：「帕拉塔卡，那是什麼地方。」

那土著拿出了一個信封來：「這裏面有地圖，達寶先生說，雖然遙遠一點，但是兩位一定可以找得到。」

我接過了信封，心中還在猶豫著，白素已經走了開去，我不知白素去幹甚麼，只是看到她來到了池畔的酒吧櫃上，向酒保說了幾件話。

接著，就聽到擴音機中，傳出了聲音：「達寶先生，請你立即和衛斯理夫婦聯絡，不想出面，打電話給他們也可以，他們知道你一定就在附近，如果你不聯絡，他們會有法子，令你出現。」

我一聽得這樣的廣播，心裏不禁喝了聲采來，給了那土著一張鈔票，也來到了酒吧櫃旁邊。

白素的做法十分聰明，那土著既然能奉達寶的差遣來見我們，當然達寶就在附近，說不定就在這家酒店之中。

那麼，此時不逼他出來見面，更待何時？如今逼他出來見面，總比到甚麼帕拉塔卡去好得多了。

第十二部：桃花水泉開始處

我背靠著酒吧櫃，遊目四顧，想看看達寶是不是就在附近。游泳池畔的人十分多，達寶那一頭金髮，十分容易辨認，如果他在視線範圍之內的話，我一定可以看到他。

我看了幾分鐘，酒吧櫃上的電話，響了起來，酒保拿起電話，聽了一聽，現出一種奇異的神情來，將電話交給了白素。

我立時湊過頭去，白素的神情也有點緊張，我們立時聽到了達寶的聲音：「兩位，你們真可以說是世界上最多事的人。」

白素沉靜地道：「先別批評我們，請露面和我們談話，不然——」

達寶打斷了她的話頭：「我不準備單獨和你們見面，請按照地圖上的指示，到帕拉塔卡來。」

我大聲叫道：「那是甚麼鬼地方？」

達寶道：「很遙遠，也很難到達，但你們一定要來，那地方在巴西中部，要穿過一些原始森林，和不少印第安人的村落，如果你們不肯來，那也就算了。」

我放兇聲音：「哼，達寶，你們的秘密——」

達寶又一下子打斷了我的話頭：「你或許已知道了大部分事實，但是你必須明白，這並不對我們構成任何威脅，恐嚇我們，一點用處也沒有。」

我道：「沒有用？不然，你會打電話給我們？」

達寶嘆了一口氣：「你不明白，你真的一點也不明白，我們完全是兩類人——」

我「啊哈」一聲：「講對了，我體內沒有葉綠素，也不怕做石灰水試驗。」

白素一聽我這樣說，忙在我耳際低聲道：「衛，別這樣說！」

達寶在電話那邊，靜默了片刻，才道：「我個人絕不主張和你見面，反正，不論你怎樣公布你的發現，不會有人相信你，你自己想想，誰會相信你發現了第二種人？」

我不禁吞嚥了一口口水。是的，就算我知道了第二種人的全部秘密，公布出來，有誰會相信？那也就是說，我的威脅，事實上全無作用。

而在這樣的情形下，達寶還和我們聯絡，那可知他沒有甚麼惡意。

一時之間，我不禁講不出話來。

達寶的聲音又響起：「我個人的主張是完全不理會你，但是表決的結果，大多數人，表示願意和你談談，衛先生，如果你想見我們，那就請你停止無聊的威脅，到我們指定的地方來。」

白素沉聲道：「在那裏，你們全體和我們見面？」

達寶卻沒有再回答，只是悶哼了一聲，而且，立刻掛上了電話。我忙按下掣，接總機，追問電話是從哪裏打來的。當總機告訴我，電話是從酒店的一間房間打出來之際，我幾乎撞倒了四五個人，衝回酒店，上電梯，奔到那房間門前，看到房門大開著，服務生正在收拾房間，達寶已經不在了。

在我頹然之際，白素也來了，她望著我，帶著似笑非笑的神情，搖著頭。

我知道她是在嘲弄我這種愚魯的動作，只好自嘲道：「我希望能夠追到他。」

我一面說，一面還揮著手，白素道：「你忘了，就算你和他面對面，他要走，也有他的本事。」

我不得不承認這個事實，他們似乎有特快消失的本領。看來，如果要對他們這種第二種人了解更多的話，只好到那個叫帕拉塔卡的鬼地方去！

回到了自己的房間，打開了地圖，地圖上有詳細的行進路線，還有幾行註解，建議我們，多帶些通過原始森林所應有的裝備。

我和白素都知道，達寶曾說到那地方去，要「經過一些原始森林」，聽來輕描淡寫，其中可能包括了不知多少凶險。

所以，對於達寶的提議，我們不敢輕視，花了兩天時間準備，然後出發。

我和白素，對於南美洲的森林，並不陌生，曾經進入過好多次，可是每一次所經的地方都不同，遭遇自然也不盡相同。

不過，描敘在路上的經過，沒有多大意義。帕拉塔卡是一個小地方，經過的原始森林也不是「一些」——而是延綿幾百公里。

當我們歷盡艱險，終於到了帕拉塔卡，大有恍若隔世之感。那小鎮市聚居的全是印第安人，我們一到，就有一個穿著當地傳統服裝的婦人，向我們迎了上來：「達寶先生說，你們前五天就該到了。」

我悶哼了一聲：「有了一點意外，耽擱了一些時間。」

我輕描淡寫的「小意外」，包括我和白素兩人，雙雙踏進了一個泥沼之中，若不是恰好伸手所及處，有一根枯藤的話，早已沒頂，和那天晚上，被一群食肉蠅包圍，差點成了兩副白骨等等事情在內。

那婦人又道：「請穿過鎮市，向前走，你會看到一道河，他在河邊等你。」

我「哦」地一聲，那婦人上下打量我和白素兩人：「千萬別在河裏洗澡！」

她大概是看到我們兩人太骯髒了，所以才會提出這樣的警告來。

當然，我知道她的警告不是虛言恫嚇，那河中，多半有著牙齒鋒利之極的吃人魚。

那婦人說完，自顧自走了開去。我苦笑道：「看來，他們聚居的地方，還要更荒僻。」

白素道：「當然是。」

我搖著頭：「他們的人數不會少，怎麼能住在地球上不被人發現？」

白素忽然笑了起來，我瞪著她，她道：「你的話，使我想起了一個暴發戶，買了高倍數的望遠鏡，想看月球上的太空人的故事。」

我悶哼了一聲：「一點也不好笑。」

過了小鎮，又穿過了一片田野，前面可以看到高疊的山峰，峰頂還積著皚皚的白雪，不多久，便到了河邊，一到河邊，就看到草叢之中，一艘獨木舟駛了出來。

那艘船的外形看來像獨木舟，但是它分明裝有極先進的動力設備，我們也看到，在船尾操縱船前進的那個人，一頭金髮，陽光照在他的臉上，一眼就看出，那人正是達寶。

船迅速傍岸，達寶向我們作了一個手勢，我和白素輕輕躍上了船，達寶向我們微笑，我想起那十多天來的經歷，心中不禁有氣：「你倒回來得很快。」

達寶的笑容十分可愛：「別忘了我們的遺傳之中，有一半是植物，通過原始森林，總比你們容易些。」

我哼了一聲：「對，食肉蠅不會啃吃木頭。」

達寶居然極具幽默感：「對，我們的肉，纖維粗而硬，不好吃。」

我被他的話逗得笑了起來，船急速地向前駛出，陽光燦爛，我目不轉睛地望著達寶，打量著他，想在外形上，看出他和我們有甚麼不同。但是看來看去，他也是一個英俊的金髮歐洲人，一點也沒有甚麼不同。

達寶顯然也看到我在打量他：「外形上，我們沒有任何不同。」

我攤開手：「可是內在，我們卻是截然不同的兩種生物。」

達寶道：「是的，內在完全不同，包括生理組織和思想形態。」

我實在忍不住好奇，指著他的胸口：「你們……沒有心臟？」

達寶笑道：「當然有。」

我道：「那麼——」

達寶道：「我們的外形，和你們一樣，全是爲了適應地球的生活環境，億萬年進化而來的。地球上的生活環境既然如此，自然不會有變化。就像是每一個肥皂泡，都是圓的一樣，因爲在空氣的壓力和肥皂泡的表面張力兩大因素影響之下，肥皂泡不可能是方形或三角形的。」我明白肥皂泡一定是圓形的道理，達寶這樣說，倒十分恰當地說明了環境和生物外形的深切關係。

白素道：「可是你剛才提到內部的生理組織——」

達寶道：「最根本的組織是細胞，我們的細胞，和你們的細胞不同，具有動物和植物的雙重特徵，但由眾多細胞組成的器官，外形一樣。」

我「哦」地一聲：「就像是一艘船，用木頭造，或用玻璃纖維來造，外形一樣，但是材料不同。」

達寶笑了一下：「很恰當的比喻。」

我又道：「可是思想形態方面的不同——」

達寶在見到我們之後，一直笑容可掬的，可是這時，一聽得我提起這個問題來，他就現出了一陣苦澀的神色來，好一會，才道：「這個問題，我現在向你解釋，你也難以明白——」

他講到這裏，又頓了一頓，才又道：「等你到了目的地之後再說如何？」

我心中雖然疑惑，但是達寶一露面，就表現得十分誠懇，我實在沒有道理去逼他，是以只好點了點頭，表示同意。我心中的疑問實在太多，一個問題他暫時不想回答，第二個問題早已衝口而出：「你們每一個人都有著化身？」

達寶「哈哈」笑了起來：「這是我們繁殖的方法，本來你們對這種繁殖法是一無所知的，但終於有人研究出來了，單相博士就是你們之中傑出的人物之一，還有美國的胡高博士——」

白素「啊」地一聲：「無性繁殖法！」

達寶道：「是。首先你們發現的，是植物無性繁殖法，如今，已進步到動物的無性繁殖法，培養一顆細胞，可以達到出現另一個完整、複雜生命的目的。」

我和白素互望了一眼，不由自主，各自吸了一口氣。我們兩人，不約而同，同時想起達寶溫室中那些「怪植物」來。

我性急，先問道：「在你的溫室中，有一個苗圃，裏面有四棵——」

達寶糾正我的話：「是四個，不是四棵。」

我再吸了一口氣，想問甚麼，但是由於心中的駭異太甚，竟至於問不出口來。

達寶道：「那是取自我身上單一的細胞，培育了四個月之後的情形。」

我失聲叫了起來：「天，他們……他們……不是植物，是嬰兒！」

達寶低嘆了一聲：「你對於生命的界限，還是分得太清楚，植物和嬰兒，一樣是生命，我早已對你說過，你總是不明白。」

我不由自主在冒著汗，伸手抹了一下：「那麼，我摘下了其中的一塊來——」

達寶道：「那個生命，被我毀滅了，事實上，我因爲急於離去，三個生命全被我毀滅了，你倒大可不必內咎。」

我像是呻吟一樣：「天，可是他們……有根，在泥土中，他們……」

我一面說，一面不由自主，向達寶的雙腳之下望去，看看他的腳下，是不是也長著根。

達寶看到我的古怪神情和動作，「哈哈」大笑起來：「在胚胎的發育過程中，早期，我們的胚胎，有著明顯的植物性。這就像你們的胚胎，早期有尾巴，幾個月之後就消失了一樣，你想在我腳下找根，就像我想在你身後找尾巴一樣，當然只好失望。」

我勉強笑了一下，我的心中，其實一點也不覺得好笑。完全是另外一種的生命形式，這是令人的思緒極度紊亂的一件事。

白素皺著眉：「人——我們這種人的繁殖方式，是產生一個或多個完全不同的人，外形和思想方面，上一代和下一代之間，或者有點相同，但決不會完全一樣。你們的上一代和下一代的外形是完全一樣的，思想方法——」

達寶望著船尾濺起的水花：「這個問題，牽涉的範圍很廣，和衛先生剛才那問題一樣，我想還是等到適當的時機再向你們解釋的好。」

我不知道為甚麼，白素顯然也不知道，何以一接觸到思想這一方面的事，達寶便不願立即回答。我只好又問道：「你們消失，何以如此快？我明明聽見你們早半分鐘還在交談，忽然之間就失去蹤影，你們消失用甚麼方法——」

達寶笑著，道：「根本沒有消失，那是一種僞裝的本領，我們就在灌木叢之前，蹲著，看起來和灌木一樣——」

我大聲道：「不可能，人裝得再像，也不會像樹——」

可是我說到一半，就突然停下來。那種說法，只是對我們而言，他們不同，他們有一半是植物，我見過在溫室之中，他們雜在植物之中，就像是植物一樣的情景，甚至連顏色都像。

一想到這裏，我只好嘆了一聲，不再說下去。

這時，小船已轉入一條支流，離山很遠了，那支流是一條山溪，水流十分湍急，小船逆水而上，速度一點也不減低。

我向前看去，巍峨的山峰，就在眼前，小船分明要循著這道山溪，直向山中駛去。我道：「你們一直聚居在這樣隱蔽的地方？」

達寶道：「是的，自從我們失敗，而且知道沒有勝利的機會，就一直這樣。」

我聽得大惑不解：「失敗？甚麼失敗？」

達寶盯著我，好一會，才道：「你總會明白——」

他講了這樣一句之後，忽然話鋒一轉：「中國有一篇記載，叫桃花水泉開始處的記載，你當然知道。」

我見他又避而不答，心中有氣：「甚麼桃花水泉開始處，從來沒聽說過。」

達寶一聽得我這樣回答，現出極其詫異的神色來，白素輕輕碰了我一下，低聲道：「桃花源記。」

我不禁又好氣又好笑：「哦，桃花源記，對不起，是有這樣一篇記載，一個著名的文學家所寫的一種他認爲理想的社會，純粹是想像。」

達寶望著我：「從來也沒有人想到過，這篇記載是真有其事的？」

我瞪著眼：「當然有人想到過，不過那地方找不到了，很多人去找過，失敗了，『後遂無問津者』，你明白這句話的意思麼？」

達寶道：「當然明白，以後沒有人再去找——這篇記載流傳了上千年，奇怪的是，其中有一個問題，你們一直未曾去深究。」

我想開口，白素又輕輕碰了我一下：「請問是甚麼問題？」

她問得十分謙虛，不讓我開口，多半是爲了怕我問出甚麼蠢問題。

達寶道：「根據記載，是幾家人家，躲到了那個地方去，一直住了下來。如果是這樣的情形，長期的近血緣繁殖，會使後代變成白癡，哪裏還有甚麼理想社會可言。」

我的眼瞪得更大，這算是甚麼問題，我已經幾乎想將這句話衝口而出了，但是卻忍了下來，因爲在剎那間，我想到了達寶提出來的這個問題，的確十分嚴重。桃花源中的那些人，最早的血緣關係簡單，除非不結婚生子，不然，下一代不可避免，全是近血緣交配，到後來，會產生甚麼樣的後果，醫學上早已有定論。

達寶爲甚麼會突然提出這樣一個問題來呢？我還在想著，白素已然道：「你的意思是說，那一群人，和你們一樣……」

我幾乎直跳了起來：「在那個隱蔽的地方的那群人，他們……他們……」

達寶道：「是的，就像我們如今居住在深山之中一樣。」

他一面說，一面伸手向前指著。我剛才說話說出了神，根本未曾注意身外的環境，等他伸手一指，我抬頭一看，才吃了一驚。

小船仍然在山溪的急流中逆流而上，可是山溪已變得十分窄，水也更急，兩旁高聳的峭壁，就在眼前，近得幾乎伸手就可以碰得到。

而就在我一吃驚之際，小船陡地一轉，衝進了一道瀑布，小船衝過的速度極快，以致我們的身上，竟然沒有甚麼濕。

一衝進了瀑布，是一個大山洞，相當黑暗，水聲轟然，小船仍在前進，我不知道說甚麼才好，白素向我湊近來，在我耳際低聲唸道：「晉太原中武陵人，捕魚爲業——」我實在不知道是生氣好，還是笑好，白素的心情看來比我輕鬆得多。

航行約莫十多分鐘，眼前豁然開朗，山溪的水勢也不再那麼湍急，又變成了一道河流，四面山峰高圍，是一個小山谷。

在那小山谷的平地上，沿著河，有許多式樣十分優雅的房舍，最高的也不過三層，有的大，有的小，在一幢最大的建築物之前，是一個十分平整的廣場，廣場中心，是一個極大的噴泉。

我從來也沒有見過這樣壯觀的噴泉，那股主泉，足有三十公尺高，粗可合抱，水聲轟發，在灑下來的時候，令得噴泉下的水池，濺起無數水花，幻出一道又一道的小小彩虹，好看之極。

在那股大噴泉之旁，是許多小噴泉，每股也有十公尺高下。最妙的是，在每股噴泉上面，都頂著一棵像是水浮蓮那樣的植物。力道一定經過精密計算，植物就在噴泉的頂上開枝散葉，隨著噴泉的顫動而擺搖，可是卻又並不落下來。

植物的根，就在噴泉之內，看來又細又長，潔白無比，一直下垂著。這種利用噴泉的水，以「水耕法」來養育植物的方式，我以前從來也未曾見過。

整個小山谷，極度怡靜，使人心胸平和。我和白素，都不由自主，深深吸著氣。剎那之間，我們心中都有同一個感覺：如果世界——真有世外桃源的話，那麼，這裏就是。

世界上多的是風景美麗的地方，我也曾到過不少，但從來也沒有一處，使我感到如此舒適和鬆弛。我和白素互望著，又向達寶望去。

達寶也正在望著我們，我道：「這裏——」

達寶道：「這裏，暫時是我們的地方，甚麼時候會失去它，全然不知道。」

我聽出在達寶的話中，充滿了傷感的意味，或者說，是一種極度的無可奈何。

白素忙道：「那怎麼會，這裏那麼美麗。」

達寶的神情多少有點苦澀，他望著噴泉幻出來的虹影：「中國的蘆溝橋，何嘗不美麗，可是侵略者的炮火，就從那裏開始。」

我和白素呆了一呆，一時之間，弄不明白達寶何以作了一個這樣的比喻。而達寶在說完了這句話之後，已經將小船的速度減慢，很快就在一個碼頭上，停了下來，作了一個請上岸的手勢。

我和白素上了岸，四周圍靜到了極點，除了噴泉所發出的水聲之外，幾乎沒有別的聲響。這時，我的心情，雖然在一種極舒暢的境地之中，但是多少也不免有點疑惑。因為我處身在一個極度陌生的，甚至不可想像的環境之中，接下來，會發生一些甚麼事，全然不可測知。

為了使氣氛變得輕鬆些，我一上岸，就笑著向達寶道：「我以為會有盛大的歡迎。」

達寶苦笑了一下：「不會有。事實上，是否讓你們到這裏來，曾有過極其劇烈的辯論，只是極小數字的多數表示贊成，我本人就反對，但是少數服從多數，一直是我們之間的原則。」

我攤手道：「為甚麼？原來我們是破壞者？」

達寶望了我一眼，欲語又止，白素道：「不要緊，你想說甚麼，只管說好了。」

達寶轉過頭去：「不單你們是，你們都是。」

他的話說得相當含糊，我還想再問，但是白素輕輕碰了我一下，不讓我開口。達寶又說了一句：「請跟我來。」

我和白素跟著他向前走去，白素低聲道：「他們，我的意思是，他們那一種人，都視我們這一種人爲敵人。」

我點了點頭，明白了達寶剛才那句話之中，第一個「你們」，是指我和白素兩人而言，第二個「你們」，則指所有的人而言。

白素頓了一頓：「或許也可以說，我們和他們如果對敵的話，他們一定不是對手。」

我皺起了眉，望著白素。白素忽然嘆氣，而幾乎是同時，走在我們前面的達寶，他顯然聽到了白素的話，也嘆了一口氣。

這表示他們兩人，幾乎在同時，想到了同一件、值得令他們發出嘆息聲的事，但是我卻不知道他們爲甚麼而嘆息。

我向白素投以詢問的眼色，白素一點反應也沒有。就在這時，一幢建築物之中，走出了幾個人來。我看全是熟人。走在最前的是奧昆，跟著的是白遼士、文斯、連能，最後的一個人，一出建築物，就張開嘴，哈哈大笑著，向我走過來，他雖然出得最後，可是卻走得最快。這個人，我雖然知道他在這裏，可是一到就能見到他，也很出於我的意料之外，他不是別人，正是馬基機長。

馬基的神情，看來極其愉快，滿面紅光，和我第一次遇見他，在街頭醉得面青唇白時，和我再次見到他，在拘留所中那種呆若木雞的情形，簡直完全換了一個人。

他一面笑著，一面向我奔過來，到了我的面前，就用力握住我的手，搖著：「想不到吧？」他說著，向白素望去：「我也有想不到的事，想不到你這小子的妻子，那麼美麗！」

我被他那種快樂的情緒所感染，在他肩頭上打了一拳：「你甚麼時候變得油嘴滑舌起來了？」在講了這一句話之後，我壓低了聲音：「馬基，你的處境怎樣？」

不論他看來是如何快樂，馬基來到這裏，總是被「他們」強擄來的，爲了關心他，我不能不有此一問。

馬基聽了，仍是呵呵笑著：「在這裏講話，不必壓低聲音。我很好，很好。一生之中，從來沒有那麼好過，這是以前想也想不到的好。」

他一再強調他如今很好，而且看來，他那種發自內心的快樂，也絕不像假裝出來，我實在沒有理由懷疑。他又轉向白素，握著白素的手，去吻白素的手背。奧昆等幾個人，都微笑地望著他。

奧昆這個人，我自從第一次見到他起，就有著敵意，在機場的那幕，更是不愉快之至，但這時，他的微笑也絕不是假裝出來，他首先向我走來，伸出了手。我和他握著手：「真對不起，我令你放棄了副總裁的職位。」

奧昆笑道：「那算甚麼，再也別提，來，請進來，請進來。」

我和白素，在他們的帶領之下，進了那建築物，裏面十分素雅舒適，穿過了一個廳堂，進入了一個像是會議室那樣的大房間。

建築物之中，到處都種著植物。我說那間大房間「像是會議室」，是因為通常來說，會議室的氣氛，多少帶一種嚴肅、爭論的味道，但是進入了這間大房間，卻絕沒有這樣的感覺，反倒令人覺得極其和諧，像是在這裏，根本不會有不能解決的問題。

房間中已經有七八個人在，一看到我們進來，都站了起來，奧昆提高了聲音：「各位，衛斯理先生、夫人！」他說著，率先鼓掌，房間裏的各人也鼓掌。奧昆接著，一個個介紹他們的名字。

我不將他們的名字一一記述出來，那沒有意義。而我這時，也知道了這房間中的人，看起來雖然和我們一模一樣，然而他們是另一種人，和我們完全不同的另一種人。

在這樣的情形下，照常理來說，我應該有極度的戒備心，但是當時，我全然沒有這樣的感覺，就像是置身於一群多年不見的老朋友之間。我起初還在想，或許是由於這些人的神情，都十分誠懇、和善。但是我立即否定了自己這種想法。任何人的一生中，都可以遇到面上神情和善、誠懇的人，也幾乎是任何人，都會有被這種神情的人在背後刺上一刀的經驗。我所以全然毫不戒備，完全是另一種原因。在當時，我說不出所以然來，只是覺得心情上既然如此輕鬆，何必戒備？

各人寒暄一番，坐了下來，有人送來了一種極其清甜可口的飲料，和一盆一盆香甜的點心，奧昆首先道：「衛先生和衛夫人，對於我們是甚麼人，已經了解得相當清楚——」

白素道：「不，其實一點也不了解，一切只是我們的推測，達寶先生和我們說了一些，但還不能說了解得很透徹。」

奧昆略靜了一會：「決定了請你們來，我們同時也決定了對你們兩位，不再對我們的秘密作任何保留。」

我道：「謝謝你們對我們夫婦的信任。」

奧昆揮了揮手：「我們十分願意信任任何人，雖然我們因之而吃了不知多少虧，甚至於瀕臨全體覆滅，但是對於兩位，我們還是願意信任，絕對願意。」

我本來還想說一兩句客套話，可是又怕再說錯，心想不如讓白素說的好，誰知白素甚麼也不說，又只是輕輕嘆了一口氣。

奧昆喝了一口那種飲料：「我們是另一種人，是地球上出現得最早的高級生物，在我們進化到差不多和現在一樣的時候，地球上有各種動物、植物，但是，人遠遠未曾出現，只有一些哺乳類動物，才堪稱是高級生物——」

我聽到這裏，不禁立時站了起來，揮舞著手，想說甚麼，但是不知說甚麼才好。白素在我身邊，輕輕拉了我一下，我只好又坐了下來：「對不起，我無意打斷你的話，但又實在太驚訝了。」

奧昆道：「這不能怪你，因爲地球上的人，一直以爲只有一種，不知道早在他們進化成人之前，已經早有了另一種人。」

我喃喃地，像是在夢囈一樣道：「你們……是怎樣進化來的？」

奧昆苦笑了一下：「進化的程序如何，已經無法知道，就像你們純動物人，也不知道自己如何進化成人。何況，我們的文化，發展到最燦爛的時期，就因爲純動物人的出現，而不斷遭到了浩劫，以致許多文化上的成就，早已散佚，無法追尋。」

我用力在頭上拍著，又大口喝著那種在感覺上可以令人頭腦清醒的飲料：「這樣說來，你們是由於不能適應環境——」

奧昆搖頭道：「不。」

他否認了之後，停了片刻，才又道：「請聽我作最簡單的循序敘述，好不好？」

我只好點頭，表示同意。

奧昆用手指輕敵著桌子：「事實上，我們極能適應地球的自然環境，地球的氣候，對我們來說，十分適合，我們不怕冷——我們的外形，和你們完全一樣，即使作解剖，也分不出甚麼不同，所不同的，是細胞結構，那要在顯微鏡下才看得出。當然，我們的細胞結構，保存了某些植物的特性，有葉綠素，能自己製造維生素丙，呼吸的反循環，氧和二氧化碳交替，等等，但這些都在外形上不能分別出來。」

第十三部：浩劫

他說到這裏，向我和白素望來。

白素道：「這些，我們都可以明白，請問，你們已存在了多久？」

奧昆搖著頭：「不知道，很久很久，兩位請注意，我們如今剩下來還在地球上生活的，爲數已不很多，劫後餘生，所以我們對於自己的過去，實在不可能知道得太多。」

我忍不住道：「你屢次提到災劫，那究竟是甚麼大災劫？地球的冰河時期？」

奧昆道：「冰河時期對我們來說，全然不成災劫——」

奧昆講到這裏，達寶忽然插口道：「其實，冰河時期，可以說是我們災劫的開始。」

他們兩個人的說法，互相矛盾的，我不知道該聽誰的好，奧昆卻點頭道：「也可以這樣說，地球出現冰河時期，我們已經有相當數量，而那時候，根本還沒有你們這種純動物人。冰河時期一開始降臨，地球上的生物，除了我們之外，全都遭到了災劫。我們不但自己可以安然度過冰河時期──那時，我們的文明和我們本身的條件，對付冰河時期這樣的變化，已綽然有餘。」

我心中悶哼了一聲，沒有說甚麼，因爲那時候，他們的文明進展到了甚麼地步，連他們自己也弄不清楚，不過我卻可以了解到，他們本身的條件是主要的，在南北極的冰原之上，也有苔蘚生長，植物的生命力，本來就強得很。

奧昆續道：「地球上各種生物，在冰河時期，紛紛死亡，當時我們做了一件事──」

他講到這裏，又停了下來，望著他面前的那杯看來晶瑩透徹的飲料，慢慢轉動著杯子，緩緩地道：「可能是一件最大的錯事。」

我張大了口，「那是甚麼事」已經要衝口而出了。可是在我身邊的白素，又碰了我一下，不讓我開口，我只好忍了下來。

奧昆嘆了一聲：「那時，我們開始挽救因爲環境變化而在死亡邊緣掙扎的生物。我們竭盡了一切力量，來保存當時地球上的高級生物，尤其集中力量保存哺乳動物。」奧昆講到這裏，聲調之中，有一股莫名的悲哀。白素發出了「啊」的一下驚呼聲，聲音雖然不是很大，但也足以表示她內心的震驚。奧昆立時向她望來：「衛夫人一定已經知道這樣做法的結果怎樣了？」

白素的聲音聽來相當低沉：「是，結果，那些動物度過了冰河時期，而其中的某一種哺乳動物，持續進化，形成了靈長類的動物，再進一步，就進化成人。」

奧昆道：「是的。」

聽到這裏，我不禁大聲抗議：「那算是甚麼錯事，那是大大的好事。」我說了之後，人人都以一種相當怪異的目光望著我。我還想再說甚麼，這次倒不是白素阻止我，而是馬基，他道：「衛，別亂下結論，你再聽下去。」

奧昆卻不理會我說甚麼：「冰河時期在新生代的第四紀，那時，地球上的一些高山，如喜馬拉雅山，還只是在初形成的階段，真是太久遠了。」

白素感嘆：「那麼久……」

奧昆又道：「衛夫人說得對，當哺乳類動物，進化到了靈長類，出現了猿人，再進化到了原始人的過程中，我們的確出了不少力，致力於提高他們的智力，教他們做許多事，幾百萬年過去，原始人再進化，變成了人，一種和我們截然不同的人：

純動物人。」

奧昆講到這裏，又嘆了一聲：「如果在新生代第四紀的冰河時期，我們的祖先不致力於搶救高級哺乳類動物，結果是——」他遲疑了一下，沒有講下去。白素接口道：「不會有純動物人。」

奧昆道：「也許。」

在他講了這兩個字之後，又是一段沉默。然後，奧昆的聲音聽來十分沉重：「當純動物人——」他頓了一頓，向我指了一下，「你們，進化到一定程度之後，我們的災難就開始了。」

我仍不知他的「災難」何所指。奧昆又嘆了一聲：「地球上有了兩種人，其中的一種，在本質、思想方法上，全然沒有侵略性，根本不懂得保護自己，也根本從來不必保護自己，因爲在他們之間，根本不會去侵犯別人。但是純動物人卻不同，他們充滿了侵略性，在我們看來，全然是不可思議，在他們的思想之中，卻天經地義。」

奧昆的語調，越來越沉重。我也不禁有點吃驚，因爲我開始明白了奧昆所說的災難是甚麼了。

奧昆又喝了一口飲料：「開始的時候，情形極其可怕，那是人和人之間一種原始方法的互相殘殺。如果是兩個純動物人互相殘殺，結果還不至於那麼悲慘。但由於兩種人的外形，完全一樣，當兩種不同的人在一起，純動物人手中的石矛，已經割斷第二種人的大動脈，被割斷動脈的，還根本不知道發生了甚麼事情！估計在不到十萬年之間，我們的人數，便已損失了百分之九十以上！」

我「咯」地一聲，吞了一口口水，望著奧昆，望著達寶，望著白遼士，望著他們全體。

我實在想不出甚麼話來說，只感到一種莫名的悲哀。

兩種人一起生活在地球上，一種，已經有了高度文明，全然不知道攻擊別人，一種，才進化而來的純動物人，有攻擊他人的天性。

這兩種人共同生活的結果，可想而知，那等於是一個配備最精良的軍團，去進攻一個完全不設防的城市——達寶曾講過的話。

奧昆望了我半晌：「我們的祖先，實在沒有辦法可想，只能逃避，不斷逃避。純動物人進化得十分迅速，在不斷進化之中，他們的動物性，也在進化，他們殘害他人的本領也更大，不但會面對面殘殺，而且會欺騙、引誘，去達成殘殺的目的，而我們全然不懂得這些卑劣行徑——」

奧昆停了一下，向我、白素和馬基三人望了一下：「對不起，我用了卑劣這個形容詞。」

馬基喃喃地道：「卑劣、醜惡，你再用多一點也不要緊。事實上，人類的語言之中，還沒有甚麼恰當的字眼可以形容人性的卑污。」

聽得馬基這樣講法，我當然感到極度不舒服，可是，我卻無法反駁。

奧昆苦笑了一下：「在接下來的年月中，我們的處境更加悲慘，由於純動物人迅速繁殖，我們的祖先繼續逃避，但有時仍不能避免整族滅亡，那情形，就像是在海灘上用木棍去打殺毫無抵抗力的小海豹。」

我又發出了「唔」的一下聲響，奧昆在這樣講述的時候，聲調固然沉重，但那種情形，對他來說，究竟是十分遠的事。當時，他們那種人，如何在毫無抵抗的情形之下，死在純動物人的各種手段之下的悲慘情形，那是誰也描繪不出的。

我叫了起來：「幾十萬年，甚至超過一百萬年，你們就不能學得聰明點？學會點保衛自己的本領？」

奧昆沒有回答，白遼士悶哼了一聲：「當人拿著鋸子去鋸一株樹的時候，樹有甚麼法子反抗？」

我說道：「樹是樹，人是人，而且，即使是植物，也有保護自己的能力，仙人掌就長滿了刺，不讓野鼠囓咬。有一種植物叫荊棘，甚至還長滿了毒刺，不讓動物去碰它。」

白遼士道：「是。可是我們面對的，不是普通的動物，而是越來越聰明的純動物人，一大片荊棘，可以阻住普通的動物，但是純動物人淋上火油，再放火來燒，有甚麼辦法保護自己？」

我瞪著在房間中的每一個第二種人，過了好一會：「現在，你們至少變得聰明點了。我就曾被你們用麻醉劑迷昏過去。」

達寶嘆了一聲：「這是幾百萬年下來，我們爲了生存所能做的最大限度的對他人的侵犯。而且，我們顯然做得不夠好，是不是？」

我想起自己被麻醉劑弄昏過去之後的情形，不得不同意達寶的說法。

房間中又沉默了片刻，奧昆才又道：「情形越來越壞，一直到了純動物人開始有了雛形的文明，那是大約五六千年前的事——」

我忙說道：「等一等，你的意思是，兩種人一直一起生活在地球上？」

奧昆道：「你不應該對這種情形表示懷疑，我就是一個航空公司的副總裁。」

我望了白素一眼，白素的神情也有點異樣，我只好向奧昆道：「請你繼續說下去。」

奧昆道：「我們一直處於下風，不論我們怎樣逃避，有的逃入深山，有的混在純動物人之中生活，竭力遮瞞自己的真正身份，但是，在鬥爭中，在奸謀中，在殘酷的戰爭之中，我們總是失敗，不斷地失敗，人數也在不斷地減少，不斷減少——」

我陡地站了起來。

或許是由於我的神情十分激動，所以我一站起，每個人都向我望了過來。

我道：「這不通，你們的繁殖方法，我在達寶的溫室中見過，一個人可以化成不知多少個，沒有理由會人數越來越少。」

在我發表了我的意見之後，又是至少有三分鐘的沉默，然後，奧昆道：「第一，這種繁殖法，無性繁殖法，還是近一千年才發現的，第二，我們全體，在多少年的失敗之後，都產生了一種極度的悲觀情緒，不論我們表現得如何出色，結果幾乎無可避免地慘死在純動物人種種的殺人方法之下，我們之中絕大多數人，根本已不想再去繁殖後代，給純動物人殺戮。」

我發出了「啊」地一聲，這的確是一個無可比擬的悲劇。白素吸了一口氣：「你曾提及『出色』，我能知道他們的名字？」

奧昆幾乎連想都沒有想，就說出了七八個人的名字來。我在聽了那幾個人的名字之後，也呆住了。

那些由奧昆口中說出來的人名，我也無意寫出來，但他們是出色之極的人，那是毫無疑問的事。然而他們之中，有的被燒死，有的被毒死，有的被釘死，有的……

那些人，幾乎都是在人（純動物人）的殘酷天性下的犧牲品，而且殘酷手段的花樣之多，令人嘆為觀止，無法形容。

奧昆望著我，這一次，我和他相對苦笑，想起「他們」的遭遇，心情實在無法不沉重。

沉默維持了好一會，我向白素望去，發現她的眼中，有淚花在轉動。我慢慢移動自己的手，放在她的手臂之上。

達寶苦笑了一下：「我們是學得聰明了。我們的方法是，幾乎不繁殖後代。因爲我們人口的增長，只不過是給純動物人增添新的食糧。」

我低聲抗議：「我們……也不吃人的。」

達寶直視著我：「吃人，並不單指把人肉放在口中咀嚼，我相信你會知道我所說的『人吃人』的意思。」

我只好跟著苦笑，我當然明白「人吃人」是甚麼意思。在我們這個人類的社會之中，每時每刻，都在發生著吃人的事件，有的人吃得人多，「肥」了。有的人，簡直就叫人整個吃掉了，有的人，被吃得半死不活，只要一有機會，一樣還會去吃比他更弱的人，整個社會，整個人與人的關係，就是不斷的互相嚙吃的循環！

白素的聲音聽來十分低沉：「那麼，你們至少應該學會保護自己。」

奧昆道：「我們每一種保護自己的方法，都無法抵擋純動物人的進攻。純動物人可以毫不猶豫地因爲本身的利益，而奪走同類的性命——一直以來，我們的存在，只有極少人知道，純動物人在殺戮進攻的時候，不知道我們，你們殺異類，也殺同類。我們最後的決定是，我們盡量揀隱蔽的地方居住——」

白素低嘆了一聲：「可是，可供你們躲藏的地方，越來越少了。」

奧昆道：「是的，少得太可憐，所以我們同時，也混在純動物人之中生活，盡量揀一些比較優秀的職業，純動物人之中，畢竟也有少數不是那麼具侵略性，我們可以勉強生活下去。」

我道：「像你們幾個，就隱藏在一家航空公司之中。」

白遼士道：「是。我們一共是五個人，我們加入純動物人的社會，由我們的上一代決定。當我們離了嬰兒時期，就像是純動物人脫開了臍帶之後，我們的外形，看來和純動物人絕無分別，我們的智力發展，比純動物人來得快。在二至五年之間，可以獲得普通純動物人十五到二十年的知識，然後，我們就出現在孤兒院的門前，經孤兒院收養，我們的來歷無可追尋，可以安全生活在純動物人之中。」

我攤了攤手：「除非恰好被選中了來作向石灰水吹氣的試驗。」

達寶吸了一口氣：「我們一直戰戰兢兢，努力掩飾著自己的真正身份，要是我向石灰水吹氣，只怕世界上的人都要來研究我。」

我已經早知道了達寶不肯向石灰水吹氣的原因，可是我不知道當日，馬基機長在機艙之中，看到了甚麼，才導致他要求緊急降落。

我用疑惑的眼光，向馬基望去，馬基聳了聳肩：「當時，白遼士他們在我的身邊，我真是宿醉未醒，這一點，我絕對承認，可是當我偶然轉過頭去，看到坐在我的身邊的白遼士——」

他講到這裏，頓了一頓：「天，白遼士，當時你究竟在幹甚麼？我一直未曾問過你，爲甚麼你的臉，會突然變得那麼綠？爲甚麼你的頭髮，會突然像蛇一樣地扭起來？」

白遼士攤了攤手：「我其實甚麼也沒有做，只不過機艙內的氣壓，使我感到不舒服，我需要一些額外的二氧化碳，於是，我的身體就出現了這樣自然的反應。這是我們和純動物人不同之處。如果那時，你以爲自己真是醉了，那就沒事了。」

馬基深深吸了一口氣：「我知道自己沒有醉，我知道我看到的不是……我們這樣的人，是另一種人，我叫起來，指著你，達寶就過來按我，我打他，連能、文斯也一起過來對付我，我只好要求緊急降落。」

馬基道：「唉，如果不是我們繼續在糾纏，降落時，就不至於那麼狼狽，死了不少人。」

文斯移動了一下身子：「我們知道身份被你看穿了，不得不保護自己。」

文斯看來一直不是很愛開口，他在講了那句話之後，停了一停，又道：「很感謝你，你並沒有將我們的真相講出來。」

馬基道：「我講出來，誰會相信？」

我道：「看來你們也相當會保護自己，編織了那樣一個故事來誣陷馬基機長。」

文斯、連能、白遼士和達寶四人，現出了一種忸怩的神情。達寶道：「我們沒有存心害他，我們早已決定，要請馬基機長到這裏來，現在看來，馬基機長顯然很喜歡我們這裏。」

馬基機長「呵呵」笑了起來：「再也找不到比這裏更理想的退休居住地點。」

馬基機長的話，倒是實情，對一個退休的人來說，這裏的平靜舒適，簡直是天堂。

馬基又向我靠近了些，壓低了聲音，吐了吐舌頭：「別怪我，當你在高空飛行，一轉過頭去，忽然之間看到你身邊的人，臉色碧綠，頭髮向上揚起，你會怎樣？」

我想了一想：「我會慌亂，要求緊急降落。」

馬基長長地鬆了一口氣，彷彿我的回答，解決了他心中多時的疑團。他點著頭，喃喃地道：「連你也只好這樣，那證明我沒有做錯。」

我看出他在航機失事之後，心理負擔很重，一直在心中認為那是他自己的過失。他在受拘捕期間，甚麼話也不說，當然主要原因是他認為他的遭遇，說出來也不會有人相信，但另外一些原因，只怕也是由於他心中的內咎，使他感到根本不必再說甚麼。

他心中的那種內咎，在聽到了我的回答之後，完全消除。我輕拍著他的肩頭：「當然，你沒有做錯甚麼。」我在講了這句話之後，頓了一頓，才又道：「你還使我們知道了，在地球上，有第二種人的存在。」

我只不過隨便這樣說說，想不到奧昆他們，都表現得十分緊張，奧昆立時道：「衛先生，你不會將我們的存在，公布出來吧？」

我望著他們緊張的神情，嘆了一口氣：「放心好了，就算我公布出來，地球上還有一種人，是循另一種進化程序而來的高級生物，有著動物和植物混合的特性，你猜結果是甚麼？」

奧昆的神情顯得十分猶豫：「我……不知道。」

我像是開了一個成功的大玩笑一樣，哈哈大笑了起來，說道：「我會被當作一個瘋子，關進瘋人院去。」

我以為我的解釋，已經再明白也沒有了，但是看他們幾個人的情形，還是有點擔心。我看出他們對我玩笑式的態度，並不是如何欣賞，正想再解釋一下，白素已然以十分誠懇的聲音道：「各位放心，能蒙你們請到這裏來，付以信任，絕不會做對你們任何不利的事情。」

奧昆吁了一口氣：「別見怪，實在是多少年來，我們上當上得太多了，請你們來將我們的一切，講給你們聽，對我們來說，是極大的冒險。」

我道：「事實上，你們現在很安全。」

奧昆苦笑著：「誰知道能維持多久？」

白素先作了一個手勢，然後道：「請你原諒我的好奇，你們……你們現在，大約還有多少人？」

奧昆他們互望了一眼：「不到三千人。」

我和白素不禁同時發出了「啊」的一聲。不到三千人！這實在極其可怕！他們一度是地球的主人，是最先進的生物，可是，如今的孑遺，只是三千人，而純動物人，有四十二億之多！

難怪他們如此致力於掩飾自己的行藏，要是一旦被四十二億人知道了他們的存在——一想到這裏，我也不由自主，打了一個寒戰。

白素道：「我在達寶的溫室中，見過你們的繁殖方式，你們其實可以——」

白素猶豫了一下，像是不知該如何措詞才好，達寶已經道：「關於我們的人口，不想增加太多的原因，已經解釋過了。」

白素「嗯」地一聲：「你們每一個人，都有相同的一個……化身，那是繁殖的結果？」

達寶道：「是的，但那只是我們幾個混跡在純動物人中生活的人，才有這樣的情形。」

白素又道：「你們四個人，曾在飛機出事之後，在機場附近，駕著車，撞倒了一個人——」

白遼士等四人互望了一眼：「這件事，我們心中一直十分抱憾，那人——」

白素道：「受了傷，沒事。」

白遼士鬆了一口氣：「當時，飛機失事，心中極其慌亂，我們實在不知道怎樣才好，所以就用一種特殊的通訊方法，通知了他們四人，他們外形和我們相似，完全是獨立的另一個人。我們想向他們四人求助，看看是不是有甚麼方法，可以令我們在困境中得到助益。後來，我們又看出馬基機長比我們更慌亂，所以又通知他們離去。他們在離去途中，撞倒了那位先生，真是意外。」

我和白素互望了一眼，白素道：「我曾遇到的白遼士先生——」

白遼士笑道：「那不是我——」

他說著，做著一個奇異的手勢，同時有極短的時間，像是在凝神沉思。接著，房間的門推開，一個人走了進來，神情笑嘻嘻地，突然向白素一伸手，手中有一柄極其精緻的小手鎗。

他手中那柄小手鎗的鎗口，對準了白素，他立即扳動鎗機，「拍」地一聲響，鎗口中有火燄燃燒起來，那是一隻槍形的打火機。

他笑著：「衛夫人，你好！」

我看看進來的這個人，又看看白遼士，這兩個人，一模一樣，世界上有相似的雙生子，但是他們的相似，和雙生子絕不相類，他們根本是一個人，完全一樣。可是，卻又可以看得出他們不是一個人，因爲外形上雖然一模一樣，但性格方面卻不同。

白遼士很穩重，而進來的那個人，卻顯然十分活潑，愛開玩笑。

白素笑著，就那柄精緻的小手鎗口冒出來的火燄，點著了一支煙，吸了一口：「你好，我應該如何稱呼你才好？」

那人攤著手，道：「名字是沒有意義的，你如果喜歡，就叫我白遼士第二好了。」

白素道：「隨便，二世先生，你那天，是想將我帶到甚麼地方去？那個海灣，後來我去了，甚麼也沒有發現，只看到了一個採紫菜爲生的可憐老人。」

二世本來一直是笑容滿面的，白素也沒有講錯甚麼，可是他的臉色，卻突然變得陰沉起來，而且，在極短的時間之內，他的臉上，浮現了一種暗綠色。

我已經知道，當他們的臉上，浮現那種顏色之際，是他們的內心激動或憤怒的表示，就像純動物人的臉紅一樣。

白素也呆了一呆，不知道自己的言語之中，有甚麼地方激怒了他。二世又「哼」了一聲：「那個卑劣的老人。」

白素十分驚訝，道：「那個老人，他……對你做了甚麼卑劣的事？他是一個可憐的貧窮的人，為生活而掙扎，他對你做了一些甚麼？」

二世向奧昆等人望了一眼，像是在徵詢他們的同意，是不是該說些甚麼。奧昆道：「衛先生和夫人，他們可以信任。」

馬基叫了起來：「我呢？」

奧昆及所有人，都不出聲，過了片刻，連能才道：「機長，你在這裏，自然是我們的朋友。」

連能這樣說，說來說去，還是表示不相信馬基，我以為馬基一定要十分生氣，誰知道他在呆了一呆之後，嘆了一口氣：「對，在離開這裏之後，我對我自己的行為，也不敢擔保，我們……畢竟是充滿了動物的劣性的，那也不是我一個人的錯。」

我有點氣憤，瞪著馬基：「別妄自菲薄，我體內也不見得有葉綠素，我就不以為自己有甚麼卑劣。」

馬基顯然不想和我爭執，只是搖了搖頭，又嘆了一口氣。我轉向二世：「好了，那個採紫菜的人，對你作了一些甚麼？」

二世先吸了一口氣：「像那個採紫菜的人，我雖然明知純動物人的性格，但還是忍不住去相信他，認為在他那樣的情形下，一定是不會再去傷害別人，可是結果，你看——」

二世講到這裏，彎下身，撥開他頭後面的頭髮。每一個人立時可以看到，他後腦上的頭髮，少了一片，在少了頭髮的地方，是一個相當大的疤。

這樣的一個疤，略有經驗的人看來，一望而知，是一件硬物撞擊所造成。當時撞擊的力量，可能還相當大，一定曾頭破血流。

我一看到那個疤，就叫了起來，道：「別告訴我疤是那個採紫菜的人造成的。」

白素向我提及過那個採紫菜的人，二世的體格魁偉雄健，怎麼會任由人襲擊？

二世嘆了一聲：「很對不起，就是他，就是這個我認爲要用全副同情心去幫助他的那個人。」

我漲紅了臉，還想說甚麼，白素重重撞了我一肘：「請問經過的情形怎麼樣？」

二世指著奧昆他們：「他們喜歡飛行，我們幾個，喜歡航海。我說我們幾個，就是五個人，樣子和他們一樣的。」

白素道：「是，你們有一艘白色的船。」

二世點頭道：「不錯，那般船，從設計到製造，全由我們自己動手，那是一艘好船——」

我實在有點忍不住：「別說你那艘船，說說你頭上的疤。」

二世道：「這艘船，停在海邊，我們由這艘船上登岸。我去會見衛夫人，目的本來是想邀請衛夫人到船上去，向她說明一切，但後來，我改變了主意，我怕我們的秘密會就此洩露。所以——」

我道：「所以，你安排了撞車。」我指著白素：「她幾乎被你撞死。」

二世忙道：「絕不會，我經過精密的計算，知道可以令得她暫時失去知覺，但是不會有任何損傷。事實的確是這樣！」

我不禁無話可說，事實，的確是這樣。

白素道：「當時你使用的是甚麼方法？」

二世的神情，像是一個做了一件頑皮事情而被捉住了的頑童一樣，又忸怩，又有點得意，他道：「甚麼方法？不過是催眠術罷了。」

白素搖頭道：「催眠術？我自己在這方面的造詣十分深，你不可能這樣輕易就將我催眠的。」

二世搖著頭，道：「你們的催眠術，在我們看來，就像是科學家看小孩子一樣，太幼稚了。」

我又想說話，但白素又立時制止了我：「你的意思，是你們在思想控制方面——」

二世大搖其頭：「思想控制？這個名詞，用得十分不當，我們絕不想控制任何人，只不過我們的腦電波比較強烈，我們的通訊——」

他說到這裏，停了一停，又向奧昆他們投以徵詢的眼色，我在這時，陡然省起：「你們的通訊方法，可以利用腦電波來進行？」

我之所以陡然問出這樣一個問題來，是因爲我想起了剛才，在二世進來之前，白遼士曾有極短的時間，一副全神貫注的模樣，接著，二世就推門而入。

由於二世的樣子，和白遼士全然一模一樣，一看到了他，不免會引起一陣驚愕，所以將白遼士的特異神態，忽略了過去。同時，也沒有想及何以白遼士並沒有作出任何的反應，二世就在恰當的時間進來。

如今想起來，分明是白遼士的精神一集中，二世就受到了感應，所以就出現了。

二世笑道：「是的，我們可以用思想互相感應的方法來通訊。」

白遼士道：「這也就是我剛才提到過，在飛機失事後，我所用的特殊通訊方法，當時他們恰好在附近，所以可以到來。」

我吸了一口氣，這種用腦波感應的通訊，在我們純動物人之間，不是沒有，但是被視作一種極其神奇的力量，看來在他們之間，極之普通。

我又問道：「隔多遠都可以？」

二世道：「有一定的距離限制，一百公里左右，沒有問題。」

二世又撫摸了一下腦後的疤：「我見過幾次那個採紫菜的人，覺得他很可憐，送了他一些錢，好讓他的生活過得好些。」

我道：「那沒有甚麼特別，我們一樣會做同樣的事。」

二世作了一個手勢，示意我別打斷他的話頭：「我給了他錢，來到海邊，坐著，還在繼續想是不是要再和衛夫人接觸，那人已來到了我身後，用一塊石頭，重擊我的後腦，令我昏過去，將我剩下的另一半錢搶走了。」

我和白素互望，苦笑。

二世一定是在給那採紫菜的人錢的時候，將他所有的鈔票，取了出來，分了一半給對方，一半放回自己的口袋之中，所以才會有這樣的事發生。

這樣的事，幾乎每天都會發生。你幫助了一個人，這個人非但不感激，反而倒過來害你，或者，用種種不同的方法，需索更多。

那麼普通的事，每天都在發生的事，正是由純動物人的卑劣本性所推動。

在純動物人和純動物人之間，發生這樣的事，雙方都有一定的防禦和進攻能力。但是發生在一個純動物人和一個動植人之間，後者就一點防禦的力量都沒有。

我和白素都無話可說，二世道：「幸好他以為我死了，搶了錢就逃，如果他夠鎮定，蹲下來好好看一下我，我的秘密，或許就被他揭穿了。」

他們的腦電波強烈，可以互相通訊。他們是地球上最早出現的高級生物。如今地球人的文明，最早期，由他們的傳授而來。他們的科學進展，雖然因爲人口大量喪失而不會進步得太快，但是他們所掌握的知識，遠在我們之上。

可是他們卻沒有能力保護自己免受侵略。他們的悲劇命運，是注定了的。

二世和那個採紫菜的人相比，二世優秀了不知多少倍，可是兩個人，一旦面臨原始的爭鬥，二世就全然不是對手。別說那人是在背後用石頭砸他，就算是當面用刀刺他，只怕二世也會不知所措，不知如何才好。

直到這時，我才明白他們的真正悲劇根源。

房間中的沉默，維持了相當久，我首先站了起來，拍著馬基機長的肩：「希望你在這裏，感到快樂，我們要告辭了。」

所有的人都站了起來，我和白素站在一起，我神情嚴肅：「各位放心，我絕不會做任何對各位不利的事情，請相信我，一個純動物人所作的承諾。」

奧昆說道：「當然相信，雖然，我們仍然認爲這是一項極大的冒險。」

二世喃喃道：「純動物人的承諾，承諾……」

他沒有對我的承諾作甚麼批評，但是他心中想說的是甚麼，我倒可以了然。我也無法作甚麼進一步的保證，只好假裝聽不見。

奧昆道：「要不要看看我們這裏的詳細情形？」

白素道：「好的，你們的存在，實在夢想不到，能進一步了解一下，求之不得。」

達寶走前兩步，打開了門，我們一起走出了房間，走出了建築物。

在接下來的時間中，我和白素參觀了許多建築物，看到了約莫一百多個「第二種人」，並且在太陽下山之後，參加了一個極其愉快的野火會，和他們無拘無束地度過了一個愉快的晚上，然後，仍然由達寶駕著小船，送我們出去。

到小船衝出瀑布之後，另一艘船已停在河邊，由我們自己駕駛離去。

尾聲

事情到這裏，本來已經結束，但是有幾件事，還是不得不說一說。

我和白素，在離開了之後的第三天，又曾回來過，循著達寶帶我們前來的舊路，穿過瀑布，在山洞之中轉來轉去，全然無法找到途徑通到那個小山谷去。

我們回去的目的，是想把他們的情形，用攝影機拍攝下來，同時我還有一點私心，是想用一柄小刀，趁他們之中任何人不覺，刮下他們的一點皮膜，看看是不是可以用細胞培育法，培育出一個第二種人——這樣做，顯然對他們不利——這已經違反了我的承諾。

無法找到他們的聚居地之後，我又曾費了相當長的時間，去觀察自己接觸的每一個人，想再發現一個第二種人，一直到完全沒有結果時，我又第二次違反了承諾，將和他們打交道的經過，寫了出來。

他們的存在，一直是一個極度的秘密，一寫出來，當然對他們不利。

難怪當日，二世曾咕噥道：「純動物人的承諾！」雖然，我明知道，告訴世人，地球上有第二種人的存在，他們優秀，他們是動物和植物的結合，循另一種途徑進化，那不會有人相信。更多的人，會嗤之以鼻，當作是胡說八道。

我不想再作進一步解釋，但是要再提醒一下，看看一開始就講過的那個笑話。

用望遠鏡去看登陸月球的太空人，絕看不到。

在四十二億人中，要看第二種人的機會也太少了。

或許你的身邊，就有一個第二種人，多留意一下他們的臉色，當他們的臉上，忽然呈現一種暗綠的顏色時，不必害怕，他們不會傷害你。

甚麼時候見過一朵花去傷害另一朵花？只有動物，才會互相殘殺。

（完）

新年

序言

「新年」這個故事十分有趣，是一個短篇，很有幾分寓言的意味，寫人內心的貪慾，一連串故事中的一個主要人物——傑克上校——就此失蹤。

衛斯理故事在「新年」之後，輟寫了一段相當長時期，大約有六年，六年之後再寫的，風格上頗有改變。

這次重新校訂，並沒有能按照發表的次序，「新年」之後還有幾個故事，算是舊作。

倪匡

第一部：自天而降的金鑰匙

小時候，看兒童讀物，每逢過年，總有一兩篇文章，解釋爲甚麼叫「過年」。據說，「年」原來是一種十分兇惡的野獸，每到了一定的時間，出來一次，見人就吃，所以到了這一夜，家家都不睡覺，防守著。「年」這頭兇猛的野獸，又怕紅色和吵鬧聲，所以家家的門口，都貼上紅紙，大燒炮仗。到了第二天，人互相見了面，看到對方還好端端地，沒有給「年」吃了去，於是，互相拱手道賀，恭喜一番。

這種傳說，現在的兒童好像不怎麼歡喜，至少，很少有介紹這種傳說的兒童讀物。

「年」如果是一種兇猛的野獸，那麼，這種野獸，究竟是甚麼樣子的呢？像獅子，還是像老虎，牠的胃口究竟有多大，究竟要吃多少人才能飽，爲甚麼不多不少，每隔三百六十多天出來一次？傳說究竟是傳說，這些問題，因爲根本沒有人回答得出，所以也不可深究。但是，過年仍然是過年，過了這一夜，大家見面，還是要恭喜一番。

街上的人很擠，人人都有一種急匆匆的神態，好像都在趕著去做甚麼事，但這些人是不是真有甚麼重要的事要去做，王其英對之甚有懷疑。

所有人都繁忙，王其英是例外，他斜靠在鐵欄上，鐵欄在人行隧道的出口處，各種各樣的人，像潮水一樣湧出去，只有他懶洋洋地靠著鐵欄，甚至還有空打上幾個呵欠。

王其英打了兩個呵欠，拍了拍口，幾個人在他面前，一面大聲講著話，一面走過，王其英不想動，因爲他根本沒有地方可去。

他是一個流浪漢，白天，到處坐，到處走，到了晚上，就找一個隨便可以屈身子的地方躺下來，然後，又是第二個明天，這就是他的生活。

很少人注意他，偶然有人看他一眼，也全是可憐的神色。然而王其英卻不覺得自己可憐，也反而以爲那些在街上匆忙來往，不知道爲了甚麼而奔波的人，比他更可憐得多！

不過，有一點是最麻煩的，這一點，他和其他所有人，沒有分別，他會肚子餓。而現在，他肚子餓了！

他經常肚子餓，每當他真感到肚子餓的時候，他就不再站著，而是坐下來，將頭上戴的破帽子，放在面前，坐上一小時，或者兩小時，破帽子內，可能會有十幾枚硬幣，他就可以解決肚子餓的問題。

王其英很不願意那樣做，可是，他的肚子卻逼著他非那樣做不可，他嘆了一聲，摘下帽子來，抓著亂草一樣的頭髮，蹲了下來，放下帽子低下頭，閉著眼睛。

有多少硬幣拋進他的破帽子來，他可以聽得到，一枚、兩枚、三枚，經過的人多，硬幣也來得快些。然而突然間，他呆住了，那一下聲響，不像是一枚硬幣。

他抬起頭來，向帽子裏看了一眼，他看到了一柄相當大的鑰匙，鑰匙上有一塊兩寸見方的膠牌。他再抬起頭來，向前看去，想看清楚是誰拋下了這柄鑰匙的，可是他看到的，只是潮水一樣來去的人，他甚至不知道拋下鑰匙的人，是從哪一邊來，又走向哪一邊的。

王其英伸出手，將那柄鑰匙，取了起來，一條短鍊，和金光閃閃的鑰匙，拿在手裏，沉甸甸地，很重，好像是黃金的。

王其英呆了一呆，他才想到，這枚鑰匙是金的，也已看清了夾在附在短鍊上的那塊膠牌，是兩層的，當中夾著一張紙。

在那張紙張上，寫著很工整的一行字：

「這枚鑰匙是黃金的，如果你賣了它，可以換來一個時期比現在豐裕的生活，但是——」

寫到這裏，下面便是一個箭嘴，表示還有下文。在紙的另一面，王其英用力扭斷了膠片，將紙取了出來，打開，紙的第二面上，寫著：

「如果你照這個地址，在新的一年來臨之前的一剎間，午夜十二時，開門進去，將會有你絕對料不到的事發生。朋友，你自己選擇吧！」

再下面，是一行地址。

王其英呆住了，這是怎麼一回事？怎麼會有這樣的事發生的？不是甚麼人在和自己開玩笑吧？

一想到「開玩笑」，王其英不禁苦笑了起來，自從他變成了流浪漢之後，所有的人，忽然之間，都變成陌生人了，除了頑童站得遠遠地向他抛石頭之外，他還想不起有甚麼人會和他開玩笑。

而且，那也實在不像開玩笑，這柄鑰匙，看來真是黃金打造的，而且，可能有三兩重，如果賣了它，真可以過幾天舒服的日子。

至少，他可以再嚐嚐睡在床上的味道，他已經很久沒有睡在床上了。雖然有人說，金錢只能買到床，不能買到睡眠，但是王其英卻可以千真萬確地知道，同樣睡不著，在床上睡不著，比在水泥地上睡不著好得多了。

一想到這一點，王其英連忙將這柄鑰匙，緊緊握在手中。人仍然像潮水一樣，在他面前經過，他的破帽子裏，已經有了七八枚硬幣，他將那七八枚硬幣，揀了起來，戴上帽子。多少年來，他沒有那麼急急地走路了，他夾在人潮中，向前走著，走過了很多條街，才來到了一條橫街的金舖之前。

他一下子就衝進了金舖，等到金舖中的所有人，都以一種極其異樣的眼光望著他，他才想起，自己破爛的衣服和黃澄澄的金子，實在太不相配。

爲了怕人誤會，他連忙先攤開了手，他一直將那枚金鑰匙抓在手裏，一打開手掌來，自然人人可以看到他手中的那柄金鑰匙了。

他走向櫃檯，笑了一下：「老闆，請你看看，這個有多重，値多少？」

一個店員，仍然充滿了疑懼的神色，但總算伸手，在王其英的手中，取過了那柄鑰匙，在一塊黑色的石頭上，擦了一下，看著，神情更加吃驚，像是手中捏著的，是一條毒蜈蚣一樣，忙又放在王其英的手中：「走，走！到別家去！」

王其英整個人都熱了起來，登時漲紅了臉，大聲道：「為甚麼？我想賣給你們！」

店員的聲音更大：「我們不收賊——」

他那一句話沒有講完，另一個店員，就拉了拉他的衣袖，那店員也沒有再說下去，轉過身去，沒有再理王其英。王其英聽出那店員沒有講完的話是甚麼，他拍著櫃上的玻璃：「你以為這是我偷來的？你口中說乾淨一點，別含血噴人！」

幾個在金舖中的顧客，都帶著駭然的神色，走了出去，王其英還在鬧著，一個警員已走了進來。

一看到警察，王其英就氣餒了。

一個流浪漢，每天至少有三次以上被警察呵責趕走的經驗，久而久之，就養成了一種習慣，一看到了警察，就會快點走開。

進來的那個警察，身形很高大，才一進來，就一聲大喝：「幹甚麼？」

王其英一句話也沒有說，頭一低，向外便鑽，當他在那警察的身邊擦過之際，警察一伸手，拉住了他的一隻衣袖，王其英一掙，衣袖被扯了下來，王其英飛快奔出了金舖。而等到那警察追出來時，王其英早已奔出了那警察的視線範圍以外了。

他其實並沒有奔得太遠，只不過奔了一條街，一面奔，一面回頭看著，所以，他一下子，撞在我的身上。

我正因爲有一點事，要在這條狹窄的橫街找一個人，所以一面走，一面在抬頭看著門牌，王其英撞了上來，我才知道，我被他撞得退開了半步，立時伸手抓住了他：「你幹甚麼？」

王其英連聲道：「對不起，先生，真對不起！」

我那時，並不知道他叫甚麼名字，可是他的情形，一看就知道是一個流浪漢，而他出言倒十分斯文，是以我「哼」了一聲，鬆開了手，繼續向前走去。

他向我望了一眼，忽然跟在我的後面：「先生，我有一件事，想請你幫忙。」

我望了他一眼，他已將那柄金鑰匙遞到了我的面前，道：「先生，請你看這個！」

我略呆了一呆，在他的手中，拿起那柄金鑰匙來，一上手，就知道那是真金的，所以我又打量了他一下，雖然我沒有說甚麼，但是我臉上的神情，卻是很明顯的，所以王其英立時道：「不是偷來的，先生，是人家給我的，隨便你給我多少錢。」

我掂了掂那柄金鑰匙，搖頭道：「對不起，除非你說得出是甚麼人給你的。」

王其英苦著臉：「我不知道，真的，我蹲在街邊，等人施捨，忽然有人拋了這柄鑰匙給我，對了，還有這一張紙！」

他摸索著，將那一張紙摸了出來，我看著紙上的字，也不禁呆了半晌。

這種事，好像不是現實世界中會發生的，那應該是童話世界中的事情！這種事很吸引人，試想，一柄金鑰匙，一個神秘的地址，落在一個流浪漢的手中，而憑這柄鑰匙，就可以進入這個神秘的地址之內，誰也不知道，進入那裏之後，會發生甚麼事。

我望著王其英，雖然我一眼就可以肯定，那柄鑰匙，的確是純金的，同時我也立時，斷定了那是一個騙局。看樣子，王其英像是一個知識分子，這一切，可能全是他編出來的。

而這一柄純金的鑰匙，只不過是騙局開始時的「餌」而已。不過一時之間，我也想不出，他使用這樣的「餌」，究竟想得回些甚麼。

自然，我既然認定了那只是一個騙局，不會有興趣再研究下去，當然也不會介入。所以，我只是向王其英笑了笑，同時，含有警告意義地對他道：「如果是這樣，那麼，你還是保留這柄鑰匙做一個紀念吧，不必再到處去找人聽你的故事了！」

王其英的臉，紅了起來，他囁嚅地道：「你不相信我？」

我仍然笑著：「算了吧！」

王其英苦笑了一下：「先生，我是一個知識分子，你不相信我，不要緊，但是我說的是實話。」

我沒有再理睬他，自顧自向前走去，可是他仍然跟在我的後面，我開始感到有點討厭了，回過頭去，對他怒目而視，他又開口：「先生，我姓王，叫王其英。」

他講到這裏，略頓了一頓，我「哼」地一聲，已經在我的神情上，表示了極度的討厭。

王其英仍然繼續道：「雖然我亟需要變賣這柄鑰匙，我希望有一點錢，但是，不會有人肯出錢向我買的，在這個社會中，人和人之間，沒有信任，沒有人會相信一個陌生人的話，沒有，那真可怕。」

他忽然之間，發起對社會的牢騷來了，這倒使我有點啼笑皆非，我當然不會和他去辯論甚麼，只是冷笑了一下：「你和我講這些有甚麼用？」

王其英道：「我既然賣不出去，就只好照那張字條上所說的地址，去試一試運氣了！」

我態度仍然冰冷：「悉隨尊便。」

他苦笑了一下：「請你——」看他的樣子，他像是想向我提出甚麼要求來，但是他只講了兩個字，就揮了揮手：「算了，現在，誰會關心一個陌生人，算了！」

他一面揮著手，一面現出極度茫然的神色，緩緩轉過身，向前走去。

在我看到他臉上出現如此茫然的神色的那一剎間，我真想出聲叫住他，想問問他，究竟對我還有甚麼要求，但是我終於沒有出聲，而他也漸漸走遠了。

我略呆了一呆，繼續去找我要找的人，辦完了事，回到了家中，也不再記得王其英這個人了。我看過那個地址，但是由於我當時完全沒有加以任何注意，所以，我也沒有記住它。

又過了幾天，離年關更近了，街上的行人看來更匆忙，人人都忙著準備過年，傍晚，我自繁盛的商業區出來，在擁擠的人叢中走著。

突然間，馬路上行人一陣亂，不但四下奔走，而且還在大聲呼叫著。那情形就像是有一頭兇猛之極的野獸，忽然闖進了人叢之中一樣，有兩個人在我身邊奔過，他們奔得如此之急，幾乎將我撞倒。

而在他們奔過之後，我也看到爲甚麼忽然會如此亂的原因了。有一個人，分明是瘋漢，手中持著一柄足有一呎多長的牛肉刀，正在喊叫著，揮舞著，亂揮亂舞，已經有兩個途人受了傷，其餘的途人，只顧自己逃命，沒有一個人去幫助受傷的人。

那瘋漢繼續在向前奔著，看樣子，再讓他這樣瘋下去，會有更多的人受傷，我連忙脫下了大衣，向著那瘋漢，奔了過去，奔到了那瘋漢的前面，那瘋漢陡地舉起刀，向我劈面砍了過來。

在那一剎間，我陡地呆了一呆！那瘋漢這時的神情，十分猙獰可怖，但是不論怎樣，我卻還是認得他的，他就是幾天前，我在街上遇到過的那個流浪漢王其英！

那陡地一呆，幾乎要了我的性命，他手中的刀，已然砍到了我的面前，我幾乎已聽到了周圍所發出來的那一下嘆息聲，幸而我反應靈敏，就在那一剎間，我手中的大衣，也揚了起來。

牛肉刀砍在我揚起的大衣上，沒有砍中我，我飛起一腳，已然踢中了他的小腹，緊接著，一拳揮出，擊中了他的下顎。

王其英立時跌倒在地，在他跌倒的時候，手中的刀，也已經脫手，落在地上，當他還在地上掙扎的時候，警察也趕到了，兩個警察立時將他制服，一個警察問我道：「你爲甚麼和他打架？」

我望著那警察，真想一拳打上去，但是我還是心平氣和地道：「我不是和他打架，這個人拿著刀，在街上亂斬人，我是制止他的！」

很多人圍上來看熱鬧，但是那警察好像還是不相信我的話，向四周圍大聲道：「是不是有人願意作證？」

那些人，在湧上來看熱鬧之際，頭頸伸得極長，眼突得極出，身子儘量向前擠，唯恐落後，但是當警察一問，他們的眼睛沒有神采了，脖子也縮回去了，沒有一個人出聲，而且，我剛才還看到有兩個人受了傷的，那兩個人也不知道甚麼地方去了！

王其英已被兩個警察，反扭著手臂，捉了起來，他低著頭，一聲不出。

那警察道：「先生，請你跟我們到警局去一次。」

那警察的話，聽來倒是很客氣，但是卻也令人感到極度的不舒服。

人倒並不是做了一件好事，一定想得到應有的褒揚，但是也決沒有人，在做了一件好事之後，會高興受到懷疑的態度所對待。

我抖開了大衣，大衣上有一道裂口，但是我還是穿上了它：「好吧。」

到了警局，辦完了手續，再出來時，天色已經完全黑下來了。這時候，我忽然明白，何以所有的途人，在被問到是不是願意做證人的時候，沒有一個人願意出聲的道理了，那瘋子是陌生人，被斬傷的也是陌生人，誰肯爲了陌生人來招惹麻煩？

才出警局大門，一輛警車駛進來，車中有人向我大叫道：「喂，你又來幹甚麼？」

我向警車內看了一眼，看到了傑克上校。

我道：「沒有甚麼事，我在街上，制服了一個操刀殺人的瘋子，那瘋子傷了兩個人，但是我卻被帶了來，幾乎被懷疑是殺人兇手。」

傑克上校對我的話，一點也不感到奇怪，輕鬆地笑了笑：「再見！」

警車駛了進去，我苦笑了一下，繼續向前走去，可是走不到兩步，一個警察追了出來，大聲叫道：「等一等！」

我站定，轉過身來，這時候，我的忍耐，真的已到了頂點了，可是那警員所說的話，卻使我感到訝異，警員奔到我的身前站定：「那個瘋子，他堅持要見一見你，他吵得很厲害。」

我想了一想：「他爲甚麼要見我？我想，我不必去見他了！」

那警員望著我：「當然，我們不能強迫你去見他，可是那瘋子卻說，他認識你！」又是那種充滿了懷疑的眼光，人在這種懷疑的眼光之下，簡直是會神經失常的。

我道：「傑克上校才進去，如果主理這件案子的人，對我有任何懷疑，可以向傑克上校，詢問有關我的資料，我會隨傳隨到！」

我沒有向那警員說及我和王其英「認識」的經過，我根本不想說，立時轉身，向前走去。

天很冷，天黑之後，街上的行人，都有一種倉皇之感，在路上走，本來是不應該有甚麼異特感覺的，但是我忽然感到有一點恐懼。這種恐懼感的由來，是我想起了白天在街上的那一幕，那麼多人，看來好像是一個整齊而有秩序的整體，但是，可以斷定，其中的一個，忽然口吐白沫，倒在地上的話，決不會有人向之多看一眼。

那麼多人在街上走，但事實上，每一個人都是孤獨的，每一個人，和獨自一個人，在荒涼的月球上踱步，相差無幾。而如果讓我選擇的話，我寧願選擇在月球上獨自踱步，當你肯定四周圍絕沒有別人的時候，至少，可以不必防範別人對你的侵犯。

我忽然又發現，不但冷漠，還有懷疑和不信任，我相信我自己一定也不能例外，我腳步加快，只求快一點離開擁擠的人叢。

回到了家中，關起門來，心裏才有了一種安全感，可是就在這時，電話鈴突然又響起來。

我實在有點不願意聽電話，可是電話鈴不斷響著，我嘆了一聲，走過去，拿起了電話來，傑克上校的聲音，我是一聽就可以聽得出來的，他的聲調很急促，不等我出聲，就道：「衛，看來又有一件很奇怪的事，你一定有興趣。」

我略停了一停，才道：「我未必一定有興趣。」

也許是我口氣聽來很冷淡，所以傑克也窒了一窒，語氣也沒有那麼興奮了，他道：「你應該有興趣，這件事，和你也有一點關係，那個在街上被你制服的瘋子，他說了一個很無稽的故事。」

我多少有點興趣了：「我知道這個故事，在幾天之前，他就對我說過，是不是和一柄鑰匙、一個神秘地址有關的？」

傑克上校高叫起來，道：「你對於這個人的事，究竟知道多少？」

我道：「不多，但可能比你多。」

上校立時道：「衛，請你來一次，這件事很值得商量，請你來一次！」

我打了一個呵欠，用很疲倦的聲音道：「對不起，我不是你的部下，而且事情與我無關，不過，如果你想知道多一點，我歡迎你來。」

傑克上校苦笑了一下：「你這種脾氣，甚麼時候肯改？」

我笑了一下：「只要我不必求別人甚麼，這個脾氣很難改。」

上校道：「好，算你說得有理，你在家裏等我，我立刻就來。」

我放下電話，來回踱了幾步，心中也感到十分疑惑，在這樣的大城市中，一個瘋漢，在路上操刀殺人，根本不是一件新聞，一年之內，至少也有十幾宗，這種事，何必勞動傑克上校這樣的警方高級人員來處理呢？

第二部：大批珍寶價值連城

上校說，王其英向他說了一個荒誕的故事，自然就是那枚金鑰匙和那個神秘地址，那麼，王其英的發瘋，是不是和這件事有關呢？

我想了一會，坐了下來，聽著音樂，直到門鈴響，我走過去開門，打開了門，我不禁呆了一呆。

我早就知道傑克上校要來，所以看到了他，是沒有理由吃驚的，可是我想不到的是，在上校的後面，還跟著很多人，好大的陣仗。

在他身後的，是兩個高級警官，再後面，是四個警員，還有幾個穿著便衣的人，押著王其英。王其英的身上，穿著一件白帆布的衣服，是神經病院給瘋人穿的那種，袖子上有繩子，將病人的雙臂，緊緊地縛在一起。

一看到那麼多人，我立時道：「嘜，這算甚麼？」

傑克上校攤了攤手：「沒有辦法，你既然不肯來，自然只好我們來了！」

我苦笑了一下，上校可真算是惡作劇的了，我只好後退了一步：「請進來！」

傑克上校和所有的人，全走了進來，王其英在街頭操刀傷人的時候，樣子十分駭人，可是這時候，他卻低著頭，一聲也不出。

那兩個便衣大漢，站在王其英的身邊，想來是準備一有異動，就可以制服他。我仍然皺著眉，問傑克道：「你帶這麼多人來我這裏幹甚麼？」

傑克向我作了一個手勢，示意我先別發問，他轉過頭，大聲叫道：「王其英！」

王其英像是沒聽到傑克的叫喚一樣，仍然低著頭。傑克又叫了他一聲，問道：「你將那柄金鑰匙怎麼了？」

王其英震動一下，抬起頭來，卻不望向傑克，而向我望來。他望了我一眼，才道：「我賣不出去，只好到那地方去！」

傑克問道：「到了那地方之後，發生些甚麼事情？」

王其英呆了一呆，他的雙眼發直，看來就像是死魚珠子一樣，十分駭人。瞪了半晌眼，他忽然怪笑了起來，不斷地笑著，而且越笑，聲音越是難聽，到後來，簡直不像是在笑，而是在哭了。

傑克上校揮著手，大聲道：「行了，行了！」

王其英倒也聽話，上校一喝，他立時止住了笑聲，雙眼又發起直來，傑克上校又問道：「那地址是甚麼地方，你告訴我。」

王其英仍然發著呆，一點沒有反應，傑克上校轉過頭來：「你看，他是真瘋，不是假瘋，專家已經檢查過他，我可以斷定，他神經失常，是和他到那地方去有關。」

我已經知道，繼續下來，傑克上校要問我甚麼了，我皺住眉，在竭力想著，可是真要命得很，王其英曾給我看過那張字條，可是，寫在上面的地址，我實在是記不起來了，真記不起來了！

傑克上校果然問道：「衛，你和他見過面，知道他到的是甚麼地方？」

我嘆了一聲，將那天晚上，我和王其英在街上遇到的事，和傑克講了一遍，當傑克現出興奮的神色之際，我嘆了一聲：「我實在記不起那地址來了！」

傑克瞪大了眼睛望著我，一臉不相信的神色。

他望了我片刻，才道：「你的記憶力十分超人，我不信你真會記不起來。」

我向傑克攤了攤雙手：「我當時完全沒有留意，因爲我根本不相信他的話，等一等，我記起來了！」

我真的記起來了，多少有一點印象，傑克上校立時雙眼發光，我道：「是安德臣路。」

傑克上校忙道：「幾號？幾樓？」

我苦笑道：「上校，我只有一點極薄弱的印象，是不是安德臣路，我也不能肯定，可能是安遠路，也可能是達成路，可能是安德魯路，幾號幾樓，我真的記不清了，爲甚麼你不要精神病專家，誘導王其英講出來？」

傑克上校道：「我們試過，完全失敗，而且專家說，短期內不會有希望。」

我道：「那就慢慢來好了，何必這樣緊張？」

上校嘆了一聲，道：「本來倒是可以慢慢來的，但是事情很古怪——你見過他的那柄金鑰匙麼？」

我點頭道：「見過，當時他願意低價賣給我！」

傑克上校又問道：「你看過那鑰匙是金的？」

我道：「是的，我可以肯定，但當時我想，那是一個騙局的開始，所有的騙局都有餌，而越是誘人的餌，騙局就越大。」

傑克道：「是的，但是你對這些東西，又有甚麼意見？」他說著，自一隻公文包中，取出一條相當寬的皮帶來，這條皮帶，我倒有記憶，當我在街上打倒王其英的時候，看到王其英圍在腰際，那是一條黑色的、兩吋寬的皮帶。這時，上校取了出來，我很奇怪，道：「這條皮帶怎麼了，有甚麼不妥？」上校將那條皮帶遞了給我，我一接過手，就覺得這條皮帶，厚得出奇，足有半吋，也相當重，我望了上校一眼，將皮帶放在桌上：「這條皮帶，可能有夾層。」

上校道：「是的，你目光很銳利，那麼，請你打開這皮帶的夾層來看看。」

既然肯定了皮帶的夾層，要打開來看，也不是難事，我找了一找，就拉開了皮帶的一端，皮帶自中揭起，一條變成了兩條。

而在皮帶變成了兩條之際，我整個人都呆住了。皮帶的夾層，並不是全空的，而是根據藏在夾層中東西的大小而鏤成一個個空格，每一個空格，大小不一，最大的那個，有兩平方寸，在這個方格之中，是一塊可以說是十全十美的黑色閃山雲。「閃山雲」就是普通稱之為「奧浦」的那種寶石，以黑色的最罕見，而所謂黑色，其實也是一種接近深紫色的色澤，再加以其他的變幻無定的色彩，真是美麗得難以形容。我從來就喜歡珠寶，而且也見識過不少，像這樣的黑色閃山雲，我也見過，不過比起這一塊的大小來，簡直是小巫見大巫了。然而，這一方黑色的閃山雲，和其它的東西比較起來，卻也不算甚麼了。

在七個菱形方格中，是七顆顏色不同的寶石，包括有淺紅色、淺紫色和純青白色的最高級鑽石在內，估計每一顆都在三十克拉以上。

而在鑽石之旁的，是紅寶石、藍寶石和祖母綠，哥倫比亞的祖母綠，大塊的極其罕見，而這裏的七塊，每一塊都在四十克拉左右，碧綠的透明體中，有著極其易見的「蟬翼」。「蟬翼」是祖母綠寶石中一種裂紋的俗稱，也是鑑定祖母綠寶石的憑藉。

那些紅寶石的美麗，我無法形容，它們的形狀不一，有的呈梨形，有的是菱形，光輝奪目，看得人幾乎連氣也喘不過來。

我呆呆地望著，一聲不出。過了很久，我才聽到上校的聲音：「你的意見怎樣？」

我長長地吁了一口氣，道：「天，我從來也沒有在同一個時間內，見過那麼多，那麼完美的寶石！」

傑克上校道：「我還未曾找珠寶商去鑑定過，但是，那是真的，是不是？」

我又吸了一口氣：「如果假的寶石能製成這樣，還會有人去買真的寶石麼？這些東西——」

上校指著王其英：「是他的，或者說在他身上發現的！」

我立時向王其英望去，王其英仍然瞪著眼，一點表情也沒有，好像根本未曾看到眼前的一切。

傑克上校問道：「你看它們值多少？」

我搖了搖頭，道：「那太難說了，但是我想，這一條皮帶，足可以換繁盛商業區，十幢三十層高的大廈，連地皮一起算在內！」

傑克上校苦笑了一下：「現在你該知道，我爲甚麼一定要問這個地址來了，我相信——」

我立時打斷了上校的話頭：「那是不可能的，誰會將這些值錢的東西，送給一個流浪漢？」

上校大聲道：「那麼，這些東西，是哪裏來的？如果是他早已有的，他為甚麼還會在街頭流浪？」

我無法回答這個問題，相信除了王其英一個人之外，沒有人能夠回答這個問題，我向王其英走過去：「你認識我，是不是？」

王其英望了我半晌，才點了點頭。

我又問道：「你到過那張字條所寫的地址？」

王其英呆了很久，才又點了點頭。

我耐著性子等他點頭，才又問道：「在那地方，你見了甚麼人？發生了甚麼事？」

這一次，王其英的反應，來得極快，他陡地怪笑了起來，那情形和剛才，傑克上校問他的時候，一模一樣，不斷笑著，到後來，簡直是在哭了。

傑克上校又大聲喝道：「夠了！」

王其英又立時靜了下來。

我轉過身：「上校，你根據我記得的、可能的那幾條路名去調查，請將王其英留在我這裏。」

傑克考慮了一會：「好的，在你看來，這是一件甚麼性質的事？」

我苦笑著，搖著頭：「無法想像。」

上校道：「是不是有人想利用他來走私？」

我立時道：「絕不可能，沒有人會神經到將那樣值錢的東西，交給一個流浪漢的！」

傑克上校道：「所以我帶他來見你，是有道理的，你想在他的身上，探聽出甚麼來？」

我又向神情痴呆的王其英望了一眼，道：「現在我也不知道能在他口中探聽到甚麼，只好慢慢來。」

我轉頭對傑克上校道：「還有，你對於我說的地址，不必寄太大的希望，因爲我不確定是不是那條路！」

傑克上校望了我片刻，好像還有點不明白我這樣說是甚麼意思，然後才道：「好的，我只管去試試，不過這個人——可能有危險！」

他在說到這個人的時候，向王其英指了一指。

我微微一笑：「我還可以應付得了他！」

傑克上校又和那兩個看來是神經病院的人講了幾句，那兩個人點了點頭，這許多人都陸續離去，只剩下了我和王其英兩人。

我第一件事，就是取出了一柄小刀，割斷了綁住王其英衣袖的繩子，王其英的雙臂，垂了下來，他抬起頭來，很奇怪地望著我。

我向他攤了攤手：「王先生，我們可以好好談一談，請坐！」

我特地將「請坐」兩字的語氣加強，因為我不知道他是不是聽得懂我的話，因為看來他神經已然失常。

第三部：珍寶來源神秘成謎

果然，王其英聽得我那樣說法，只是呆呆地站著，一點反應也沒有。

我向一張椅子指了一指，又道：「請坐！」

這一次，他的反應好了些，轉過頭去，向那張椅子，望了一眼，他慢慢轉過身，向前走去，來到了椅子之前，坐了下來。

這使我十分高興，因爲他終於聽得懂我的話了，只要他可以聽得懂我的話，我們就可以交談，自然，我也可以弄明白他究竟遇到了一些甚麼事。

等他坐了下來之後，我倒了一杯酒給他，他也很正常地接過了酒杯，可是卻呆呆地望著我，我自己也舉著一杯酒，先當著他的面，一口喝乾了酒，他也學著我，一口吞下了半杯酒。

他喝下了半杯酒之後，吁了一口氣，神情好像活動了些，我儘量使自己的聲音，變得平和：「我們不是第一次見面。」

王其英沒有甚麼特別的反應，只是側著頭望定了我，像是在考慮我這樣問他是甚麼意思。

我又道：「你一定還記得，那天在街上，你撞在我身上，要將一柄金鑰匙賣給我。」

當我一講到「金鑰匙」三個字之際，王其英陡地震動了一下，抓住空酒杯的手，也有點發抖。

這使我更高興，因爲他對這件事，至少對這柄金鑰匙，已經有了印象。

我並沒有催促他，等著他的反應。我等了很久，才聽得他喃喃地道：「那柄金鑰匙，我要賣給人家，可是沒有人要……沒有人要。」

聽得他那樣講，我猜想除了我之外，他還曾試過去向別人兜售，但是結果，當然是賣不出去。

我吸了一口氣，正想說話，王其英的神情，突然變得激動起來：「爲甚麼！我講的每一個字，都是實話，爲甚麼沒有人相信，爲甚麼？」

他一面說，一面雙眼直盯著我！

我在他這種充滿責備的神色之下，感到十分不舒服。本來，我可以和他說一些別的話，但是他既然是一個不正常的人，我似乎不能用對付常人的辦法，所以我直截了當地道：「是的，沒有人相信你，當時我也不相信你，但我知道我錯了，你說的每一個字，都是真的！」

我在準備這樣說的時候，也只不過是爲了博取他的好感，使他能對我說更多的實情。我也想不到，他在聽得我那樣說的時候，竟然會如此之激動！

他陡地站了起來，用力拋開了手中的酒杯，緊緊地握住了我的手，顫聲道：「你相信我，你真的相信我？你真的相信我？」

他重複著同一個問題，而眼中現出十分懇切的神色來，我忙道：「真的，我相信你！」

王其英長長地吁了一口氣，然後，再向我靠近些，壓低了聲音，又道：「那麼，你是不是願意相信，我已經是大富翁了？」

如果我剛才，不是曾看到過那條皮帶之中所藏的那麼多珍寶，那麼，我一定以爲他是在胡言亂語，但是，那皮帶中所藏的那些珠寶如果全是屬於他的話，那麼，他當然可以躋身於富豪之列！

我吸了一口氣，他將我的手臂，握得更緊，像是唯恐我不相信一樣，我用很鄭重的聲音道：「是的，我相信，你是富翁了！」

他笑了起來，笑得十分純真，好像人家相信他是一個富翁，比他是一個富翁更重要。

他一面笑著，一面神態顯得更神秘：「我是富翁，他們不相信我，所有不相信我的人，我要殺他們，用刀斬他們！」

我呆呆地望著他，他的那種想法很奇怪，我不是一個心理學家，但是，我也因此可以想像得到，他之所以會在馬路上操刀傷人，自然是由於長期以來的抑遏，忽然之間，他成了巨富，可是卻沒有人相信他，因而造成極度的刺激所造成的。

我嘆了一聲：「其實那也不必，你不必要人相信你，自己成爲富翁就可以了！」

王其英陡地厲聲叫道：「不行，我要所有的人全相信我，我要給他們看我的財物！」

他一面說，一面伸手向腰際摸去。

在那一剎間，我已經知道有點不對頭了，他向腰際摸去自然是想取那條皮帶，而他在那時候去取這條皮帶，當然是知道皮帶之內，藏著甚麼的。

可是事實上，那條皮帶在傑克上校的手中，而不在他身上。當時傑克上校取走皮帶之際，他在極度失常的狀態之下，根本不記得有這回事，現在他已經比較正常一點，所以記了起來。

但如果他發現那條皮帶不在他身上的話，他會怎樣呢？我還未想到這一點的答案，事情已經發生了。

王其英先是一隻手摸在腰上，接著，兩隻手按在腰上，再接著，低下頭去一看。然後，他陡地發出了一下裂帛也似的呼叫聲，整個人，陡地向我撲了過來。

剎那間，他變得如此之瘋狂，甚至也不像一頭正常的野獸，而是一頭徹底發了瘋的野獸。

他一撲向前，雙手就向我的臉上，抓了過來，我一側頭，避了開去，總算沒有給他抓中臉，但是還是給他抓住了頭髮。

而自他臉上那種恐怖的神情看來，他真可能抓住我的頭髮不放，連我的頭皮都扯了下來的，所以我不能不自衛，我立時一拳揮出，擊向他的臉。

那一拳，我用的力道十分大，一拳擊中了他之後，手臂立時向上抬，撞在他的手腕之上，將他抓住我頭髮的手打脫。

王其英立時仰天跌倒，撞倒了一張沙發，人翻過了沙發，跌在地上，而我雖然打脫了他的手，頭髮也被他扯得十分痛，我不禁惱怒起來，厲聲道：「你幹甚麼？」

王其英倒在地上，掙扎了一下，看他的樣子，像是想站起來，不過可能我剛才的一拳實在太重了，是以他撐了一下，仍然跌了下去。

他伏在地上，號啕大哭起來，哭得如此之傷心，淚水如泉湧出，一面哭，一面叫道：「不見了，我的所有東西，全不見了！」

我一面搖著頭，一面向他走過去。

王其英仍然在不斷哭著、叫著，我來到了他的面前：「究竟甚麼不見了？」

他理也不理我，我陡地用力一腳，踢在他的身上，將他踢得打了一個滾。

想不到這一踢，居然起了作用，他在打了一個滾之後，坐了起來，不再號哭，只是望著我。

我又問他：「你甚麼東西不見了？」

王其英低下頭去，一聲不出。

我又道：「一條皮帶，裏面藏著價値無法估計的鑽石和寶石？」

王其英又陡地跳了起來：「是你偷走的！」

我用很冷靜的聲音道：「不是，東西在警方手裏，如果你能證明那是你的，毫無困難，就可以拿回來。」

王其英大叫了起來：「快帶我去，快帶我去拿回來，那全是我的，全是我的財產，那些東西全是我的！」

他奔了過來，拉住了我，拖我向外便走，看樣子是想將我拖到警局去，將「屬於他的財富」取回來。

我大聲道：「等一等，我有話要問你！」

王其英站定，雙手叉了腰，瞪大了眼，擺出了一副神氣活現的神情：「我現在是有錢人，你怎麼不聽我的話？」

我不禁又是好氣，又是好笑，道：「有一個古老的故事，不知道你聽過沒有？」

王其英頭向上一揚，自鼻子眼裏，發出「哼」地一聲：「誰耐煩聽你的故事？」

他還穿著瘋人院裏的衣服，而且，在他還是流浪漢的時候，我也見過他，不過這時候，他倒真的不同了，那副腔調，十足是一個大亨！

我瞪著他，道：「你有錢，是你的事。有富翁對窮人說：『我有錢，你應該聽我的話。』窮人問他爲甚麼，你怎麼回答？」

王其英道：「太容易了，我可以給他錢。」

我笑道：「給多少？」

王其英豪氣干雲：「給一半！」

我忍不住笑了起來，道：「故事中的那富人也這樣說，窮人回答道：『你給了我一半錢，我和你一樣了，爲甚麼要聽你的指使！』富人說：『我將我的錢全給你？』窮人說：『你的錢全給了我，我是富人，你是窮人，你應該聽我的指使了！』」

王其英望著我，呆了半晌，說不出話來。

我笑了一下，伸手拍著他的肩頭：「現在你明白了，有錢，當然比沒有錢要好得多，但是有了錢，並不等於有了一切，你明白麼？」

王其英坐了下來，喃喃地道：「可是，我真的有錢了，真正有錢了！」

我正色地道：「當你的神智不怎麼清醒的時候，我看到過那些珠寶，那是一些價值連城的珠寶，每一塊都不得了，你有印象？」

王其英的神情，顯得十分緊張，像是唯恐人家吞沒了他的珍寶一樣，大聲道：「我記得的，每一顆我全記得，一共是四十八顆，少了一顆也不行！」

我道：「不會少的，不過，這些價值連城的珠寶，你說是你的，可是來路不明！」

王其英像是被人刺了一刀也似地叫了起來：「怎麼來路不明，清清楚楚，是人家給我的！」

我已經用旁敲側擊的話，將話漸漸引到正途上來了，我立即問道：「好，那麼，是誰給你的？」

在剛才我和他一連串不停的對答之下，我想，只要我一問，他一定會立時回答我的，因為他急欲證明他的財富並非來歷不明，這其間，根本沒有時間去給他考慮是不是應該說。

但是，我卻料錯了。

當我一問出這個問題之時，王其英張開了口，看他的樣子，是想立即回答我的問題了，但是，他只張了張口，卻並沒有說出任何話來。

他只是張著口，搖了搖頭。我望著他，等他出聲，他終於出了聲，可是卻道：「我不能說。」

我立時道：「你說不出來，我想警方不會將這些東西給你，因爲你是一個流浪漢，你原來的財產，不會超過十元，而現在，你的財產，卻超過十億，你想想，就算你向任何法庭去投訴，相信最公正的法官，也不會將這筆財富裁定屬於你。」

王其英怔怔地聽我說著，等我說完，他現出極其傷心的神情來。

那是一種真正的傷心，絕不是裝出來的，他也不是想哭，而是一種極度的惘然和木然，那情形就像是一個人辛辛苦苦賺了很多錢，忽然在一夜之間，化爲烏有一樣。

我向他攤了攤手：「所以，你要想得回那些珍寶，一定要說出它們的來源，你可以告訴我，我能替你作證，使你得到它們！」

王其英的神經，看來又開始不正常了，他喃喃地道：「是我的，那些東西，全是我的！」

他一面說，一面雙眼發直，向外走去，我走過去拉住他，但是他的氣力變得極大，一下子就推開了我，在猝不及防之下，我被他推倒在地，而他卻向外奔去。

我曾看到過他在街上，操刀傷人，看來任由他奔到街外去，那是一件十分危險的事。我連忙打了一個滾，伸手拉住他。

那一拉，令得他也跌了下來，我立時用膝頂住他的背部，將他的雙臂反扭過來，用袖口的繩子，將他的雙臂反綁。

我將他綁起之後，雖然他在掙扎，我還是將他提了起來，拋在沙發上。

他一被我拋在沙發上就鎮定了下來，他低著頭，一動不動。

我又和他說了幾句話，但是他只低著頭，一聲也不出。

我嘆了一口氣，在他的對面，坐了下來，就在這時，電話鈴響了起來，我拿起電話就聽到傑克上校的聲音，他怒氣沖沖地道：「喂，你和我開甚麼玩笑，全市都找不到安達臣路。」

我心中也有氣，立時道：「我早就告訴過你了，我可能記不清，你可以找找相似的路名。」

傑克上校道：「安字頭的路，有幾十條，你叫我怎麼去找？」

我也不知道是哪裏來的脾氣，厲聲道：「那是你的事情，不是我的事情。」

上校呆了半晌，語氣放得緩和了些：「那麼，你在那瘋子身上，得到了甚麼？」

我望著王其英，他仍然低著頭，我怒道：「那也是你的事，你快來將他帶回去吧！」

我越是發怒，上校的脾氣，越是變得和緩：「別生氣，我不是故意的，我想這瘋子暫時還是留在你這裏的好，至少你可以問出一些問題來。」

我嘆了一聲：「好吧，不過，他堅持那些珠寶是他的，一共是四十八顆。」

上校道：「對，四十八顆，一個專家剛來檢驗過，全是真的，我請他估計價值，他搖頭，說無法估計，他說他從來沒有見過那麼多精美的珍寶，而且，他還說，這些精品，並沒有記錄。」

我明白「沒有記錄」的意思，因爲所有的珍貴的寶石，全是很出名的，交易和保存者，都有一定的記錄，而這些沒有記錄的寶石，當然大有問題。

我問道：「那麼，這位專家是不是認爲，可能是由其它的著名寶石切割開來的？」

上校道：「我也這樣問過他，但是他說沒有這個可能，因爲有幾塊鑽石，同類型的，不但質地不如，而且還沒有它的一半大！」

我苦笑了一下：「這倒真是奇怪了，看來我要好好招待這個富翁才是！」

上校道：「最要緊，是查明這些珠寶的來源！」

我放下了電話，望著王其英。

王其英仍然低著頭，我也在想這批珠寶的來源。

在地球上，能擁有這麼多珍寶的，好像只有幾類人，一類是阿拉伯的酋長，一類是印度的土王，一類是中國境內，大廟中的僧人，尤其是西藏的喇嘛、西康境內的土司等。

可是，這些人，王其英不會有機會碰到，那麼，這批珠寶，究竟是從何而來？

我一面想，一面不住輕輕地用手指，叩著自己的額角。

我在後悔，何以那天，在街上遇見王其英的時候，當他給我看那柄金鑰匙的時候，當他給我看那張字條之際，我竟然會如此不在意，以致現在，完全想不起那個地址來。

一切事情，自然是在王其英到了那個地址之後發生的，也就是說，只要我能夠記得起這個地址，那麼，根本就甚麼問題都沒有了。

我嘆了一口氣，又向王其英望去，只見王其英又在喃喃自語，他的語聲很低，我也聽不清楚，本來，我想再向他問一些問題，可是刹那之間，我改變了主意。

因爲這時候，天色已經開始黑了下來，室內沒有開燈，很昏暗，這種環境，對於一個在心理上有恐懼的人，會產生一種安全感。

而且，看王其英的情形，他像是根本不當另外還有人在，只是一個人在自言自語。一個人自言自語的結果，可能會道出一個人心底的秘密來，這比我去問他，再引起他心中的恐懼要好得多了。

所以，我決定不出聲，非但不出聲，而且將自己縮在沙發的一角。

室中越來越黑暗，王其英仍在自語，而他的聲音也提高了一些，至少，我已經可以聽得清楚了。

王其英在不斷重覆著的，其實還只不過是兩句話，他在說：「這是我的，這些東西，全是我的。」

不過，在重覆地聽了幾十遍之後，他忽然又加了一句：「這些東西，全是他們給我的！」

在這時候，我真想追問他一句：「他們是甚麼人？」

不過，我還是忍住了沒有出口，我想聽他繼續說下去。奇怪的是，王其英居然也說出了同一句話：「他們是甚麼人呢？」

當他在這樣自己問自己之際，他的頭腦，好像清醒了一些，抬起頭來。他一抬頭，就看到了我，立時震動了一下：「你說過，只要我不說出來源，那些珠寶，就永遠是我的，是不是？」

我乍一聽得他如此說法，不禁陡地一呆，一時之間，完全不明白是甚麼意思。

但是，我隨即明白了！

在朦朧的黑暗之中，他認不清人，他將我當作是在那個地址中給他珠寶的那個人了！

在那一剎間，我必須有所決定，我是將錯就錯呢？還是指出他的錯誤？

我的決定來得很快，我決定甚麼也不做，只是仍然一動也不動地坐著。

王其英呆了片刻，又問道：「是不是？」

我在他一再追問之下，不能不有所表示，所以緩緩點了點頭。

王其英立時大大地鬆了一口氣，樣子像是很安慰，喃喃地道：「那就好了，我沒有說，不論他們怎麼問，我都沒有說出來。」

我心中暗罵了一句，但是我接著，便原諒了王其英。試想，一個流浪漢，忽然之間，有了這樣的一筆財富，這筆財富，是別人給他的，他當然完全聽從，如果那個人曾吩咐過他不要對任何人說財富的來源。

我略停了一停，趁著天色朦朧，我用十分含糊的聲音道：「對，你做得對。」

王其英忽然站了起來，向我走來，在那一剎間，我倒真的十分吃驚，我立時道：「坐下！」

我是怕他走到了我的面前，認出了我是甚麼人，那麼，就甚麼都不會對我講了，這時，他究竟是在神經不很正常的情形之下，讓他繼續錯認下去，對了解他的經歷，有很大用處。

我這突如其來的一喝，在喝叫出來的時候，我自己也想不到會有用，可是王其英卻再聽話也沒有，我才一出聲，他立時坐了下來。

而且他一坐下來之後，立時道：「我該怎麼辦呢？那些東西，全落到了警方的手中，如果我提不出證明來，就不能屬於我所有了。」

對於他的這個問題，我也無法回答，我只好道：「你的東西，怎麼會到警方手中去的？」

王其英托著頭，像是儘量在想著事情是怎樣發生的，我望著他，一直不出聲。過了好半晌，王其英才嚷了一聲：「我記不清楚了，真的記不清了，據他們說，好像是我拿一把刀，在街上傷人，其實，我不想傷人的……」

他講到這裏，已經完全變得喃喃自語了，他道：「我不會傷人，我怎麼會去傷人？不過我已經有了錢，他們完全不相信，沒有人當我是有錢人，爲甚麼每一個有錢人都有人尊敬，獨獨我沒有，我只覺得心中很憤怒，我不知道我會去傷人！」

他一直在自己講話，我也不知道如何接口才好，只好聽著。等到他講的話告了一個段落，我又用很含糊的聲音道：「你爲甚麼不先去變賣一顆寶石。將自己打扮成一個有錢人？」

我這樣說，是很自然而然的事，可能我的話，所引起的事情，卻是我絕想不到的。王其英先是身子陡地向上一挺，接著，哭了起來。

他真正哭得傷心，他一面哭，一面像是十分委曲地道：「要是賣得出去，早就將那柄金鑰匙賣了，怎麼還會到你們這裏來？我不是沒有試過，可是，當時我就幾乎被人抓了起來，我幾乎被人打出來，我……沒有錢，雖然我有那麼多財富，我是極富有的人，可是我沒有錢，沒有錢……」

他一面說，一面哭著，哭得十分傷心，我迅速地轉著念：在現在這樣的情形下，我應該怎麼辦呢？我是不是應該告訴他，他必須說出這些東西的確切來源，才能得到它，而且，必須公開這些東西是屬於他所有的，才會有人來向他買，他才能真將這些東西變成錢。

但是我隨即想到，我的目的，並不是幫助他，使他成爲一個富人，而是要弄明白，那麼多世界罕有的珍寶，究竟是哪裏來的！

第四部：跟蹤失敗處境狼狽

正當我在想，我該如何對付他之際，忽然機會來了，他仍然在哭著，但是在抹著眼淚：「你們能不能再慷慨些，給我一點錢，現錢？」

一聽得他那樣說法，我的心中，陡地一動，我沉聲道：「可以，但不是現在。」

王其英的聲音，聽來十分焦急：「甚麼時候？甚麼時候？」

我沉重地道：「你現在先走，仍然像上次一樣，午夜時來找我們。」

王其英喃喃地道：「仍然像上次一樣，午夜時來，不過……不過……不過沒有那柄金鑰匙，我怎麼進來呢？」

這時，我心頭狂跳，一時之間，高興得難以形容，因為我的辦法已經成功了！王其英無論如何不肯說出他去過的地方來，而我又記不起，那麼，最好的辦法，就是他再去；而我跟著他，這樣就得來全不費功夫了。

所以，我立時道：「不要緊的，這次，你雖然沒有金鑰匙，但是我答應你，到時，你一定可以進來。」

王其英側著頭，考慮了半晌，像是在考慮我的話，是不是可靠。不過看起情形來，他終於相信了我的話，他慢慢站了起來。

當他站起來的時候，我連忙轉過身去，以免他認出我是甚麼人來。我轉過身，就看到他急忙向外，走了出去，到了門口，停了一停，然後拉開了門。

門一開，一股寒風，直撲了進來，令得我也不禁打了一個寒戰，王其英在門口略站了一站，就走了出去，連門也不關。

一等他走出去，我立時跳了起來。

我這時這樣做法，其實相當危險，現在天雖然已經很黑，但是也不過八點左右，到午夜，還有四小時，誰知道在這四小時之內，他會做出甚麼事來？

但是我卻必須那樣做，不那樣的話，就不能知道他究竟到甚麼地方去。而最好的辦法，自然就是現在開始，我就跟蹤他！

我立時拉起一件大衣，一面穿著，一面也向外奔去，一腳踢上了門，當我奔出門的時候，我還可以看到，王其英正在對街，貼著牆，慢慢走著。

我立時也過了馬路，王其英顯然沒有注意我，倒是路上的人，雖然每一個人都急於在趕路，但是看到王其英身上的衣服，背縛著的雙手，都投以一種奇怪的眼色。

這時候，我心中不禁暗叫了一聲「糟糕」，我叫王其英走，但是卻忘記了解開他反縛著的雙手，像他這樣的情形，途人或者只不過投以奇異的眼光，但是他決不可能在四小時之內不碰到警察，而任何的警員一看到他這樣的情形，必然前來盤問，而如果一有警員盤問，我的一切安排，只怕全白費了。

我一想到這一點，加快了腳步，來到了離他相當近的地方，他似在慢慢向前走著，我在想，如何才能將縛住他手的繩子弄斷。

但是我卻不敢叫住他，事情不致太糟糕的是，他這時走路的姿勢，看來有點像背負雙手在散步，有一個警員在不遠處走了過來，也只不過向他望了一眼，並沒有過來干涉他甚麼。

我離得王其英更近了些，倒不是我有甚麼的辦法可以替他弄開背縛雙手的繩子，而是萬一有人來干涉他的話，我或者可以先去阻擋一下不致於破壞我的計畫。

世上的事情是很奇妙的，當你以爲會有意外發生的時候，意外不一定會來，王其英晃晃悠悠，在馬路上走了半小時之久，竟沒有發生甚麼事，而他在來到了一個街角之後，又蹲了下來。流浪漢蹲在街角，是不會有甚麼人去注意他的。

我站在他不遠處的另一個牆角上，注視著他，不一會，我就明白他爲甚麼選擇在這裏蹲下來的原因了，因爲在對街的一座大廈上，有著一座大鐘。

王其英是在等著，等著午夜，到那地方去。

這時候，大鐘敲了起來，連續地敲了九下，王其英抬頭看了一下鐘，又低下頭去。

他既然沒有甚麼動作，我也只好耐著性子等下去。

我燃著了一支煙，吸著，一面打量著來往的途人。

沒有人注意王其英，也沒有人來注意我。

時間過得極慢，好不容易，大鐘又響了起來，敲了十下，那是十點鐘了。和九點鐘的時候一樣，王其英仍然只是抬起頭來，看了一下，又低下頭去。

這時候，我還不覺得奇怪，因爲離午夜還有兩小時，王其英還有的是時間。

但是，到了大鐘敲了十一下的時候，王其英的動作，仍然是這樣之際，我卻感到奇怪了。

王其英要到那個地址去，不可能有甚麼交通工具，一定要步行，難道那個地址，離他現在所在的地方，步行不需要一小時的時間？

我的目的是跟蹤王其英，他不動，我自然只好繼續再等下去，這時候，街上的行人已漸漸少了，寒風也越來越勁，我豎起了大衣領。

這時，由於我的焦急，時間好像過得更慢了，好不容易到了十一點半，大鐘「噹」的一聲，王其英才站了起來，我陡地震動了一下，王其英站了起來，那是表示，他要到那地方去了。而現在是十一時半，離午夜只不過半小時，難道那地方如此之近，他步行半小時就可以到達！還是他的神智，根本不是十分清醒，是以估計錯誤？

剛才他蹲著不動，我還是等得不耐煩，但這時，我看到他站了起來，並且向前走了出去，我的心情，突然變得緊張起來了。

王其英向前走著，但是走得並不太快，看到他像是還有十分充裕的時間一樣，我看了手錶，已經是十一時四十五分了，但是他還是在市區之內！

我不禁有點疑惑起來了，王其英究竟是在搗甚麼鬼呢？他難道不想到那地方去了？

我雖然不記得那個地方，但是在我的印象之中，那個地方，王其英既然有這樣怪異的遭遇，那麼，這個地方一定十分神秘，也應該在一個很偏僻的地方才是，何以王其英還在鬧市之中徘徊？

可是這時候，我卻沒有別的辦法可想，我不能上去問他，只好跟著他。

心裏愈是焦急，時間過得愈快，轉眼之間，已經是十一時五十五分，還剩下五分鐘，可是要命的王其英，竟然在一幢大廈面前，停了下來。

我心裏在暗暗地咒罵他，同時心裏在想，莫非是我的跟蹤，已經被他發現了？我正準備上去責問他，可是，才踏了一步，已看到王其英走進了那幢大廈。

那是一幢商業性的大廈，位於全市最熱鬧的一區，如果是在白天，大廈的大堂中，一定擠滿了人，要擠上電梯去，也不是容易的事。

但在接近午夜之後，卻是十分冷清，我一看到王其英走了進去，略爲猶豫了一下，連忙也走向前去，當我來到大廈的門口，一看到那幢門前所釘著的那一塊銅牌之際，我不禁出力在自己頭上，拍了一下。

銅牌上鑄著那大廈的名稱：「安德大廈」。

安德大廈，這就是那地址的首幾個字，而當時我並沒有注意，是以一直以爲是一個「安」字打頭的街道名字，完全記不起那是一幢大廈！

而現在，我完全記起來了，不錯，那地址的四個字，就是「安德大廈」，但是我仍然記不起是這幢大廈的哪一層和哪一個單位。

王其英的目的地就在這裏，那毫無疑問，所以我立時跟了進去。

不過，由於我在大廈的門口，略停了一停的緣故，所以當我走進去的時候，王其英已經不在了，有一架電梯，正在向上升。

我看了看大堂中的鐘，時間是十一時五十九分，顯然，王其英可以準確地在午夜十二時正，到達他要去的地方，旁邊還有兩架電梯，但是我卻不能利用電梯，我必須知道王其英到哪一樓。

我心中雖然焦急，但只好站在電梯前，仰頭看看，王其英顯然是在那上升的電梯中，他要去的是幾樓呢？電梯上的錶板，在不斷亮著，電梯一直向上升，終於，在十二樓停了下來。

我一看到電梯停在十二樓，連忙進了旁邊的一架電梯，按了十二字，電梯向上升去。

我估計，我和王其英到達十二樓的時間，相差不會超過一分鐘。

電梯在十二樓停止，我立時看手錶，已經過了午夜，只不過相差幾秒鐘。

當我踏出電梯的時候，心中一面在想，王其英可能還在門口等著，等那些神秘人物開門讓他進去。

而事實上，就算我走出去看不到王其英，事情也已經大有眉目，至少我已經知道了這個地址，是在安德大廈十二樓。

我一踏出電梯，立時左右看去。

和大多數商業用的大廈一樣，出電梯，是一條相當長的走廊，走廊的兩旁，全是各種類型的商業機構，走廊內的燈光明亮，我可以看到走廊兩端的盡頭。

在我搭上來的旁邊的那座電梯，也就是王其英搭上來的那輛電梯，門打開著，可知王其英的確是在這一層出了電梯。

但是，走廊中卻沒有人。我略呆了一呆，我出電梯的時候，過了午夜八秒鐘，王其英可能已經進了其中的一個單位！我在電梯門口，停了極短的時間，立即向前走去，當我向前走去的時候，我聽到，在離梯口相當近的一個單位，有人聲傳出來，我立時來到那門口，門口的招牌，是一家出入口公司。

我幾乎沒有猶疑，就立時轉動門柄，推門進去。

當我推開門的時候，那情形，實在是很尷尬的，我預期中的情形，是看到王其英和幾個神秘人物，正在晤談，如果情形是這樣的話，那麼我就可以直闖進去了。

可是，事實卻大謬不然。

當我一推開門，向內看去時，只見裏面，的確是家出入口公司，有五個職員，正在埋頭工作，其中還有兩個是女職員。

那五個職員一看到我推門進來，一致轉頭向我望來，臉上的那種驚愕的神情，簡直難以形容，我還未曾決定該如何做的時候，一個坐在一隻大保險箱前面，桌上放著幾大疊鈔票的中年人，突然伸手向桌下按去。

一看到他這種動作，我知道他要做甚麼了，我忙揚起手來：「別——」

我本來是想說「別按警鐘，我弄錯地方了。」的，但是我只講出了一個字，那中年人已經按下了警鐘，大廈的警鐘，立時響了起來。

在寂靜的午夜之中，整幢大廈的警鐘一響，當真驚心動魄，我倒不怕，因爲我根本不是來搶劫的，至多不過麻煩一點，解釋誤會而已，但那家公司的幾個職員，卻緊張得可以。尤其是那兩個女職員，簡直花容失色，一起都站了起來。

大廈的警鐘，仍然響著，這時候，我如果要解釋的話，必須扯直了喉嚨，講話才有人聽得見，而且，警鐘既然已經按下了，我再解釋也是多餘的了。

所以，我推著門，不動，也不出聲。

不到一分鐘，四個穿著藍色制服的大廈警衛員，已經衝了上來，他們來得如此之快，工作效率倒值得表揚，兩個警衛員立時衝到了我的身前，兩個進了公司，警鐘聲靜了下來。

我直到這時，才吁了一口氣，伸手向那位中年人指了指：「他太心急了，如果他肯聽我說，我只不過是找錯了地方，就不會有這樣的事發生了。」

在我面前的兩個警衛員，「哼」地一聲，其中一個道：「你想得倒不錯，如果他遲上一步，可能你已經得手了，舉起手來，別動！」

我只好苦笑：「兩位，你們現在要做的事，是致電報警，由警方人員，將我帶走！」

一個警衛員大聲道：「還用你教？我們早打了電話了！」

那警衛員說得不錯，因為這時候，我已經聽到，警車的警號聲，自遠而近，迅速地傳了過來。

在這樣的情形下，我也不便再說甚麼了，大隊警員，不多久就衝了上來，我自然被當作搶劫的疑匪（真倒他媽的大楣，快過年了，遇上這樣的事），被扣上手銬帶走，剛才還在嚇得發抖的那幾個職員，在向警官繪聲繪影，描述我「兇神惡煞」、「突如其來」衝進來的情形，我也懶得去解釋甚麼了。

我被帶到警局，戴著手銬，進了拘留所，在這個警局中，我沒有熟人，我只說了一句話，聲音很大，整個警局的人都可以聽得到，我吼叫道：「他媽的，快打電話，將傑克上校從他情婦的熱被窩中拉起來見我。」

傑克上校是不是從他情婦的熱被窩裏被拉出來的，我自然不能肯定，但是他來得十分快，而且一臉的惶急之色，倒是事實。

他一到，立時呼喝著，先將我的手銬打了開來，然後才道：「怎麼一回事？你半夜三更到那裏去幹甚麼？人家正在開夜工，做年結。」

我攤了攤手：「對不起，我實在不知道現在的人，對於陌生人的警惕性，已經提高到了這一地步。」

傑克上校有點啼笑皆非，我在他的肩頭上拍了一下：「你帶幾個人，和我一起走，在路上，我和你詳細說。」

傑克上校連忙帶了幾個人，和我一起出了警局，上了車，仍然向著安德大廈駛去。

這一來一去，至少耽擱了四十分鐘，在車上，我對傑克上校，扼要地講了一下王其英認錯了人，而我將錯就錯，約他午夜再去，我如何在街上寒風中等了四個小時，再跟蹤他，最後被人當作搶匪的經過，說了一遍。

上校聽得十分興奮：「你真行，看來事情，快要水落石出了！」

我「哼」地一聲：「看來你只關心事情的水落石出，對於我被當作劫匪抓起來一事，一點也沒有歉意！」

上校苦笑了一下：「在那樣的情形下，誰知你是去幹甚麼的？」

我也只好苦笑著搖了搖頭：「奇怪的是，那幾個大廈的警衛員，警鐘一響，來得好快，可是進去的時候，卻看不到他們！」

傑克上校順口道：「誰知道，或許他們正在警衛室中。」

正在說著，警車已到了安德大廈的門口，還有一輛警車停著沒有走，看到我和上校一起下車，都不勝驚訝，上校一下車，就將所有的警員，都集中了起來：「緊急任務，由我指揮一切！」

由上校帶著頭，一起走進大廈，兩個警衛員看到了我們，也極之奇怪，上校吩咐一個警官，道：「向他們拿一份十二樓所有機構的名單，在這段時間中，有沒有人離開過大廈？」

警衛員和留守的警員，都搖頭道：「沒有。」

警衛隊長還補充道：「有很多家公司在開夜工，但是他們通常都要到兩點鐘之後才離去。」

上校道：「行了，我們上去。」

所有的人，分搭三架電梯，一起到了十二樓，出了電梯，走廊中還有警員守著，那家公司的幾個職員，在門口交談著，看到了我，神情怪異，自不在話下。

上校指揮著，所有的警員，全分佈了開來，那家公司的職員，也被勸了進去。

不一會，警衛隊長和一位警官，也一起上來了，拿著一份十二樓所有機構的名單，上校要警衛隊長，將每一扇門都打開來，警衛隊長好像有點猶豫，上校怒吼著：

「一切由我負責！」

上校的怒吼，有了作用，警衛隊長取出了一大串的鑰匙來，我和上校跟著他，逐間將公司的門打開來看。

上校雖然運用權力，一定要警衛隊長打開門來看，但是他沒有申請搜查令，他那樣做，是於法無據的，所以我們雖然走進了每一家公司，但是儘可能不動裏面的任何東西。

十二樓在開夜工的，只有那一家公司，其它的寫字間，全是空的，一個人也沒有。

最後，連一間存放雜物的房間也打開來看過，仍然是甚麼也沒有發現。

傑克上校臉上興奮的神色消失了，立即向我瞪起了眼，我是深知上校脾氣的，對他突然向我吹鬍子瞪眼，我一點也不覺得奇怪。

我只是向他道：「一定是十二樓，我上來的時候，電梯還停在十二樓，門打開著。」

上校道：「好，那麼人呢？」

我實在有點忍不住了，但是我還是沒有發作，因爲傑克上校就是這樣的人，你就算對他發作，也是沒有用的，何況，這件事，根本從頭到尾，都和我無關的，只不過是他來找我而已。

我雖然沒有發脾氣，但是我的臉色，自然也好看不到哪裏去，我攤了攤手：「算是我的錯了，再見，希望很長時間別再相見！」

我一面說著，一面便向外走去，卻不料我才走了一步，上校一伸手，就將我拉住：「等一等，你怎麼能這樣就走？」

我的火直往上冒，大聲道：「上校，我想我以前未曾見過更比你不要臉的人！」

傑克臉色鐵青，沉聲道：「你這樣說是甚麼意思？」

我道：「這是你的事，我不管了！」

傑克上校冷笑了一聲：「只怕不行，我將王其英交給你，現在他不見了，你要將他交出來！」

上校在這樣講的時候，神情十分認真，我聽得他那樣講，也不禁陡地呆了一呆，不錯，王其英是他交給我的，現在，我至少應該將王其英交還給他，才能不再管這件事。可是現在事情的關鍵是：王其英在哪裏呢？

如果王其英在，那麼根本甚麼問題也不存在了，如果找不到王其英，那麼，我實在不能撒手不管。

我瞪著眼講不出話來，在上校和我的爭執之中，我倒是很少落在這樣的下風過。

傑克上校顯然也感到了這一點，我想，他至少可以開心十七八天了，所以他笑了起來，居然拍著我的肩頭：「老朋友，繼續幹下去吧！」

我當時真想用一句極其粗俗的鄉下話回敬他，但是轉念一想，反正我落了下風，罵人也沒有用。而且，和傑克上校鬥氣事小，要將王其英找出來事大。

我只好苦笑了一下：道：「要我繼續幹下去，只有一個辦法，封鎖這幢大廈，任何人出入，都要檢查！」

上校大聲嚷了起來：「你在和我開玩笑？這是著名的商業大廈，每天有上萬的人出入，怎麼有可能每一個人都檢查？」

我嘆了一口氣：「那就真的沒有辦法了！」

上校也嘆了一聲：「至少我們可以封鎖到明天早上，唉，你實在不該放王其英出去的！」

我道：「可是，我至少已經知道，他獲得那些珍寶的地方，是在這幢大廈的十二樓，或者說，他見到的那些神秘人物，是在這裏！」

傑克上校望著我，過了半晌，才道：「我認爲你可能給王其英愚弄了！」

這一次，我真正冒火了，厲聲道：「你以爲我會被一個半痴呆的人愚弄？」

上校忙道：「別發急，我們慢慢再想辦法。」

第五部：黑暗中的神秘來客

我們一面說，一面又擠進了電梯，到了下面，我一直在惱怒著，臨和傑克上校分手的時候，我還咕噥了一句：「真是見鬼，快過年了，還碰到這件事！」

上校道：「別太認真了，這究竟是一件很有趣的事！」

我沒好氣地道：「一點也沒趣，你可知道中國人對過年多麼重視，我看你雖然在中國人的社會中生活了很多年，也學了一口中國話，但仍然是一個洋鬼子！」

傑克上校有點尷尬地抓了抓頭：「當然我是洋鬼子，可是我的確不明白，爲甚麼同樣是一天，甚麼也沒有不同，人人見面，都要道喜一番。」

我本來想將那個古老的，有關「年」的傳說講給他聽的，但是一轉念間，我想那簡直是對牛彈琴，這種洋鬼子，怎會懂得這種有著深厚民族色彩的傳說，他們上館子，也只會吃咕嚕肉和蛋炒飯！

我打了一個呵欠：「送我回去吧！」

上校和我一起登上了車，他在車上，還不肯放過我：「難道你不準備採取行動了？」

我道：「我現在並無行動可以採取，我們已經找遍了整個十二樓，不但沒有王其英，也沒有和他見過面的人，我還有甚麼辦法？」

傑克上校道：「他是不是到了十二樓，再上一層，或是再下一層？」

我搖頭道：「時間上來不及。」

上校咕噥著，道：「希望他再會出現。」

我道：「關於這一點，你倒不必擔心，他一定會出現，他有那麼多珍寶在你們手裏，除非他肯放棄，不然他一定會出現。」

上校又高興了起來，手指相叩，發出了「得」地一聲響：「不錯，他一定要來領回那些珍寶，而他要領回，就一定要說出那些珍寶的來源，這樣，甚麼問題都可以迎刃而解了！」

我冷笑道：「事情有這樣簡單倒好了！」

車子轉了一個彎，已快到我門口了，我在臨下車前，突然想起了一個問題，道：

「傑克，這批珍寶，世間罕有，你可小心放好才是！」

傑克呆了一呆：「放在警局的保險箱中，也會不見？」

我道：「那很難說，在倫敦塔裏的皇家珠寶，一樣有人動它們的腦筋！」

上校嘆了一聲：「天地良心，這一批珠寶，真比得上倫敦塔裏的那些！」

我一面走向家門口，一面道：「或者更好！」

我打開門，揮了揮手，走了進去，關上門，我聽到警車離去的聲音。

我背靠著門，覺得很疲倦，這樣的徒勞無功，影響心情，我吸了一口氣，向前走去，也不想開燈，我向前走了一步，突然發現有甚麼不對頭的地方：爲甚麼那麼黑？

我熟悉自己的家，就算完全不開燈，也不應該如此黑，街燈的光會射進來，多少可以朦朧看到一點東西，但是現在，卻黑得甚麼也看不到！

除非是所有的窗簾全被拉上了，我的記性還不致於壞到這樣的程度，我清清楚楚記得，我出去的時候，絕沒有拉上所有的窗簾。

我立刻後退了一步，伸手靠著牆，想去開燈，而就在這時候，黑暗之中，響起了一個聲音：「別開燈，衛先生，希望和你在黑暗裏談談。」

那聲音離我不會超過十五呎，而且，我可以斷定，講這話的人，這時是坐在我平常慣坐的一張安樂椅上。

我的手，已經碰到電燈開關了，通常，只要輕輕一按，就會大放光明，而我實在也想看看那個不速之客，是甚麼樣子的。

可是，我卻沒有按下去。

因爲我斷定，對方既然來了，而且，一開口就要和我在黑暗中談，那麼，我就算按下開關，也一定沒有用，電燈不會亮。

與其按下掣而電燈不亮來出醜，倒不如大方一點，不去開電燈的好。

所以，我的手又縮了回來，冷笑了一聲：「你至少應該知道，你坐的那張椅子，是我坐的！」

那聲音道：「真對不起！」

在他這樣講的時候，我聽得出他向旁移開了幾呎，已坐到另一張椅子上。

我逕直向前走去，雖然眼前漆黑，甚麼也看不到，但是我還是走得十分快，而且，十分自然地避開了一張茶几，伸手在一張椅背上按了一按，來到了那張安樂椅之前，坐了下來。

在這短短的十幾秒鐘之內，我腦部活動迅速。

一個神秘人物來到了我的家中，他爲甚麼而來，他是甚麼人，我完全不知道。

其次，我想到，我眼前一片漆黑，甚麼也看不到，但是我不知道對方是不是配有紅外線眼鏡之類能在暗中視物的科學配備。

如果對方有，我就更不利，如果對方也沒有，我就比較有利，因爲這是我的家，我熟悉一切東西擺著的位置。

再其次，對方出聲的只有一個人，但是，來的是不是只有一個人，還是還有其他的人在此呢？

在那一剎間，我極其緊張。

雖然我的行動看來很鎮定——如果對方能夠看得到的話，但事實上，我是在拚命地控制著，我真怕一個控制不住，我會劇烈地發起抖來。

當我坐下之後，我並不先開口，只是急速地轉著念，對方好像也不急於開口，黑暗之中，一片靜寂，只有外面馬路上，不時有車輛經過的聲音傳進來。

我希望眼睛在適應了黑暗之後，至少可以辨清對方的樣子，但是時間慢慢過去，或許是因爲我心情緊張的緣故，所以覺得時間過得特別慢，但無論如何，我眼前總是一片黑暗，甚麼也看不見。

我知道那人離得我很近，就在我身邊不遠處，他也不開口，顯然是在等我先出聲。

我估計，約莫過了三五分鐘，我狂跳著的心，才漸漸鎮定了下來，因爲我想到，對方若是懷有惡意的話，在我一進門的時候，就可以襲擊我。

而就算那時他不襲擊我，在這三五分鐘之內，如果他要對我採取不利行動的話，我真懷疑自己是不是有任何的抵抗能力！

我想到了這一點，心自然定了下來，雖然極度的神秘感依然存在，我緩緩吸了一口氣：「所謂不速之客，閣下大概可以算是典型了！」

我用這樣的話作爲開始，當然是一上來就在責備對方的不是，想引他講出他自己的身份。

可是，我的話剛一出口，黑暗之中，那人笑了一下：「閣下也是！」

我幾乎想跳了起來，當然我仍坐著，但是我的聲音，卻提高了許多，我大聲道：

「這是甚麼話，先生，這是我的家，我的地方！」

那聲音笑了一下：「別激動，我不是說現在。」

他那樣講法，不禁使我陡然一呆。

因爲我實在無法明白他那樣說，究竟是甚麼意思。

他說我也是「不速之客」，但又說「不是現在」，那意思自然是說，我在某一個時候，在某一個地點，有他在場的時候，我曾做過不速之客？

如果他的話，是這樣的意思，那就更加令人莫名其妙了，我甚麼時候做過這樣的事？還是我做過這樣的事，自己竟想不起來了？

我迅速地轉著念，但是我隨即決定，不再去猜這種啞謎，或許他這樣講，是全然沒有意義的，我先要弄清他來的目的！

我道：「你來，有甚麼事？」

這是開門見山的責問了，那人的回答，也來得十分快：「想和你談談。」

我冷笑了一下：「在這樣的黑暗中，我根本不認識你，有甚麼好談的？」

那人道：「不錯，你不認識我，我也不認識你，可是有一個人，我們大家都熟悉。」

我悶哼了一聲，那人接著又道：「王其英！」

我本來由於心情的緊張，所以特地要裝出十分舒適的樣子，坐在那張安樂椅上（我假定對方可以看到我），這時，我一聽到了「王其英」這個名字，我不禁陡地直起了身子來。

這個人的來訪，竟和王其英有關！

剎那之間，我腦中雜亂無章地，不知道想起了多少事情來，可是那些錯綜複雜的事情，卻只能給我一點淺略的概念，我好像捕捉到了一些甚麼，但是卻無法將捕捉到的東西，編織起來，成爲一條線索。

我思緒很亂，但是甚麼也歸納不起來，我只好一面說，一面緩緩地道：「王其英，就是那個流浪漢？事實上，我對他也不能算是熟知。」

那人忽然嘆了一聲：「是的，我的情形和你一樣，我對他也不很熟悉，請你別緊張，我來，只不過想和你討論一下他。」

我冷笑了一下，這下冷笑，自然是想抗議他的話，表示我並不緊張，但是我卻無法用言語來表示，因爲事實上，我確然緊張得很。

我在冷笑了一下之後：「既然這樣，有甚麼好討論的，你和我都不知道他是怎麼樣的一個人！」

那人道：「可是，你至少已經知道了他的遭遇。」

我陡地一呆。

「王其英的遭遇」，如果那是指他忽然得到了那麼多珍寶這件事而言，那麼事情，就實在蹊蹺得很了。

因爲這件事，我相信王其英在得到了那些珍寶之後，未曾向人詳細提起過，就算向人提起過，人家也不會相信，這件事，只有我和傑克上校，以及若干警方的高級人員才知道，那人是怎麼知道的？

當然，另有一個可能是，將那些珍寶給王其英的人，自然也知道這件事的！

我想了一想：「這樣說來，你是——」

我這樣講，全然是拖延時間，想等對方講出更多的事實來，好讓我來分析。

那人道：「不必多費時間了，衛先生，我們都知道，王其英已經是世界上擁有最多寶石的人！」

我的身子又挺了一挺，在那一剎間，我的聲音有點乾澀，我道：「是！」

我只能回答出一個字來，實在不知再說甚麼才好。

那人接著，又說了一句十分古怪的話：「照你來看，他有了那麼多珍寶，應該有甚麼感覺？」

我不禁又呆了一呆，那人的問題，其實很普通，不能算是突兀。

但是，在如今這樣神秘的氣氛之中，聽得他提出了這樣的一個問題來，使人極其愕然，難道這個人特地前來，而且，又要我在黑暗之中和他談話，為的是要來和我討論王其英在得到了珍寶之後的感覺？

我略想了一想，並不立即回答他的問題，只是道：「你怎麼知道王其英得到了許多珍寶？」

我以為我這樣問，對方一定會支吾其詞，甚至不知如何回答的，可是，全然出乎我的意料之外，那人竟講了一句令我震動得難以形容，而在他來說，卻再也簡單不過的話，他道：「是我給他的！」

當他這一句話出口之際，我真正坐不住了，我陡地站了起來，疾聲道：「你是誰？」

那人卻不出聲，我接著又連珠炮也似地問道：「你哪裏來那麼多珍寶？你爲甚麼要將這許多價值連城的寶石給一個流浪漢？」

我的問題，問得十分之急速，而且，我一面說，一面向前走了過去，伸手去抓那人。

我當然仍是甚麼也看不見，但是我和那人已經談了不少話，我可以知道那人是坐在甚麼地方。

我出手相當快，在那一剎間，我覺出對方好像也疾站了起來，我手抓下去，我估計是抓住了對方的手。那一定是他的手。

他的手十分粗糙，而且汗毛極多，好像是西方人。

我一手抓住了他的手，立時想將他的手臂反扭過來，因爲只有這樣，我才可以控制他。

然而，就在我企圖扭轉他的手臂之際，「砰」地一聲，我的胸前，已經中了一掌。

我不是沒有在黑暗之中和人搏鬥的經驗，但是那一掌，力道之大，令得我不能不鬆開了他的手，連退了幾步，撞在一張桌子上。

我剛反手扶住了桌子站穩，就聽得那人道：「你令我很失望，真正的失望！」

我只覺得胸口隱隱作痛，想要出聲，但是一口氣噎住，一時之間，竟發不出聲音來。

而我在這時候，聽得那人的腳步聲，迅速地向門口移去，我勉力鎮定心神，大聲道：「別走！」

在我叫「別走」之際，那人已拉開了門。

屋子之中，是黑得一絲光也沒有的，根本甚麼也看不見，外面，雖然也是黑夜，但多少有點光，所以，當門一打開的時候，我就可以看到了那個人的背影。

那人的動作十分快，一拉開門，立時閃身而出，而且門也立時關上，發出了「砰」地一聲響。

那人的背影，好像並沒有甚麼特別奇特之處，然而，在我的直覺上，就是那十分之一秒的一瞥，卻產生一種極其詭異之感。

那人的肩膊很闊，個子很高，我如果和他相比，至少比他矮了一個頭，輕了五十磅，所以，他剛才擊中我的那一下，力道才會那麼大，而我如果知道他是那樣的一個大個子的話，也不會貿然出手了。

而更令我心中產生這種詭異感的是，那人在向外走出去的時候，背部很彎，看來像是一個人垂頭喪氣的時候一樣，而他的手臂，則向下垂著，他的手臂很長，長得看來十分異樣。

這種姿態，像是甚麼呢？在那剎間，我的腦中，實在亂得可以，不過，我還是立即想了出來，那人走路的姿態，像是一頭大猩猩！

大猩猩就是這樣子的，雙手垂地，背彎著行動的，那人的樣子真像是一頭大猩猩！

這時，我的胸口仍然感到疼痛，但是就在那人「砰」地一聲將門關上之後，不到半秒鐘的時間內，我一躍向前，也到了門前。

我本來是想到了門前，立時拉開門來，追上那個人的。

可是在黑暗之中，我的行動太急速了一些，算錯了距離，我疾躍向前，並不是躍到了門前停下，而是「砰」地一聲，撞在門上。

由於我向前躍出的勢子是如此之急驟，所以那一撞的力量，著實不輕。

一撞之下，令得我眼前金星直冒，被撞得向後騰地退出了一步，幸而那究竟是在我自己的家中，我立時一伸手，總算拉住了門柄，我喘了一口氣，立即拉開了門，但是我相信，我這一耽擱，已經錯過了追上那人的機會了！

果然，我一拉開門，門口的路，靜蕩蕩地，一個人也沒有，我立時奔了出去，向馬路兩面看著，也看不到有人，連經過的車輛也沒有。

我知道就算再向前追去，也是沒有用的，是以只好頹然轉回身，慢慢走回家中。

一進門，我自然而然地伸手在門口的電燈開關上，按了一下，在我按下去的一剎間，我才想起，屋中的電路，可能已經被剛才走的那個人截斷了，但是就在我想到這一點的時候，「的」地一聲，已經著亮了燈。

我不禁陡地一呆，心中實在有著說不出的後悔！

我剛才回家的時候，也是這樣，一進門就要開燈，但就在我要開燈的時候，那人就出了聲，我以爲對方既然私自入屋，又要我在黑暗之中和他談話，當然一定已有了準備，所以已伸出去的手又縮了回來。

誰知道，屋子的電路，根本未被截斷！

我重重地頓了一下腳，心中說不出有多麼懊喪，因爲當時，如果我不是自作聰明，而著亮燈的話，那麼，我至少可以看清他的樣貌，那對於以後要找他，大有幫助，比我現在只看到他一個背影，好得多了！

我背靠著門，定了定神，望著我自己的家的客廳，陳設還是和往常一樣，只有一張小桌子，在我中了一掌後退之際，撞了一下，略有點移動。

所有的窗簾，果然全拉上，所以，剛才屋子之中，才會那樣黑暗。

我苦笑了一下，慢慢向前走著，胸口倒已不再痛了，可是我的心情，卻沉重得難以形容，來到了那張安樂椅上，我又坐了下來，抬頭望著一張單人沙發。

那人剛才就是坐在這張單人沙發上的，這一點，我可以肯定。

我和那人講了不少話，而聽他的語氣，他也真想來和我討論問題，是我聽到了他那句令我太震驚的話之後，才將他趕走了的。

他在臨走的時候，還說對我很失望，那是甚麼意思？是指他此行的目的未曾達到，還是指他看錯了我的爲人？

我又不禁苦笑了一下，對於突然出手一事，我倒並不後悔，因爲那人說，那些藏在皮帶之內，價值高得難以估計的寶石，是他給王其英的，任何人聽到了這樣的話，都難免和我一樣！

我望著那張單人沙發，深深地吸了一口氣，實實在在，我無法想像這人是一個怎樣的人，他的背影，看來像一頭大猩猩。他有那麼多珍寶，他先將一柄金鑰匙給一個流浪漢，然後又安排這個流浪漢去接受那麼多的珍寶，然後又來和一個陌生人，討論這個流浪漢，在接受了那麼多珍寶之後的感覺！

整件事，簡直是狗屁不通，不可能的，這種事要是對人講了出來，聽到的人，一定十個有十個，會說我的神經有毛病！

可是，事實又的確如此！

我突然感到十分疲倦，伸手在臉上重重撫摸，而就在這時，我聽到門上響起了

「砰」地一聲。

我立時抬起頭來。在那「砰」的一聲之後，門外又沒有了聲音，但剛才實在是有聲音的，好像有甚麼人，在門上撞了一下，我略怔了一怔，立時站了起來，急步來到門前，手握住了門柄，我在等著有第二下聲響來時，突然開門。

可是我等了一回，並沒有第二下聲響傳來，我輕輕轉動門柄，陡地拉開了門。

門一拉開，一個人直跌了進來！

那個人一定是靠在門上的，所以才會有那樣的情形，而剛才門上的那一聲響，當然也是那人大力靠在門上所發出來的了！

我一側身，由得那個人跌了進來，那人一個踉蹌，居然沒有跌倒，勉強站定了身子，我立時回頭看去，只看到他的背影，我就認出他是甚麼人來了。

王其英！

第六部：得到珍寶的經過

我忙關上門，來到了王其英的身前，王其英站著，一片惘然的神情，當我望著他的時候，他也望向我。他望著我，鼻子抽動著，忽然哭了起來。

任何流浪漢的樣子，都不會好到哪裏去，王其英當然也不會有例外，再加上他抽著鼻子哭了起來，那樣子真是令人作嘔。

我後退了兩步，望著他，沒好氣地道：「你哭甚麼？」

王其英一面流淚，一面道：「沒有了，甚麼都沒有了，我甚麼都沒有了！」

他一面說，一面索性號啕大哭起來。

看著他那種眼淚鼻涕的樣子，我真想過去，重重給他兩個耳光！

王其英用衣袖抹著眼淚：「甚麼都沒有了，他們說，我不遵守諾言，所以，東西要收回去，我……其實一直遵守著諾言，甚麼人也沒有說過！」

他這幾句話，雖然是一面哭，一面斷斷續續說出來的，可是總算說得很有條理，而且，我是知道事情的來龍去脈的，是以我完全可以聽得懂他在說些甚麼。

我望著他：「你是說，他們給你的那些東西，又收回去了？」

王其英傷心地抽噎了兩下：「是的，他們說過，我不准向任何人提起，不然我就甚麼都沒有，他們怪我又去找他們，真冤枉，他們自己叫我去找他們的！」

王其英一說完，又嗚嗚痛哭起來。看他哭得那樣傷心，我真有點過意不去。

因爲事實上，王其英有時簡直是瘋子，有時糊裏糊塗，是半個瘋子，有時卻很清醒，我相信那是他在得到了這許多珍寶之後，才變成這樣子的，因爲在那之前，我遇到過他，他很正常。

他操刀斬人的時候是瘋子，而他錯認我是「他們」，聽了我的話，午夜又再去找「他們」，那是在糊裏糊塗的情形下，受了我的騙。

我大聲叫道：「別哭了，你那些東西，在警方的保管下，沒有甚麼人可以拿得走，倒是你始終不能證明這些東西是屬於你的！」

王其英總算止住了哭聲，瞪大了眼望著我：「真是他們給我的！」

他說這句話的時候，神態和語氣都很正常，可見得這時候，他是清醒的。

我不肯放過這個機會：「你又去見過他們？」

王其英點了點頭。

我道：「是一幢大廈，在繁盛的商業區，十二樓？」

王其英又點了點頭，他好像想開口，但是我不等他表示疑問，就道：「你別忘記，你曾經給我看過那柄金鑰匙，和那個地址！」

王其英側著頭，呆了片刻，點了點頭。

我又問道：「你見到了他們？你是在十二樓甚麼地方見到他們的？」

王其英瞪大了眼：「我不能說，一說就甚麼也沒有了！」

我立時道：「你剛才已經說甚麼都沒有了，如果他們真能令你甚麼都沒有，你說了也不怕，如果他們不能在警方中取回珍寶，你便可以完全說出來！」

王其英望著我，看他的神情，像是想弄明白我那一番話中的意思。

我也知道，自己的話，在一個思路明白的人聽來，是很容易了解的，但是對王其英來說，就比較困難一點，是以我又道：「當時，你得到那些珍寶的條件，是你絕不能說出它們的來源，否則，你將一無所有，是不是？」

王其英點著頭：「是。」

我又道：「可是剛才，你說他們指你違反規則，你已經一無所有了。」

王其英側著頭，略想了一想，又是一副想哭的神情：「是的，他們罵我，說我已經甚麼也沒有了！」

我攤了攤手：「那麼，你還怕甚麼，你既然甚麼都沒有了，爲甚麼還不將得到那些珍寶的經過講出來？」

王其英有點明白我的意思了，他點點頭：「是啊，我現在甚麼都沒有了，根本不必再忌憚他們！」

我聽到他明白了我的意思，一揮手，手指相叩，發出了「得」地一聲：「對了，你講吧！」

王其英苦笑了一下：「我現在甚麼也沒有了，就算講了，又有甚麼好處呢？算了吧，趁現在街上人多，我還是去討點錢——」

他一面說，一面緩緩站了起來，向外走去。看到他那種拖泥帶水的樣子，我真想當胸口給他一拳，我大聲道：「你討得到了多少錢！」

王其英扭著手指：「運氣好的時候，會有兩三元！」

我大聲道：「可是你別忘了，你是擁有許多珍寶的人！這些珍寶，在警方的保管之中，如果你正確地說出來源，就是你的！」

王其英口角顫動著：「衛先生，你以為我沒有想到這一點？」

我道：「那麼你就該說！」

王其英道：「說了也不會有人相信，事實上，我根本沒有見過他們——」

聽得王其英那樣說，我不禁陡地呆了一呆，但是，我隨即明白，我道：「一切全是在黑暗中進行的，你只聽到他們的聲音，是不是？」

王其英立時以一種十分驚訝的神色望定了我，一看到他的神情，我就知道我料中了，為了怕他又欲說不說，我立時道：「事實上，我已經知道了很多，但是我還是要聽一聽你說經過，兩次經過，你全說一說！」

王其英又望了我一會，嘆了一聲：「那天晚上，你不肯要那柄金鑰匙之後，我心裏實在難過。後來，我又找到了幾個人，每一個人對我，都和你一樣，最後一個，甚至要扭我去見警察！」

我點頭道：「這很正常，你是一個流浪漢，誰都不會相信你的故事！」

王其英喃喃地道：「可是我說的卻是真的！」

我怕他再將話題岔開了，忙道：「你說的是真的，可是沒有人相信你，結果你去了那地址？」

王其英點著頭，我爲了怕他囉嗦，是以替他說下去：「你到了那幢大廈，十二樓。」

王其英有點駭然地睜大了眼，不住地點著頭。

我道：「是十二樓的哪一個單位？」

王其英皺著眉：「一出電梯的對面。」

我一聽得王其英那樣說法，整個人直跳了起來，一出電梯的對面，這不可能，我跟蹤王其英，到了十二樓，一出電梯，只有一間辦公室有燈光透出，有人聲傳出，我就是推開了那間辦公室的門，被人誤會是來搶劫的強盜，而王其英說的，就是這間辦公室！

我的神情一定很古怪，是以王其英望著我，現出了很吃驚的神色來：「有甚麼不對？」

我感到自己在冒汗，我一面抹著汗，一面道：「不，沒有甚麼不對頭的地方，問題是，十二樓有很多間房間，你怎麼知道就是這一間？」

王其英笑道：「我第一次去的時候，一出電梯，就看到那辦公室的門關著，但是門上有一張紙，寫著：持金鑰匙的人，請開此門。我就是用鑰匙打開了這扇門，走了進去。」

我覺得我不但額上在冒汗，連手心也在冒汗，那是因為我在緊張地期待答案之故。

王其英繼續道：「我一推門進去，立時就有人將門關上，而我眼前，則一片漆黑，我起初心裏很害怕，因為我不知道那是一個甚麼陷阱，但是我接著想到，我只不過是一個一無所有的流浪漢，完全沒有甚麼可以損失的，所以我立時定下了神來。」

王其英這時講話，已開始很有點條理了，所以我不去打擾他，由得他講下去。

他略停了一停，又道：「在黑暗中，有人向我說話，那人的聲音聽來像是沒有甚麼惡意，他先歡迎我來，接著又抱歉，他只能在黑暗中和我談話。」

他講到這裏，我忍不住插了一句口：「他可有說甚麼原因？」

王其英道：「沒有，我也沒有問他，或許是他不願意人家看到他？」

我忙搖手道：「這一點，不必去研究了，你說，他們接著又向你說了甚麼？」

王其英道：「他問我為甚麼來，而不將這柄金鑰匙賣了，是不是想得到更多的東西？我說我不想，我只想賣了這柄金鑰匙，有幾百元也是很高興的了，不過賣不出去，所以才來的。他聽了我的話之後，呆了半晌，才又問我，需要甚麼，我的回答很簡單，我說，我只需要一樣東西：錢！」

我聽到這裏，又苦笑了一下，那人用這樣的問題去問王其英，簡直是多餘的事，用這個問題去問任何人，都會得到相同的答案。

王其英停了半晌，我作了一個手勢，示意他繼續說下去，他又道：「他笑了起來，問我要多少，我記得我當時搔著頭，像是開玩笑地回答他，道：『錢，當然是愈多愈好。』」

我吸了一口氣，道：「你不一定是開玩笑吧，任何人心中，都是愈多愈好的。」

王其英忙道：「我並不是說我不是真的想愈多愈好，我是說，當時我想，對方不可能給我甚麼的！」

我明白了王其英的意思：「可是結果，卻出乎你的意料之外，是不是？」

王其英道：「是的，他聽我這樣說，將我的話，重覆了幾遍，不住地道：『愈多愈好，愈多愈好。』他又問我，道：『一個人一生的時間是有限的，為甚麼錢愈多愈好，有那麼多錢，並不一定有那麼多的時間來享受！』我雖然看不見他的神情，但是卻可以聽得出，他這樣問的時候，語氣十分認真！」

這真是一個有趣的問題，而且現在一切都表示，王其英神智很清醒，足可以和他詳細地討論一下問題。

我想起那人，在黑暗中，在我家裏，也提過類似的問題，好像這個人，對人和金錢的關係，很有興趣研究，他是一個甚麼人？一個心理學家？

我笑了笑：「當時你如何回答他？」

王其英道：「我說，沒有人會嫌錢多，就算一個人，已經有了一生都用不完的錢，再多一元，也是好的。他有了一千萬，再多一元，就變成一千萬零一元了，有甚麼不好？」

我想笑，但是卻笑不出來，一千萬和一的比例，當然差得很大，但是事實是，一個有了一千萬的人，再多一元，有甚麼不好？

王其英又道：「那人又將我的話，重覆了幾遍，然後又問我，如果我有很多錢，是不是會快樂，我回答他說一定，他又說，他沒有鈔票，但是有很多值錢的東西給我，可以使我成為一個大富翁！」

我擦了擦手心的汗：「接著，他就給了你那些珍寶？是不是？」

王其英道：「不是，他先和我談妥了條件，要我無論如何，不能告訴任何人和他交談的經過，才給了我一條皮帶，叫我離開之後，去看皮帶的夾層。」

王其英講到這裏，又現出了很古怪的神色來：「當時，我接過了那條皮帶，也沒想到裏面是甚麼，就走了出來，在走廊中，我打開皮帶的夾層——」

他講到這裏，氣息開始急促起來，頻頻用手敲著額：「我看到了那些寶石，我知道它們全是真的，我可以肯定，我也可以知道它們的價值，我……我實在不知道怎麼樣，我根本記不起是如何離開的，根本甚麼都想不起來了！」

那個人曾問我，王其英有了那批寶石之後的感覺，這大概就是王其英的感覺了。

我望著王其英，心中亂得很，連自己也不知道是一種甚麼的感覺。王其英苦澀地笑了一下：「以後又發生了一些甚麼事，我也全不記得了，直到我又見到了你，我究竟幹了一些甚麼？」

他講到這裏，直視著我，停了片刻，又問道：「我已經是一個極富有的人，在我變成了富人之後，我享受了甚麼？是不是和別的富人一樣？」

我忽然之間，感到他十分可憐，我也望著他，他緩緩地搖著頭：「你沒有享受到甚麼，這一點，倒和絕大多數富有的人一樣，享受不到甚麼，你瘋了，甚至於拿著刀在路上斬人。」

王其英用手托著頭，喃喃地說了一些話，我全然聽不清他在說些甚麼，接著，在他的喉際，又發出了一陣很難聽的「咯咯」聲來，他吞下了一口口水：「我現在將一切經過都告訴了你，你能不能幫助我，得回那一批珠寶？我會報答你的！」

我攤了攤手：「當然，你最好能將給你珠寶的人找出來，證明那是他給你的，不過我想這不可能，因為那個人很神秘，他來找過我，我和他，也在極度黑暗之中講話，只不過在他離去的時候，看到了一下他的背影，他看來像一頭猩猩。」

王其英的呼吸，急促了起來，連聲道：「不，不，他是人，不是猩猩！」

我一時之間，不明白王其英這樣說法，究竟是甚麼意思，但是我隨即明白王其英何以要急急分辯的原因，他自然不肯承認那個人竟是一頭猩猩，如果是那樣的話，那麼，猩猩怎會給他價值連城的寶物？

我吸了一口氣：「你別急，我只是想告訴你，因為我和那個人，也是在黑暗之中談過話，所以，我相信你所講的一切，全是真的。」

王其英不住低聲重覆著：「我不會忘記你的，絕不會忘記你的。」

我伸手，按在他的肩上：「不過，我相信你這是一回事，傑克上校是不是相信你，又是另一回事！」

王其英立時握住了我的手：「你對他談談，求求你，對他講一講，那些珍寶是我的，絕對是我的！」

我聳了聳肩，來到電話前，準備打電話給傑克。我之所以沒有立即撥動電話，是因為我在考慮，在這樣的時間，如此的深夜，再去和傑克上校通電話，是不是適合。

就在我這略一猶豫之際，門鈴陡地響了起來。

不但門鈴響著，而且繼而以「砰砰」的敲門聲，顯見得來人的心中，焦躁無比。

我呆了一呆，連我打電話也嫌吵人之際，會有甚麼人來找我呢？王其英也呆呆地望著門口，我立時向門口走去，一面大聲道：「來了！」

我將門打開，又是一怔，站在門口的不是別人，正是傑克上校。

我認識傑克上校已經有很多年了，熟悉傑克的許多神態，但是從來也未曾見過他像如今那樣的倉皇失措。他的神色很蒼白，在我打開了門之後，也不進來，只是站在門口不斷地搓著手。

看到他這樣情形，我也陡地吃了一驚，剛想開口問，他一抬頭，已經看到了王其英。

一看到了王其英，上校的神態陡地變了，他的臉色更難看，簡直是白中泛青，可是他的神情，卻由張皇失措，而倏地變成了極度的憤怒。

我忙叫了他一聲，可是看他的情形，像是根本沒有聽到我的叫喚，忽然大喝一聲，一伸手，撥開了我，直衝到了王其英的身前。

我大吃了一驚，立時轉過身去，可是，等我轉過身去時，上校已然雙手抓住了王其英的衣服，幾乎將王其英整個人，全提了起來。

王其英一臉的駭然之色，顯然是他全然不知道發生了甚麼事，別說王其英駭然，連我也一樣駭然，因為上校的行動，太失常了。

我連忙趕過去，可是上校的行動，來得極其突兀，他提起了王其英，又將王其英向外拋出去，令得王其英重重地跌在一張沙發上，他以極其咬牙切齒的神情，罵道：「你這個畜牲！」

他一面罵著，一面又向王其英衝了過去，看他的樣子，像是想將王其英捏碎！這一次，我總算及時阻止了他，我趕到他身邊，一伸手，抓住了他的手臂，用力將他的身子，硬扳了過來，大聲道：「上校，你幹甚麼？」

上校的聲音，簡直是從齒縫中迸出來的，他道：「我要殺了他！」

他的手直指著王其英，王其英縮在沙發中，一動也不敢動，眼中充滿了恐懼的神色，而上校指著他的手，在微微發著抖，可見得他的心中，實在是激動之極。

我一時之間，也不知說甚麼才好，但是我總算一直拉住了上校的手臂，在想了一想之後，我道：「上校，你知道他在我這裏。」

傑克喘著氣：「不知道！」

我道：「那麼，天快亮了，你來找我幹甚麼？」

上校掙了一下掙脫了我的手，然後，又向前走出了兩步，看他的樣子，像是不知道該如何才好，他終於來到酒櫃前，拿起了一瓶酒，對著瓶口，連吞了幾大口酒，才重重地放下酒瓶來。

他手按著酒瓶，又喘了幾口氣，才轉過身來，揮著手：「你可不可以叫他走開點，我有話對你說！」

我向王其英望了一眼：「如果你不想他聽到我們的談話，我們可以到二樓，我的書房去。」

傑克點了點頭，我對王其英道：「你在這裏等我，千萬不要亂走！」

王其英像是一個被暴怒的大人嚇窒了的小孩子一樣，不住地點著頭，我和上校一起上樓梯，一進了書房，上校就關上了門：「你認識宋警官？」

我揚了揚眉：「認識的，他是你主要的助手，一個十分出色的警官！」

傑克的神情更難看，甚至面肉在抽搐著，我就算是一個感覺再麻木的人，也可以知道，事情一定有甚麼不對頭的地方了！

我緩緩地問道：「這位宋警官怎麼了？」

傑克用手撫著臉，現出極其疲倦的神色來，喃喃地道：「他走了，真想不到，幹了近二十年，一直是最值得信任的人，竟然走了！」

我聽得他那樣講，心中不禁又是好氣，又是好笑。傑克上校這樣生氣，原來是他失去了一個得力的助手。

像上校這樣的工作，的確是需要一個得力助手的，或許我對他的工作情形，不夠了解，是以也不知道他失去了助手之後的苦楚。

但是，無論如何，為了失去助手，而如此失常，這是一件很滑稽的事，是以我一面笑著，一面安慰他道：「他走了就算了，誰也不能保證一輩子幹同樣工作的！」

傑克瞪大了眼望定了我，他的神情，使我感到我說錯了話，但是事實上，我卻並沒有說錯話！

他瞪了我半晌，才道：「當你提醒我，小心存放那些珍寶的時候，是不是有甚麼預感？」

我聽得他那樣講，陡地一怔，剎那之間，我已經有點明白了！

我忙道：「那些珍寶——」

上校不等我講完，就接著道：「是的，那些珍寶，我交給他保管，他一直是最值得信任的，可是……可是……他竟然帶著那些珍寶走了！」

當傑克講到最後一句話時，我直截地可以感覺得到，他真正想哭！

當然，像上校這樣的硬漢，是不會在任何人的面前哭出來的，然而，我卻可以肯定，他心裏一定在哭！

我無意識地揮著手，一時之間，不知說甚麼才好，過了半晌，我才道：「你是甚麼時候發現的？」

傑克上校低下頭去，他的那種神情，倒好像監守自盜的，不是他的下屬，而是他自己一樣。

他道：「十分鐘之前——」

他講了這一句，苦笑了一下，又補充道：「我先是接到了他的電話，他說有一封信，留在辦公室中，叫我立時去看，當時我就感到奇怪了，立時趕到他的辦公室，看了他的信，才知道他走了，帶走了所有的寶石，一顆也沒有剩下！」

我這時候，忽然說了一句傻話：「他為甚麼要剩下一顆？」

傑克上校陡地抬起頭來，我就嚇了一跳。不錯，我這句話，說得很傻，實在是在無話可說的情形下，硬找話來說的。

可是，就算我這句話，沒有甚麼意義，上校也不必用這樣的眼光來瞪著我的！

我呆了一呆之後，道：「上校——」

可是我才叫了一聲，上校已然尖聲叫了起來，道：「誰要他剩下一顆？我和他共事二十年，他卻一聲不響，全部帶走了，而他一直是值得信任的人！」

一聽得傑克上校那樣說，我不禁真正呆住了，上校那樣說的意思是很容易明白的，他的一切難過、悲傷，自然是因為他的得力助手盜走了那批珍寶，但是在這以前，我卻誤解了他的出發點。

我以為上校之所以難過，是因為惋惜他的助手的墮落，但是現在看來，全然不是，他的難過，是因為他的助手先他一著帶著珍寶逃走，或是沒有和他商量一下一起下手，而將這批珍寶獨吞了。

這是令人難以相信的事，但是上校剛才又的確如此說，我對他的話，理解能力不可能如此之差，我是可以聽得出他語中意思的！

剎那之間，我目瞪口呆，心怦怦地跳著，上校則不住地喘著氣，整間房間中，除了他的喘氣聲之外，幾乎沒有其他任何聲音。

過了好久，我才開口，我儘量使自己的聲音聽來平靜，和不感到意外，我道：「上校，你並不是那樣的意思，是不是？」

上校陡地轉過身去，手按在桌上，仍然喘著氣：「你已經明白了我的意思，為甚麼還說不是？」

我不知如何是好地揮著手，將聲音提高了些：「我不相信你會經不起那批珠寶的誘惑，而想幹你手下已經幹了的那種事！」

上校低著頭，足有半分鐘不出聲，但是我可以看到，他按住桌子的手，在劇烈地發著抖，他的手是抖得如此之厲害，以致整張桌子，好像都在搖晃。

他抖著：「多謝你相信我不會，不過，我是人，你自己問自己，你能麼？你能對著那麼多來歷不明、沒有主人的珍寶而不動心？」

我苦笑了一下，老實說，當我第一次在那條皮帶的夾層之中，看到那麼多每一顆都是價值連城的寶石、鑽石之際，我全然有一種喝醉了酒的感覺，的確，上校說得對，我只不過有機會看了這些寶石一眼而已，並不是保管它們！

第七部：再度會見神秘客

我呆了好一會，才道：「上校，那批寶石有主人，是王其英的！」

上校的聲音一面發著顫，一面卻很嚴厲，他道：「不是他的，他只不過是一個流浪漢！」

我看到上校額上綻起的青筋，發現他已經激動到了不能夠用理智的語言交談的程度。

我認識上校很多年了，有過很多接觸，他是一個脾氣不好，過分自信的人，有著很多缺點，但是無論如何，他算得上是一個正直的人，一個正人君子，然而現在看來，他十足是個無賴！

或許正如他所說，他是人，人總是有貪念的，不過有的時候隱藏著，有的時候沒有機會表達出來而已，要一個人完全沒有貪慾，那是不可能的事！

我在想著，該如何說才好，上校已經向門口走去，我連忙一步躍向前，攔在他的身前：「你準備到哪裏去？」

上校苦笑道：「還有甚麼地方可去？當然再回辦公室去，一面下令，去通緝這王八蛋，一面等候上司的責斥，我還有甚麼辦法？」

我也苦笑了一下：「上校，你怎麼了，你是一個肩負著重大責任的高級警官，你的生活很過得去，你為甚麼會有這樣的念頭，你——」

我的話還沒有說完，上校一伸手，陡地抓住了我的胸前的衣服，將我拉了過去，沉著聲：「你可知道，如果我有了那批寶石，我會怎麼樣？我可以住在宮殿一樣的房子裏，可以有無數美女環伺在我的左右，我可以要甚麼有甚麼，我可以——」

我用力拍開了手，而且，不等他講完，就打斷了他的話頭：「是，那批寶石足可以使你有這一切，但是你是一個賊！」

上校道：「那有甚麼關係，等你有了錢，誰在乎你是不是賊？」

我實在無話可說了，因為上校眼中的那種神色，說明他的情緒，是在一種狂熱的壯態之中，他已經完全喪失了應有的理智。

我的判斷是正確的，因為上校接下來的行動，更令人吃驚，他用手敲著自己的額角：「我真笨，真笨，這批寶石，明明已經在我的手中，明明已經是我的東西了，我卻將它們交給了別人，交給了一個我認為值得信任的人，哈哈，結果就是現在那樣！」

我當時真有一股衝動，我想揚起手來，狠狠地打上他兩個耳光，那樣做，或者可以令得他清醒過來。

但是我卻沒有那麼做，我之所以沒有動手打他，是因為這時，我絕無卑視他之意，我只是可憐他，真正地可憐他。當你真正可憐一個人的時候，你不會打他！所以，我揚起手來，只是按在他的肩上，我只是可憐他，也不是同情，但是傑克一定以為我在同情他了，他也反過手來，按在我的手背上。

他道：「衛，你不知道我受的打擊有多大，我已經有過那批財富，現在又失去了！」

我吸了一口氣：「你不能算是真正擁有過這批財富，王其英才是。」

上校怒道：「王其英是王八蛋，一切事全是他弄出來的，我要殺了他！」

上校這時所講的話，自然不可理喻，但是他的話，卻令得我心中，陡地一動，我立時道：「不能怪王其英，事情不是王其英弄出來的，而是王其英最先遇到的那個神秘人物，那個將這批珍寶給他的那個人！」

上校望定了我，如果他情緒正常的話，我自然可以將王其英的遭遇對他說一說，但是如今，他的情緒是如此不正常，我對他說，只怕他沒有興趣聽，所以我只是道：「我看你太疲倦了，好好地休息一下，我送你回去。」

上校呆了片刻，才道：「不必了，我自己會回去！」

他一面說，一面向書房門口走去，我實在有點不放心，跟在他的後面。

誰知我才跟出一步，上校便已轉過身來，大聲道：「我說過，我自己會走！」

他不但對我大聲吼叫，而且，用力在我的胸口，推了一下，那一下的力道相當大，令得我跌出了一兩步，而他則已疾轉過身，關上門，走了出去。

我聽到他走下去的腳步聲，他好像在下面，還大聲吼叫了一句，接著，便是大門砰然關上的聲音。

我靠著桌子站著，剎那之間，我只感到極度的疲倦，那是真正的疲倦，一個人，很少會有這種從心底深處直透出來的疲倦之感，除非是在突然之間，看透了一切，對一切全不感到興趣之時，才會有這樣的感覺。

我感到，我認識了上校那麼多年，自以為對他的為人，已經有了徹底的了解，但是現在居然發生了這樣的事，而我的周圍，全是陌生人，對他們的心中，究竟是在想些甚麼，我一無所知，我甚至不知道自己的思想之中，究竟隱藏著多少醜惡，會在甚麼時候，突然暴露出來！

而這種情形，又無法逃避，那麼，剝開了一切美麗的外衣，人的生活還剩下一些甚麼呢？

我不由自主地苦笑了起來，在這時，我真想拿一面鏡子，來照著自己看，看看自己究竟是怎樣的一個人。當然，即使是自己，對著鏡子看看，所看到的，也只不過是自己的表面，別說了解他人的內心，人要了解自己的心，也不是一件容易的事。

我的確找了一面鏡子，拿在手中，對著自己。

可是，我才向鏡子中的自己看了一眼，電燈突然熄滅了。我陡地一呆，電燈是突然熄滅的，在這以前，沒有任何跡象，沒有任何聲響，或許是有過聲響，但是我卻完全沒有聽到。

我連忙打開書房，在我打開書房門時，我聽到了客廳中，傳來了一下拉窗簾的聲音，向下看去，一片漆黑。

我向前走出了兩步，我肯定有人來了，不但肯定有人來，而且可以肯定，來的是那個神秘客。

那麼，王其英在哪裏呢？

我先大聲叫了他一聲，沒有聽到王其英的回答，卻聽到了那神秘人的聲音，他道：「衛先生，我來的時候，沒有人，現在，只有我和你。」

我慢慢的向下走去，那神秘客又道：「對不起，我弄熄了你家裏的燈，因為我想，我們還是在黑暗中交談的好，真對不起！」

我已經走下了樓梯，站在樓梯口，「哼」地一聲：「算了，你喜歡在黑暗中談話，就在黑暗中談話，雖然我根本不喜歡和你談甚麼！」

那人發出無可奈何的笑聲來，我再向前奔出了幾步，那是我自己的家，我很容易，就走到一張椅子之前，坐了下來。

那人道：「謝謝你不驅逐我，我實在想和你談談！」

我冷冷地道：「你不怕我再抓住你！」

那人略停了一停：「我想不會的，那樣做，只會將我嚇走，我想你也想在我的身上，得到一些你要知道的事情，你不會嚇走我的。」

我提高了聲音：「是的，我不會再嚇走你，我要問你，你為甚麼要給王其英那些寶石，那些如此值錢的寶石，你又是從哪裏來的，你是甚麼人？」

我一連串的問題問過去，那人保持著沉默，直到我住了口，才道：「我完全沒有惡意，雖然，當初，我的目的是為了自己。」

我實在忍不住笑了起來，世界上有人將價值億萬的珠寶給了別人，目的卻是為了自己的事？

我相信任何人聽到了這樣的話，都是不知道該如何回答才好的，我接連冷笑了好一會，才道：「你給了人家那麼多珠寶，你想得回些甚麼？」。

那人的聲音，聽來有點無可奈何，他道：「我只想得知他有了那些財富之後的感覺。」

還是那句話，這個人，為了要知道一個人有了財富之後的感覺，他竟肯花這樣的代價，我真懷疑他不是人！

那人繼續道：「或許你不明白——」

他只說了一句，我就心浮氣躁地打斷了他的話：「我當然不明白！」

那人的聲音，聽來卻仍然心平氣和，他道：「我正在做一個實驗——」

我的心中陡地一動，他不必再向下說去，我已經有點明白他的意思了。他略停了一停，立時又道：「我想知道，一個本來一無所有的人，突然之間，成了暴富，他的感覺如何！」

在黑暗中，我伸手重重地撫摸著自己的臉，那人不出聲，顯然是在等著聽我的意見。

過了好一會，我才道：「其實你不應該一而再地來問我，你應該明白結果是怎樣的。」

那人道：「要是我明白，我也不來了！」

我「哼」地一聲，道：「你害苦了王其英，本來，他是一個一無所有的流浪漢，心境倒很平靜，現在，他是世界上最痛苦的人，當他一想到他有那麼巨大的財富，他就會發瘋，而他又不能不想！」

那人像是在為他的行為分辯，急急地道：「為甚麼？地球上，不是每一個人都在追求財富麼？至少據我的了解，事實是如此，如果財富會造成痛苦，為甚麼人人還去追求它們？」

我皺著眉，道：「這個問題很複雜，就拿你來說——」

我本來是想說「就拿你來說，如果忽然有了大筆財富，也是一樣的。」，可是我說了一半，就突然住了口，這句話，或許可以適用在每一個人的身上，但是絕不能適用在那個人的身上，因為他正是將那大筆財富，隨便就給了別人的人！

我住了口，停了片刻，在那一剎間，我想到了許多極其古怪的念頭，但是一時之間，我卻又無法將這些古怪的念頭歸納起來。

我又改口道：「如果這種事，發生在我的身上，也是一樣的，而且事實上——」

我又停了下來，我真不想將宋警官和傑克上校的事對他說，但是我才一停口，就立刻聽到那人急急問我，道：「事實上，又發生了甚麼變化？」

我仍然不出聲。

那人的聲音急，而且，充滿了興奮的意味，他道：「據我所知，那批寶石，落在警方的手中，是不是我的理論證實了，所有人，內心都有貪慾，有人帶著這批寶石走了？」

我越聽，心裏越是生氣，那人這樣說，是甚麼意思呢？他的語調又是如此興奮，倒像是一個科學家發現了重大的定律一樣，又說甚麼他的理論得到了證實，他的理論究竟是甚麼呢？

我沒好氣地道：「是，一個忠誠服務了二十年的警官，受不起引誘，帶著這批寶石逃走了！」

我聽到「啪啪」聲，那人好像在拍著手，或是他高興地在拍著大腿，所以才會有這樣的聲音發出來。他道：「不錯，不能怪這位警官的，他是人，是不是？每一個人的內心，都有著同樣的弱點，就是貪慾，每一個人都有，這是我的理論，現在我可以證實了！」

我腦中的思緒，極其混亂，我大聲道：「至少有一個例外，你！」

那人疾聲道：「我和你們不同，我——」

他講到這裏，突然停了下來，剎那之間，靜得一點聲音也沒有，像是他突然在一時興奮的情形之下說溜了口，所以立刻收住一樣！

而就算他只是說溜了口，也足以使我感到震動的了，我不由自主，陡地站了起來。

在那時候，我也沒有說旁的甚麼，只是緊緊追問了他一句：「這就是你要在黑暗中和我談話的理由？」

那人過了好久才出聲，他的聲調很緩：「是的，對你們來說，我的樣子有點怪。」

我又坐了下來，事實上，我不是坐下來，而是感到雙腿有點發軟，跌進了椅子之中的。

我深深地吸了一口氣，有氣無力地道：「你究竟是從哪裏來的？」

我問了這一句話之後，不等他再回答，我又無可奈何地笑了起來：「你不必回答了，就算你詳細回答我，我也不會明白的，是不是？」

那人的聲音，聽來好像有點抱歉，他道：「是的，你不會明白，但是你現在的鎮定，倒很出乎我的意料之外，我可以知道為甚麼？」

我想了一想，才道：「這並沒有甚麼奇怪，第一，我知道你對我沒有惡意，你要是對我有惡意，我一點抵抗的能力也沒有。第二，這種事情是一定會發生的，我們的眼光，也不如你們所想像地那樣狹窄，我們探索太空的工作，自然還幼稚得很，但是我們的想像力卻無窮，可以超越數億光年！」

那人感嘆地道：「我同意，但是你們永遠沒有機會，只要我的理論得到證實，那麼，推論下來，你們走的，是一條滅亡之路，一條自殺之路，越向前走，越是接近覆亡！」

我想大聲對那人的話表示抗議，可是我的喉際，卻像是塞住了甚麼東西一樣，一句話也講不出來。

過了片刻，那人才又道：「你可以不可以再供給一些其他的資料給我，來充實我的理論！」

那種極度的疲倦之感，又飛了上來，我在黑暗中揮著手，也不理會他是不是看得見：「你走吧，反正我已經知道你是甚麼人了，你喜歡和我談話的話，隨時都可以來找我的。」

我聽到腳步聲，他在向我走過來，他來到了我的身邊，用十分關切的語調問我：「你沒有甚麼不妥吧？」

我苦笑了一下：「沒有甚麼不妥，只是我太疲倦了，真的太疲倦了！」

他立時道：「好的，我改天再來。」

我聽到他的腳步聲向門口走去，估計他已來到了門口，我才突然道：「你真的是為了證明你的理論而來的？」

那人道：「是的！怎麼樣？」

我苦笑了一下，道：「沒有怎麼樣，你的理論要是證實了，我們豈不是沒有希望了？」

那人停了半晌，才道：「真對不起，但如果那是事實，我無能為力！」

我沒有再說甚麼，只是又揮了揮手，當我想起我們是在一片漆黑中相處時，那人已打開了門，我又看到了一個大猩猩一樣的背影，一閃而逝。

在我看到他背影的同時，我真想再出聲叫住他的，但是我已經張開了口，卻沒有發出任何聲音來。

我覺得他這次和我的談話，對我很有幫助，至少我已經知道了他是甚麼樣的「人」，也知道了他的目的，知道了很多細節問題，例如在一團黑漆中，他看得到我的揮手，我相信現在，我能隨便著亮電燈，那也就是說，他有能力隨時截停電流。

然而這些，都不是根本問題，根本問題是，他已經證明了人類最大的危機，而且，他已作出結論，人內心的貪慾，會使人類走向死亡之路！

我嘆了一聲，順手去拉椅旁的燈，果然，燈一拉就亮，我歪倒在椅上，閉上眼睛，可能我真的是十分疲倦了，沒有多久，我竟睡著了。

我醒來的時候，天已大亮了，由於所有的窗簾全被拉上的緣故，所以還是相當暗，但是我可以肯定，天已大亮了，我站起身，拉開窗簾，轉身避開刺目的陽光，對著客廳發呆。

起先，我的思緒有點麻木，但隨即，我想起了昨天所發生的一切事情來。

我不必擔心傑克，他自己會照顧自己，可是，王其英呢？他到甚麼地方去了？他是在傑克之前走的？我昨晚為甚麼竟會想不起去找他？

我作了幾下體操，走向電話，打了一個電話到上校的辦公室。

我所得到的回答，使我呆了半晌。

電話那邊告訴我，上校今天沒有上班！

我立時又打電話到他家裏，也沒有人接聽，接下來的一整天，我都在找他，在各處可能的地方找他，可是他一直沒有再出現。

傑克上校的失蹤，和他得力助手宋警官的失蹤，成了個諱莫如深的謎，以後，我再也沒有見過他。

至於那個「人」，他以後也沒有來找過我，可能他已經有了結論，所以也走了。

至於王其英麼，以後我倒又見過一次，不過是在瘋人院中，他又操刀在路口斬人，被關進了瘋人院之中，列為最不可救藥的一類。

如果一定要向我追問，傑克上校究竟到哪裏去了，我有一個很玄的回答：傑克上校被「年」吞掉了。「年」在古老的傳說之中，是一頭兇猛的獸，逢人就吞，所以，過了年關的人，互相見面，大家要恭賀一番。誰也沒有見過「年」究竟是怎樣的，就像誰也看不清自己內心的貪慾，究竟深到甚麼程度，究竟會在甚麼時候完全暴露出來一樣。所以，如果你還未曾被你自己的慾念所吞噬，那麼，就該接受我的道賀，恭喜恭喜！

（完）

倪匡珍藏限量紀念版 25

衛斯理傳奇之第二種人

作者：倪匡
發行人：陳曉林
出版所：風雲時代出版股份有限公司
地址：10576台北市民生東路五段178號7樓之3
電話：(02) 2756-0949
傳真：(02) 2765-3799
執行主編：朱墨菲
美術設計：許惠芳
業務總監：張瑋鳳
出版日期：2023年10月倪匡珍藏限量紀念版一刷
版權授權：倪匡
ISBN ：978-626-7303-88-7
風雲書網：http://www.eastbooks.com.tw
官方部落格：http://eastbooks.pixnet.net/blog
Facebook：http://www.facebook.com/h7560949
E-mail：h7560949@ms15.hinet.net
劃撥帳號：12043291
戶名：風雲時代出版股份有限公司

風雲發行所：33373桃園市龜山區公西村2鄰復興街304巷96號
電話：(03) 318-1378
傳真：(03) 318-1378
法律顧問：永然法律事務所 李永然律師
北辰著作權事務所 蕭雄淋律師

行政院新聞局局版台業字第3595號 營利事業統一編號22759935

定價：340元

國家圖書館出版品預行編目資料

衛斯理傳奇之第二種人 ／ 倪匡著. -- 三版. --
臺北市：風雲時代出版股份有限公司，2023.09
面；公分　倪匡珍藏限量紀念版

ISBN 978-626-7303-88-7（平裝）

857.83　　112011292